U1076346

2017年中国散文诗精选

王剑冰 选编

长江出版传媒 | 长江文艺出版社

图书在版编目（C I P）数据

2017年中国散文诗精选 / 王剑冰选编. -- 武汉 :
长江文艺出版社, 2018.1
（2017年选系列丛书）
ISBN 978-7-5702-0057-3

Ⅰ. ①2… Ⅱ. ①王… Ⅲ. ①散文诗－诗集－中国－
当代 Ⅳ. ①I227

中国版本图书馆CIP数据核字(2017)第297707号

责任编辑：方　莹　　黄文娟　　　　　　责任校对：陈　琪
封面设计：泓润书装　　　　　　　　　　责任印制：邱　莉　　王光兴

出版：长江出版传媒　长江文艺出版社
地址：武汉市雄楚大街268号　　　　邮编：430070
发行：长江文艺出版社
电话：027—87679360
http://www.cjlap.com
印刷：湖北鄂南新华印刷包装有限公司

开本：700毫米×1000毫米　　1/16　　印张：19.25　　插页：2页
版次：2018年1月第1版　　　　　　2018年1月第1次印刷
字数：250千字

定价：34.00元

版权所有，盗版必究（举报电话：027—87679308　87679310）
（图书出现印装问题，本社负责调换）

目录

这些你没有看见（组章）

曹立光

风，吹动银河

其实，我已经没有什么可仰望的了，我只是想在浩瀚的夜空下，静静地听星星拨动银河的浪花声。

那些闪烁光芒的河水，有多少是相爱的人儿说出的悄悄话，有多少是孩子睡梦中的呓语，又有多少是历尽沧桑洗尽铅华的安宁与平和。

风，吹动银河。

我的一颗心啊，也随之轻轻摇曳。尘世中那么多经过的事物，仿佛都没有经历过，仿佛一切都没有发生。

风，吹动银河。我知道——

那些星星的浪花中，也有我一颗闪烁的心。不细小，不卑微，并坦然、自信、天真……

清晨，一群不速之客

被一阵嘈杂叫醒，原来阳台上来了一群不速之客。

很多年没见到它们了，它们容颜没有太多改变，装束简朴的作风依然坚持。

它们的语速还是那么快，底气还是那么足。它们说着节气，说着收成，偶尔为某个不同观点，陷入一小会儿沉默。

听到它们的话，我就想起老家外出打工的亲戚们，它们都有一样的境遇。

抓一把小米，我想打开纱窗，请它们吃顿饱饭，而它们谁都不曾低下头去啄。

在尊严面前，怜悯是多么可笑。

当警笛由远而近驶来，它们背起行囊，呼呼啦啦地飞走。麻雀和老百姓一样，天生对那个声音敏感。

家在哪里

从办公楼中把自己提出来那刻，阳光，紧贴楼角，不紧不慢，跟着你，伺机在你不防备的时候，再咬你一口。

街上的人很多，有的接手机，有的玩游戏，有的手牵手走过，有的孤影一枚，更多的是像你当年那样，没有方向，没有理想，没有信心，就连脚下一刻落在何处都不得知。

一辆又一辆，车轮溅起的喧哗，冲刷尾气的耳蜗。

风吹红裙，风吹橱窗内塑料模特的灵魂。

醉酒的男人，扶着树，泪眼迷离中，嚷嚷：再干一杯，咱，咱，就……回家！

他突然哭了

西瓜忙着把塑料布披在自己身上。运货车吆喝着往库房里搬卸粮食。站牌底下等公交车的女子，捂着被风卷起的裙子。慌张的出租车拉着慌张的乘客。

远方天际，黑滚滚压上来的黑云，脓血中有沙子的尖叫。

呆坐五金商店门口的兄弟，他突然哭了。他的号啕吓跑了走雷，他料峭的肩胛骨顶得城市一耸一耸。

一个真正的男人，太需要一场滂沱泪雨的倾诉。

尤其是在生活的刀子抵住喉管的时候。

在钻探机械厂

焊花飞溅，洗亮我失眠的眼睛；

机器轰鸣，掏空我缺铁的胸膛。

沿一条汗珠打开的小路，我像被遮蔽的角钢，等待闪电光临骨头。

这沸腾的一切，和生活有关。痛苦需要修补，沉吟需要点亮。

歌声总是往高处飞翔，平淡的日子等待物质和工业喂养。

灵魂在沉沦之后获得上升，火焰在废墟和灰烬中获得内心赦免。

在钻探机械厂，我被一道道诗歌的光，点燃心房。

今天是个好天气

淡蓝的天空下，有一朵优雅的白云在梳妆。结伴飞行的燕子呢喃春光。这些发光的好心情，都给忙碌的人享用吧！

今天是个好天气，上学的风筝被风牵着小手，早班的露珠得到青草的赞誉。

婚礼的鞭炮点燃爱情，轮椅中打盹的毛毯沧桑中有淡定，如脚下河水，绵延不息。

看得见的，看不见的世间万物：

因为温暖，我们拥抱；

因为敬畏，我们感恩。

红灯，是在为谁沉默

日子还热，生存却变凉。

断弦的雨吹灭了黄昏，掐断了写字楼乡愁的灯盏。

那些流淌的水泥地面上的光正闪动尘世的霓虹。

转动的车轮。倒退的站牌。路灯下的花伞。大型商超的打折促销。批发市场门前湿漉漉的韭菜。横穿马路的猫。

红灯，你是在为谁沉默？

补习的孩子，除肉体之外，神给予你的，他随时会拿走。

阳光下吹口琴的老人

孩子向上疯长的头发是返青的土地。

三月的太阳想念四月的草长莺飞，五月的马兰花绊倒一个求职者的明天。

没有绳的欲望，红灯是摆件。

方向盘能否给你温暖？一脚油门是否就是幸福？

没有李白、杜甫、白居易、陶渊明、王维的时代，诗意在远方，敬畏在巡航。

阳光下吹口琴的老人，他内心正在春又变冬，绿又变黄。

下午三点钟的纬二路

汽车引擎轰响，突突的声音如同刚刚飞过头顶的那只黑乌鸦扔下来的排泄物。

车来车往的街道，白色塑料袋吐着长舌头，游荡在车轮之间，像夹尾巴的丧家犬。

被抛出车窗外的矿泉水瓶，它翻滚着不喊疼，它还想站起身来给世界一个沾满尘土的笑脸。

120 呼啸着绝尘而去。商店的门永远敞开，买货的人还没有来。

手捧鲜花走出蛋糕店的那个男人，他脸上有青春的痘在生长，有奶油的憧憬在荡漾。

瓦工、改水、改电、电镐、钻眼、砸墙……站在大岗的任师傅把他的新名片塞进我手中，羞涩的阳光，花白的头发。

一去不复返的时光，生存在日子里沉沦。

仰望今天太阳

这个春天，天气是随机的。我在忙碌地增添衣物之间揣度着气温的厚度。

上班的人，等待昨天的通勤车，重复去年的故事。

拥有电脑、投影仪、中央空调的现代化教室，一群孩子在为造一个相同的句子而洋洋得意。格式化的学校，复制的都是相同的快乐，和悲哀。

仰望今天太阳，没有人想起昨天太阳的模样。历史总被忽视，而人们却总在越来越小的事物中沉迷。

不能自拔。

当桃花如约盛开，丁香紫色的衣裙摇摆。我终于看见一个男人停下脚步，把脸深深埋进春天。

雨还在路上

没有生产厂家的风，被困在一座废弃工厂内。

断了肋骨的铁门，患白癜风的外墙，空空如也的仓库，那老鼠随便进出的总经理办公室，破碎的玻璃尖牙犹在闪烁咄咄光芒。

生产条例还在。职工守则还在。被蜘蛛网笼罩的世界地图还在。只有公司领导责任制被人用烟头摁出一个大大的黑洞。

大大的黑洞。

这座曾经显赫一时的国营工厂，往日的喧哗和辉煌哪里去了？幸福得像花儿一样快乐的工人哪里去了？

春天的阳光没有温度，褪去字迹的便笺纸在回忆中取暖。

乱石堆里有去年的荒草在返青，婆婆丁还不懂得珍惜。

挖菜的人走在路上。

雨没有下，还卡在一个人的喉管内。

它们喜欢沉默

炊烟还热，生活却变凉。

断弦的雨，吹灭了黄昏，掐断了野菊花返乡的灯盏。

那些水坑中的星光，闪动尘世的涟漪。水缸上的瓢。圈中的猪。笼里的鸡。停止进食的牛。火炕上蜷着的猫。金黄的苞米粒子。长芽的土豆。漏风的墙。

它们都在沉默，它们喜欢沉默，它们在沉默里沉默。

我路过的那一片草丛

我在辽阔的黄昏中看到了生命的欢乐。

蚂蚁端坐在蒿草叶上品尝阳光递过来的微风，金龟子为一场演出，忙着试穿礼服。蜜蜂没有闲心听蝈蝈为秋天创作的朗诵诗，它要在日落之前搬运最后一桶生活的蜜。

水泥甬道上的电线杆、站牌和我一脸痴迷地倾听这最后的村落、最后的多音部合唱。

如果可能，我真的希望城市建设者们，放过这片土地，救救这些热爱生活的生命。

下班的尾气纠结着城市浮躁的欲望，被劣质水泥厚厚掩盖的人心，在红绿灯面前丧失了辨识方向的勇气。

只有这一片草丛保持着生命原始的旺盛，也只有隐藏在开发区灌木丛后的这一片草丛，明天被强拆。

酒好，好酒

时间在推杯换盏中流逝，夕阳下的那群汗淋淋的男人，躺在树荫底下说着女人，或坐在几块摞起来的红砖上面，议论着年成、岁数、酒的价钱。

临河的石头，看流水在谈笑风生里自西向东流去。

而醉倒的酒瓶，二三结对，三五成群，在四季发财、六六大顺的酒令里，干掉了工作中的苦恼烦忧。

情谊，像后劲十足的60°高粱烧。这等时刻，怎是几个公、侯、伯、子、男能有?

喝醉酒的男人走在回家的路上，他们在踉跄的脚步里，不知道是醉在酒中，还是醉在愉悦里。

他们在起伏不定的道路面前，不清楚哪一步是惆怅，哪一步是慰藉。他们只是在互道保重的时刻，嘴里还在喃喃地说：酒好，好酒。

飘零的村庄

露　影

1

科尔沁草原与锡林郭勒草原的相交处，是我梦幻的村庄。

罕山，连绵不绝，圣山的光环笼罩，经久的梵音萦绕，把浓郁的乡情，升腾成缥缈的远景：漫山的白桦树，遍野的红杜鹃，牧草齐腰，野花如织，牛羊似浮动的云朵。

古老的霍林郭勒河，流水潺湲，从足下绵延而过，流动成诗章。我的村落，便成了诗行的标点，在绿草间蝌蚪般游弋着。

2

母亲苍老的喘息，有如远山的苍凉，灰蒙蒙的天空下，是迁徙的队形，一身火红，掩盖不住，跌落的乡音。

无形的刀锋，滴着残阳。草枯林毁，杜鹃花哭泣着，远离了故土。黑土流散，戈壁的波涛漫卷。羊儿咩咩哀唱，屠刀已经举起。

聚散的乡音围拢，鸡、鸭、羊、牛、猪，一一倒下，直至，把乡民自己献上祭祀的供桌。

3

嘚嘚的马蹄声，惊醒了草原的春梦。鹰，盘旋，叼走了山顶的冰雪。那个奔跑的牧童，头戴野花，笑声如流水般清澈。

曾几何时，童年成了幻境，定格在遥远的深处。

为什么？为什么？春归不见了繁花？我露影茵茵的草地哪里去了？我

白桦枝头的蝉鸣，连同飘摇的绿叶，一去无踪。

随着村庄飘零在路上的女人，你的乳汁一路播洒，一半是霍林郭勒河的流水，一半是泪。

4

高叔的两头驴儿，帮着高叔驮了十几年的水。这对驴儿，是日夜厮守的母子。

乡村不在，牲畜何存？

高叔把缰绳递给屠户的当口，止不住，失声痛哭。驴儿是他的家人，是守护田园的根。

悲悲切切。鸡儿，狗儿，到处是生灵。到处是血腥。

5

再添一铲戈沙，先人的坟茔，是远去的牵挂。纸钱飘飞，轻卷的火苗，将无限的离愁燃烧。

远去了，我的故土；远去了，我驻守原野的亲人。

让我再给你歉疚地一跪，磕上三个头，挥挥手，不回头，泪儿兀自流。

6

灯火终将熄灭，复归一片宁静。

死寂。

风肆虐，一路咆哮。沙漫天，有如滚滚车轮。

山洪野兽般横冲直撞。

万能的神祇啊！你为什么将村庄像一片枯叶般吹离枝头？

裸露的圣山沉默，低垂的眉眼里，看不见星火。

刀，锋利。刀，无形。

握着这无形刀锋，斩杀万物的，不是万能的神祇，恰恰是人类平凡的手指。

7

情归何处？我魂牵梦萦的村落，消失在茫茫的迷途。

飘零的村庄，跳跃的标点，失去欢快的音符，把一个耳廓的问号，拉直，成沉重垂立的惊叹！

她们向往窗外的南方

曾　野

温暖的时候

车票。日期。方言。

感冒一样浮动了起来。咳嗽的乡音和近几天的想念越来越密。像蜜一样的浓；像蜜一样的甜。每个人的肌肤，每一寸。

我要你大声记住我的名字，就像她大声地称呼。我要你大声记住我的名字。就像记住回家的春节。

在南方，在工厂。

在一个人内心的工业区。

那遍布异乡的年轻人，他们的碗盛满了瘦了的故乡。

那忧伤的记忆水一样浮动。在流水线一样流动的南方。在今夜加班的月光里，在一个人不动声色的胃里。

她们站在日光里，站在工卡的编号上，站在一个别人的夜晚。

像树，一棵棵地站着，站成回家的泪水。

一首诗多么抒情地打开。春天。

我们是另外一个远方，那里盛产玉米和水稻，盛产你我一生的温暖。

节日一般的工业区，我们怀揣车票的重量。车票是我唯一的亲人。

一缕炊烟填补了日落的缺口。我沿着车票缺口的方向一直往北。

往北。我看见了——

我看见了亲爱的春天，

还有站在春天背后的母亲。

凌晨两点四十三分

想着一个人。

你心里住着一片大海。世界很辽阔。我常常想到了，一些未知的河流，它们在哪一条旅途抵达口径？静水深流。静水深流。当你经历过城市工业的喧嚣，就无法抹去内心安静的乡村。我们用口语交谈着漫无边际的生活。从不规范的口语，在嘴唇的声色里很多其实是个病句。可我们健康地活着。日子无法探究一条河流的宽阔，自然无法理解一个人的深度。

生与死。病与难。恨与爱。梦与醒。城市的气息。无知者无畏。她们在色彩里汹涌澎湃。像刻画的风情和万物。一直以来，我很少在这么晚醒着。醒着。旅途的人都沉睡在她们相遇的梦里。相遇的时光，在孤独的体内触摸异乡。这样的夜晚，无人确定，一粒泪水的深度与美的重量。我很想看看她们，很想掏出一些记忆和片断。素未谋面的远方，我徘徊在某个时光。请尽量说出你以及你的世界，哪怕委屈很长很重；哪怕她们早已对你淡忘。

你很想问问此刻的风，它们忍住笑声。又有谁还去惊慌失措？这么多年，少年早已被忧伤掏空。未成熟的缘分一直在路上，钥匙的命运千回百转。很多时候，你活成并不知晓的生活，活成他们的命运。爱这样或那样地爱过，恨这样或那样地恨过；爱和恨，如同男和女。

在的士广播里无意间听到她的音乐。一下子就被她迷住了。听她的歌，雨水穿行在城市工业的路途，我安静地与此刻的自己交谈，她的这首歌让我动了情，车窗外的雨水弄潮了我的眼。这个 1988 年出生的女子，她才华横溢的音乐属于传奇。这个世界总有一份神奇和惊喜藏于某处，等待懂得的人去羡慕和尊敬。比如她，比如，像你这样的人。阿黛尔。

现在是凌晨两点四十三分，我写下这些文字，写下醒着的伤和爱。它们一并与你的命运交谈，即将醒着的已沉沉睡去。

越走越远

天空还是那么蓝。轻轻翻开一页忧伤，阳光和女儿散发着家乡的气息。母亲老得让我不敢触摸疾病的去向。这微风轻拂的城市，姑娘与我无关，工业隐藏在少男少女的手工里，我是极其落寞的艺术学徒。在围绕一个田字展开我所有的青春和这最后的青春。我想起河流、树木、瓦屋、坐在瓦屋下酷爱读书的父亲。在客里山，没有河流，只有树木、山川，现在父亲和石头绿色在一起，成为我一生的想象。五年了。五年，我一事无成一无是处我又成了一个孤独的人。父亲我辜负了你，可是，我很想念你。

有许多东西，她们说出他们沉默，他们沉默她们说出。

一件又一件的事情，穿过身影，看不见深度的雪，漫无边际地飘落……散开。

纸飞机载着童年飞过我热爱的村庄。

我突然感到羞愧。我很想再折叠一次纸飞机，我的女儿已代替了我热爱的童年，再过一年她满七岁了。

天空还是那么蓝，像小时候那样的蓝；泉水还是那么清，像小时候那样的清。天空再蓝也蓝不过你的心灵，泉水再清也清不过你的纯净。草药的香味，驱赶庄稼细细的温度。我看不见孤独，孤独在散开的雪花里。深夜的诗，你想写给谁读？深藏的房间，在远处。在远处的身体里，我独自行走。

亲爱的，押韵的生活，一些花朵，那些诗歌，这活着的月亮。已经在冬天离开了。多么洁净的月光，你怎么也难以完成，疼爱和疼痛的关系。疼爱与疼痛。这世上的事物，活下来的都成了想象。

哪一种想象能够这样：没有翅膀，也能飞翔。

你说，春天来了，她便出现了。

城市画像

我在一辆公交车上遇见你。

我们面对面，都不说话。你看了我一眼，我的身体得到沐浴。碎瓷的幻觉搏动了血液。每一次都是蜜蜂的高度。

我的想象与你只隔一个人的空间。

我怎能沉默。我看着你，一直到你羞涩地低下头去。

你为何那么好看，我看了还想看。

车到站了。

敞开的羽毛，夜色轻盈。

灯光终生做梦。

风　辞（外七章）

白炳安

她有一张无形的嘴，不可说，但能叫。

山谷在沉默里吞吐着她狂欢的回声。

渔船踩响了深埋于大海里的惊雷，只是溅起战栗的浪，但撞到她辽阔的胸怀，产生的巨响与威力，仿佛战斧式巡航导弹，把一艘百吨级渔船打翻。

她有一双无形的腿，不具物象，但快如闪电，日行千里，召唤雨，在烈日烧灼的痛里，迅速解决植物干旱的危机。

她成为一件无形的乐器，弹出呼啸的声音，赢得了树叶的鼓掌，被吞没在旷野之中。

她有力拔山兮的气盖世。

对四野大吼一声，猛然踏一下地，树摇叶落，山抖动；

花朵绝望，一直匍匐在地。

她来往于太平洋，太不太平，由她操控。

抢滩登陆，犹如跳舞，旋转或踢踏，轻而易举。

即使一排红树林倾倒出全部的力量，也被她冲撞得抚伤呻吟。

她已经壮大得有万钧之力。

一次的登台亮相，就足够让人刻骨铭心。

但有时又柔软到美得无力翻阅天空的一片云彩。

舌头舔出的余温，触到肌肤，呈现微凉。

从细微的呼吸转换到雷声一样的呐喊，摧毁朽木败叶，向着腐息里的大地——

开春！是她的必由之路。

但离彻底清扫一切垃圾还有多远呢？

没有人说得清楚。

好　雨

好雨知时节。

好雨都有柔软的特征，润物有声，但嗓音轻细，每次伸吐湿润的舌头，先吻花朵的头顶，后舔花朵的嫩肉。

那一刻——

春天所有的花朵见了好雨，都有翻涌潮湿的感觉，在好雨的安抚下，服软。

在一棵树心里，好雨的脾气就像棉花一样温柔，一点也不暴怒，爱在绿叶的梦里睡。

好雨被恶风放逐，无论流浪多远，总是回来，丢不下每粒干旱的沙。

一粒沙摆脱了烈日的灼疼，在好雨的爱抚里，是一副温柔的面孔，湿润如初。

一株草从地里走出，睁开眼——

看见好雨跳着柔润之舞，将天空洗刷了一遍又一遍，喊出大片清净的云。

那个地方

我想走远一点，离开那个曾让我掉泪的地方。但无论我走多远，那个地方产生的磁场巨大，把我精神里失落的铁，磁吸回来。

在那个地方，躺在草地，肉身的存在有柔软之觉。

让柔软的草抚摸一遍，心可供梦乡欢度。

在那个地方，春暖花开，裹蒸抵达民间深处。

香气扑鼻，沉浸佳节，我已搞不清被哪缕香征服，醉倒在桃花的恩典中。

那个地方对我有恩，宽容过我一次次踢踏而起的灰尘。

不管我怎样咬破自己，流出一口一口的血，仍然填不满对她的亏欠。

误读：仿佛指鹿为马

有人把一个日子误读成一张老脸，把老妇的背影误读成少女的形象。

是老眼昏花，还是夜太深，不知所以？

生活的内容还未像丝绸一样展开，就被误读成漏洞百出的野史。犹如一个字被误读成另一个字，犹如会飞的山鸡被误解成只在草地行走的鸡。

把贴在枝上的叶蝶当叶子，是目光的误读。

把路的走向当人生的方向，是为政的误读。

一个人近视了，离开山崖久了，把山崖上的花读成草，制造互变关系。

仿佛指鹿为马。

假如生活公证，要站出来勘误。

一个人糊涂了，思想痴呆了，把山中的雾当云，把云看成雾，人性里所剩的是非辨别无几。

仿佛指鹿为马。

如果华佗在世，怎么看待此病症？

翻阅一些旧时光：动乱年代。

谬误构成的野史：往往把硝烟当良药，敷在社会的伤口上，痛感麻木。

人常常被误读成牛，牵出来，遭批斗！

生活处处充满被误读。

但愿黑夜不会被误读成黑暗。

但愿丝绸的绵软不会被误读成人性的温柔。

但愿我对生活的热烈，不会被误读成北风的冷淡。

但愿鸡年的天亮不会被误读成变味的光明。

岷　山

去黄龙的路上，在一个海拔四千多米的山口下车，停留，我遥望着白雪皑皑的岷山，感觉高处不胜寒。

我目光里的岷山高耸入云，把雪揽进怀里，封存；把石头打造成坚硬的骨头，在一种白里触摸四季。无论遇到多大的风雪，恪守一生把身体挺直。

只有清风和石头的财产，雪就是岷山的一切。

岷山：不得不让我仰望与膜拜。

而比岷山更低的山：

景色秀丽，不仅拥有绿树草地，而且配备蓝色的海子，获得鲜花吐露的暧昧关系。

让生在贫瘠深处的秃山羡慕得夜夜无眠。

但岷山身在那么高的位置，在岁月的起起伏伏之中，始终保持着雪的素洁，头顶一轮清月，也不积蓄半点光辉。

是命里的本质？还是两袖清风的思想？

替别人记下一些忧伤

打开城市的生活，在小小的角落，替别人记下一些忧伤。

那些叫草民的人，不知不觉就走上一条违规的路：

在街边，摆摊卖菜，做着最小的生意。

因害怕被追逐、被没收，靠在街边，在阳光下落地为草，也不敢丛生半寸身影。

靠一件大衣，熬过一天寒冷；

凭一把雨伞，度过一场大雨。

渴了，饮杯开水；

饿了，吃个馒头……

哀痛如一根刺插入卖菜的老人的心里，涌出泪水：

“我一粒粒剥出来的蚕豆呀，却收来一百元的假币！”
浑浊的眼神——
一时找不到一分诚信以待，
脸上泛起的苦楚，期待围观者泡出一杯温馨的同情。

天空诉说

夜，一直黑我。

我以忍受闪电的打击，来感谢夜专门黑我的渲染。

我知道逃不掉鸟趾踩在我身上的命运。

我看到一股面无表情的风鞭响碎落的树叶，一夜经营灰尘，想污蔑我。

鸟翅的每一次拍打，伤的不是我心胸里月光的音弦，只是溅落沾满灰尘的羽毛。

子夜，一切归于安静。

我的皮肤经月亮擦洗了整整一晚，云一样白净。

我以宽广的能量抽空内心的虚无，存入一笔星星的灿烂，摇醒黑夜储存的梦境。

路灯迷昏，照不见前路。

黎明的临界点。

我拒绝与黑暗的影子拥抱在一起。

在翅膀的扇动里，重新在云群里找出阳光的踪迹，把形而上的心境再亮堂一次，

无畏夜黑我！

底　层

陈志泽

底　层

城市楼群的底部是架空层。潮湿与阴暗腾给了杂物间。

许多杂物间又将杂物腾给了人——涌进这个城市的打工者，流向这些方形的洞穴，一朵朵浪花不再四处流荡……

形形色色的小店像雨后的蘑菇：微型超市，飘出热气与滋味的小食铺，挂满衣服的干洗店，修修补补的小作坊……在楼群脚下冒出来。

城市里最低、最小的屋子，人来人往，脚印滋养着多少人生存的渴望。

底层里有生命的“杂物”，过着属于自己的日子。

阳光想要探知什么，得飞流直下，还要拐个几十度弯。

而床前明月光，却伸手能抓一把。

这个最酷热的夏夜，吊在床顶的小电风扇不停地唉声叹气，而随心所欲的鼾声却回荡不息。

一大早出门去，两只腿还是那么长，腰身还是那么直。

接地气的高楼底层那些“杂物间”，充实着最浓缩的甜酸苦辣咸，填补着社区那些无关紧要的小空缺，顶着重压在城市的生活里坦然行走……

熬

坚忍磨尽了黑暗，天就亮了。

专注挺住了饥饿，就能站立在大地上。

咬紧牙关，长途跋涉的功夫，在汗水的淬火下越发过硬。

平静如枯木，打针甚或开刀。一口一口权当品啜，饮那又苦又辣的中药。任你病痛死乞白赖不肯败退，不就来一场旷日持久的韧劲比赛吗？无论如何得赢。

一些演戏五彩斑斓、光怪陆离，简单得很，以固若金汤的沉默面对。

只凭一点水和空气也要存活，日渐瘦削的是血肉，不断丰满的是向往，呼吸的气息能席卷所有的逼迫。

爬行的时间每分每秒都在用它纤细得看不见的喙开掘狭窄的路。

一次次的祈祷让慈爱的上帝一节一节降下拯救的绳索。

把石头、沙粒、泥土慢慢滚成粥，把荆棘、野草慢慢炒成菜肴，肚子瘪了也不急，慢慢地把岁月煮成一顿顿寡味少油的家常便饭……

熬，是人生的一块粗硬的基石。

一把老锄头

退出田野，就被扔在墙角。

牙齿全都脱落，岁月磨砺出的光亮褪尽——一脸重重叠叠的老年斑直蔓延到了瘦长的腰杆。

忽而一日，怎么就跑进了荒废的自留地里？

老锄头憋足的力气比从前还大。

一次次，千万次，低头嘴啃泥，挺胸歇口气，俯仰间续写着已经写了一辈子的一张一弛的哲学文章。

板结的泥沙、碎石瓦砾撞击它，撕咬它，却让它抖落衰老，密匝匝、白亮亮的一片新牙长了出来。

坑坑洼洼里的动荡让它不住地腾跃，身子骨越加结实坚硬。

老锄头又回到从前，它透彻农活密密麻麻的经络，熟悉作物翠绿的呼吸，它在耕耘的字里行间游刃有余……

老锄头终究没有退出土地。

我用目光棒打丑恶

我害怕而又愤怒。就躲在角落里，以一种变异的心情观望着。

我缩在小窗旁，震惊而又焦虑，寻找一个宣泄的出口。

我披着夜的外衣，看那聚光灯下没有结局的折子戏。

我选择能遮掩之物遮掩自己，窥视丑恶。

丑恶在那里张牙舞爪、搔首弄姿，丑恶在那里行骗、蛊惑……

我胆小。我是百无一用的书生。我手无寸铁。我只拥有无人察觉、无人举报的目光。

我可以随时随地用我的目光棒打丑恶，而避免暴露。

我正义的目光重如孙悟空的金箍棒。

我威武的目光无所畏惧如景阳冈打虎武松的木棍。

我挥起我的目光奋力棒打丑恶……

模　子

一压，就有个固定造型的玩意儿出来。这印制玩意儿的玩意儿就是模子。

模子大多是木头雕成的，简陋。但要弄出个玩意儿，找正规的机器制作够麻烦的，找它就便捷多了。

老师傅早就谙熟这一项工艺，操持起模子来没有表情。

压出来的“龟子”，用的是什么食材。味道怎样，那是别人的事。重要的是，模子里一过，那上头国营作坊的印记、规定的花纹就刻下级别，就有了待遇，还有了接下来四处兜售的资格。

模子和模子的运作不引人注目，效用却格外实在。

咔嚓，声响不大。一个有模有样的玩意儿就出来了。

咔嚓，咔嚓。隔三岔五，模子咔嚓。

老师傅在一旁若无其事，只在肚子里开花。

乡　村

任泽健

夜的眼

一切从黑暗中重新开始，比天空更低的塘河缓缓流淌。身边的这条塘河，历经千年的风云。此刻，它显得沉稳，隐藏了白日的喧闹，也似收拾了岁月的浮躁。

水上，灯光映衬着不明飞行物，留下忙碌的身影，不安的、匆匆的，沉迷在夜色里。

谁在夜色里歌唱，他又在歌唱什么呢？顺着他的目光，看不见月光。听着风中飘来的歌声，诸鸟也陷入沉默。被歌唱的苹果像太阳，被吟诵的黄橙像月亮。

垂钓者，坐定在一块石上，视线凝聚在钓竿上那束光里。

一个中年人低头沉思，他望着远方，望了很久，终于感受到黑夜里的光亮。光明的获得不是在仰天长啸时，而是在深深低头的瞬间。

路灯慵懒地照耀着，光亮处，有飞舞着的小虫。它们是求生？还是表演？

夜的眼，她具有不曾被污染的纯粹的黑。夜的眼，她包容了一切，而又显得个性十足。

一个个窗口。一闪而过的车影。

月夜归

月是故乡明。

其实鸣山的月亮和全天下的月亮并没有不同。此刻我正站在塘河埠头看月亮。

在水流边，深深浅浅的脚步，踏碎了月光、灯光，惊动了虫鸣。低着头，会无端地悲伤起来。

悲伤对一个人是有意义的，自省或回归。这像黑暗的意义一样。

你从很远的地方来，栖居于一个小的空间，并安于这里的呼吸、山林野花的气息。有个声音在驱赶着你上路。或许是有月光的夜晚，乘着月色，揣着一份未知。一个卑微的生命内心需要强大，支撑着的还是这月亮，光而不耀的月亮。

只要你心中有，就无所畏惧了。

披着一身月色，踩着自己的影子，走在回家的路上，前面永远是未知的风景。

白如霜

霜，在第一缕阳光里逃匿，无影无踪。

薄雾罩在水面上，淡淡的。我在塘河边散步，迎面走来的是一朵朵鲜花，比如三角梅、茶花。在这沉静的早晨，这些花开得有点突兀。

水边芦苇，青黄参半。蒹葭苍苍，白露为霜。那跨越千年的风霜并不在此刻此地驻足。

沿着记忆，寻找去年开放着的两棵梅花，竟没了踪迹。

细小的豌豆花却开得很艳丽。这卑微的生命，总在冬季开花、结果。我蹲下来，仔细观察，娇小的叶片上，还有淡淡的霜色。

外省，一个偏远的小村小镇，有着极其丰富的历史记忆根脉。那些根脉，犹如细丝般缠绕着，挣不脱，解不开，又一点点影响着当下的生活。这也是一种大恩赐吗？诚如来自上天的霜，不动声色地来去。

白如霜，白——如——霜。

阳光味

在塘河边晒太阳，是一种享受。躺在枯黄的草地上，任性地眯上眼，管它东南西北风。

“太阳，你这个圆圆的魔术师，如此慷慨地普照着大地，你在人们眼前创造出了这么多的奇迹。”

旁边有喧哗声，也有风声、鸟鸣声。只有水的声音很安静，自己的内心也很安静。

回到村庄，回到过去的阳光下。从屋檐上洒下的一缕缕阳光，照在一位老人的脸上，她认真地剪纸，一幅小猴子的图案，活灵活现。我在一旁看了一会，她竟大度地签名送给我。生肖，把人和动物拉近了。似乎在告诫我们，从哪里来，到哪里去。

不少人家门口挂晒着酱油肉。一串串在阳光下陈列着，吸足了阳光，成为一种风景。

生活有时就像一幅幅作品。面对如此逼真的写实作品，你只能归为抽象。

生活有时也是个人隐私的事。行动，而不是表达。这样想着的时候，我的全身也沾满了阳光味，新鲜的阳光味。

甘肃走笔

水　湄

甘肃，高峰上的高原

我未曾抵达时，属于未知；我已抵足时，则是暗示。

当一些语言如鸟从我的眼睛飞向你，这象征和果实是一个荒芜者的道路。

你知道的，我要说的是，它飞向你时，带着我的骨骼，脾性和爱。

一处地理，一处宗教。

我敬仰你高峰的苍劲，你母性和父性的光芒；高山仰止，一汩汩隐秘的力量，我仿佛在一道道绵延的山脊上听到你青铜的招魂之音。

山脊上那些虚空的地方，云在跑动。

像一只雌鹿，像一条奔跑的路，此刻我在你的山脊上，还是你陌生的一部分，我想成为你黄土层上的音色，被你记载。

我看到神在你的山脊上播种；我看到无论清晨还是黄昏，你的黄，一尺一尺向天空拢聚。

风正在翻越山脊，我看到明晃晃细碎碎的阳光遍地洒落，一沟一沟，它金色的烟尘，一滴滴落在脖子和手上。

我喜欢这西风烈，草木黄；我喜欢你裸原上的一滴水，一阵金色的烟尘，几声秦腔粗粝的喉结滚过……

不是假想，在这西北大地，莽苍，是一方水土的性格；不是假想，沧海站起来，长成涌动的黄土层；长成高原的骨头，经脉，青铜的质地；长成姓氏和血缘，长成阳光与草的磅礴。

头顶苍穹，听风似马蹄渐远了又近，仿佛它驮着开花的礁石和大海的涛声。

跟着风，撞向落日最古老的肃穆，竖起耳朵，像一只雌鹿，我好像是越过了一个时代。

一只燃烧的鹰带着它的天空和一生。

你的世界那么高，又那么低：高得攀缘天空，低得接纳下我。

谦恭如仪——

为你而来，我的起伏是轻微的，一枚微笑的词，幸运的词，站在黄天厚土上，从你的一只眼跳到另一只眼。

灵魂的淬火，背负着的精神皈依，高峰上的高原，你是我重构起来的一个世界！

黄土窑

一口窑洞，就是一垒黄土的意志和基因。

就是大地的心跳，在高原，随处可见。

高原上正大兴土木。

山高，星稀，月色弯曲，望着灯火处一座座高楼有的拔地而起，有的在脚手架上修筑，你如一双双眼睛，一孔孔排箫，从柳丝里穿过，在时光里吹奏。

风云，荒火，黄土在你身体里豢养了厚重，盐粒和钙质，你的高处，低处，明处，暗处，让猎猎如箭的西北风一遍遍朗读。

最高的山峰以上，一群大雁逆风而行，有哑默的气息。

风凛冽，毫无顾忌，一口窑洞攻占了我的心廓；我的纸上有着你隐隐的鼾声，成为西北高原最原始的情绪。

一只眼睛观世，一只眼睛察己。眺望或者目送。

窑洞，仅仅是一个符号么？安静地悬挂成古铜色的遗址，像走在历史云端的事物。

北石窟寺

来到这里，是我生命的另一段。

突然之间失语，时间也是偏心的，几个朝代的风烟过去了，菩萨们有的看上去像刚刚雕刻的一样，精致，饱满，鲜嫩；有的却断肢缺脖，斑斑驳驳……

黄金经卷，一尊尊佛，这不熄的灯盏救活一个荒原。

多少城池坐地风化，多少古堡被吹成黄沙，这里，菩萨们庄严肃穆，晒着高原干净的太阳，他们活在时间之外，不会长叹：逝者如斯夫，不舍昼夜。

风吹动尘世的悲伤和欢喜；风吹动树枝；风长长伸了一个懒腰，树下，堆积一地枯黄的时光。

有麻雀惊飞，当我们未曾踏访时，它们扎堆在寺内论佛听经。

“一花一世界，一叶一菩提”。

呼吸、行走，灵魂赶着各自的肉身，回到本真。

一本本经文仿佛正在诵读，北石窟寺一片庄重肃穆。

天苍地茫，落日大隐，灌注了大风、雨水、月光碎片的北石窟寺内，菩提粒粒珠圆，佛走不出一朵石刻的莲花，心怀慈悲，诵经声如水滴滑落。

印象：慧剑寺的钟声

唐贞观年间的钟声还站在原地。

它站在风上，站在薄翼般的阳光上，闪光的，它是一道倒影被我的眼睫托住。

这是我仰望的钟声。

我一个人时间里的钟声。

它是 1400 年，如魔毯，从唐穿越到今的钟声。

光线在源源不绝地汇集，钟声像一条宽阔的河流缓慢地流动。

钟声下面，有许多匍匐的事物，它们都活得相安无事。

钟声叫醒一两滴鸟鸣，叫醒门前的落叶和流风。

我跟着一些风进了罗汉堂，那些罗汉，落满灰尘，残腿断臂，色彩灰暗。

见到我，似合掌道：阿弥陀佛。

518 尊罗汉摆出千奇百样的姿势，这是它们可视的图语么？

年久失修，朱红的漆已经斑驳剥落，香火旺与不旺都遮不住衰败之象。

钟声漫卷着风，钟声里，色俱无，爱恨成空。

自我撕裂，它舒展开来又蜷缩回去。

一只蜗牛从叶片上走下，在大悲咒里，看见生命归去的踪迹，它是不是也驮着自己的一个寺院？

驮着木鼓，钟声，天空和大地？

宗教是一种哲学，一种改变意识形态的力量。

烟火旺盛或者凋落，“慧剑断烦恼”。

我听到，慧剑寺的渺渺钟声，在表达它的存在，表达它的禅意和它的扬名于世。

印象：应梦楼

都应了梦。

春梦。秋梦。南柯一梦。

众星摆列在天空普照，高深莫测，一场场被设计的大梦，扛起鲜艳夺目的传说。

梦的世界很小，梦的世界很大。

行走。匍匐。我们在做一场梦的祷告？

在梦里我们不需要真相。

翘檐像梦一样悬挂起大雨，狂风，阳光里的雪。

宋时的金鸭池和虎溪桥，作了它的前言和扉页。

想那池中的清澈之鱼，谋略似的吐出梦呓？

有求必应，不分光明与黑暗之心？

有求必应，沉沦和光明太多的人心！

不是所有的楼都能应梦，不是所有的楼都叫应梦楼。

一座楼，应梦，记录人性，蜘蛛和网的关系。

应梦，应梦，梦是不是我们的粮食、爱情和花园？

一层神秘的色彩，它在那儿，是挂了上千年的一幅画。

路过，际遇，保持天生的警惕，回到自我本身，在一座楼里，我们把希望与美好悉数交与梦境。

印象：青雀塔

一只青雀正在塔尖拍打着翅。

它还在忆及为玄宗帝传音寻杨妃。

一个朝代逝去。

三尺白绫还在马嵬驿晃动，风尘旧影，一段爱情是绝望的大叹息。

通梦的青雀塔荒草般在川西什邡的一个角落。

观察着人间的爱恨情仇，朝飞暮倦，谁能知晓青雀的落寂？

乱柳吹笛，魅影遁形；三星暗淡，深寂的青雀塔浮现出霜迹。

车辚马啸。命如齑粉，这词，是说杨妃的红颜薄命。

尘世远，尘世深，那乱世的魂魄像哑掉的雪和许多花瓣躺在一起落泪。

什么叫作“在天愿作比翼鸟，在地愿为连理枝”？什么叫作“骨中的骨，肉中的肉”？她在一隅自己做自己的帝，自己做自己的妃。

和青雀在夕光中修炼飞仙之术。

不托生，不转世，处变不惊，她已在通幽处把人间抛弃了三次。

还乡随感

曹　雷

一

落英缤纷。一个隐身其间的影子，听见了根部传来唤归的声音。

这正是我想要的。习惯上，被人们的表述称为行色，弧线自然而优美。

归程一寸寸靠拢，呼吸也慢慢急促起来。

久在樊笼，我已把沧桑历尽。那一天，当这一切都要退成时间的背景，你扬起的手轻轻一指，就松掉了我身上的全部绑绳。

眼眶一热，一个转身，只想如何把你抱紧。

从哪里出发，还得重新返回哪里；和自己告别的人，最终也得回到自己。

用完六十年复杂的宠辱沉浮，只换回这样一个简单的体会，

是时候了，我要回到故土，把自己还给武胜。

二

一步步走近，我捡回的是生命里的第一声啼哭，清晰得有如十二月最初的那朵野菊，泛出的一片金黄的光晕。

是在嘉陵江绕过下河街陈旧的石梯流走时，歪斜的吊脚楼。摇摇晃晃的烛火。襁褓中的我，被你交到一位平凡母亲的手里。

摇篮一样的沿口镇，用身边的一江好水，一口口把我喂养长大，直到送我起程，一路辗转去离乡背井；直到你的叮咛，成了偶尔吹来的一丝丝断续的江风……

带着你烙上的水边胎痕，那以后，无论我去往何处，故乡的视线，绳

索一样绑定着我，捆牢我起伏不定的一生。

直到告老还乡，指缝间跌落的热泪，才又一次，唤醒我早已陌生的乳名。

三

现在，你让诗歌的翅膀接我归来。

老眼浑浊，却尽露丝丝温情。第一眼，我就望见了蜷伏在原处的那些地名，扑面而来的全是熟悉的体温。

是不是，只有它们还能辨认出一个归来者旧时的身影——

离岸不远的团鱼石还是那么醒目，浪花开满过我儿时的夏天，岸上仅有的一条长街，比鸡肠还细窄，这个叫烈面的小镇，收留着我成长期的梦幻和欢愉，苦难和屈辱；

几蓬衰草，几粒萤火，几声蛐蛐叫。白庙乡忧伤的童谣，那时，温暖又灿亮；

最偏僻的走马场，有记忆中最美的花朵，让一个多梦的少年，嗅到最初的香和烦恼……

若是没有几个童年的地名在心中隐藏，扮演情感的导游，一个人，又哪来心中的故乡？

万水千山走遍，早已忘掉了许多地方。只有脚下的这块热土，能让我的爱和怀念雨水一样慷慨落下。

四

人们说，何处掩埋着血亲的骨殖，何处才可以被称为故乡；哪里能让你心跳加快，老泪纵横，哪里就是你的家园。

武胜呵，多少回了，枕着你的名字，在别人的城市里，我的睡眠才能安稳。

常常是乡愁不减，梦境层层打开——

……兴隆场，三滩河，亲人们骨头的体温和低语一样的水声；

西关乡回旋流动的绝版太极，是天下不二的江上奇景；

宝箴塞惊世骇俗的奇诡和智慧；真静书岩的瑰丽，荒芜，悲怆；

天印山神出鬼没的孤傲流云；以及旧县古址上空的袅袅狼烟，战马嘶鸣……

长梦醒来，在我枯槁的容颜上，这缕缕乡愁已被镂刻成一道道深沉的皱纹。

突然发觉：故乡，留给每一个人的血色痕迹都不同样，而我却无法为此分类指认，也无法给出可以接受的命名。

时光深处刮来的风，说的是似有若无的秘语。

五

初夏的阳光，让人有了一阵阵的恍惚，这座县城的表面蒙着一层陌生的色晕。

故乡，我得摘下故作矜持的墨镜，才看得清你现在的模样。

今天还不是休假的日子，城里城外的安详一定是来自地心和低处的草根。

早年那一个才情横溢的少年诗人呢，是不是也和我一样，一路念着你的名字，去了远方，追逐未曾确定的命运？

阳光下想起的几个儿时玩伴，让我把县城多看了几眼。

宽阔的街道没有宽阔的喧嚷，从容的日子多好，远离浮躁就是该有的和谐。

不远处的白坪新村，焕发着故乡的新颜和锦绣远景，有如一位青春美少女那迷人胴体的气息，吸引着世人的回头率。

嗅到了县城空地上，不知名的小野花在散发芬芳，多么像生息在这里的父老乡亲，用朴实和勤劳默默充实自己的一生。

武胜，你保留了最好的本质而不作改变，就是最好的岁月。

六

一直认为，下河街的渣渣鱼，是世上杰出的美味，龙女捧出的白酒，未饮心先醉；

来过这里的人，味觉会被惊醒，思维不再迟钝，舌尖会打出高分。

餐桌旁的窗外，一江好水没日没夜地流着，似乎是要化作稀有的佳酿，不停地溢满你手里的杯盏。

当年呵，长长的嘉陵江鞭影一样，驱使我逆流而上……

又让我在寄居的城市，依靠这浓浓的乡味，本能地抗拒异地的同化。

还乡的人，双颊污浊，两眼空茫。

几杯酒下来，故乡高粱的褐红又回到脸上，闪烁柔和的光，生生照亮我童真般的快活。

或许，这初夏的阳光和我终将再次离去，今后的生活还会是甜酸苦辣，百味杂陈。

有了今天的家乡味垫底，还有什么样的苦头不敢去品尝？

这一座好城，这一江好水，让我还一次乡，就丢一回魂。

在武胜，感受到故乡传递过来的推力，我会稳稳地走好前面所有的路程……

白云山写意

陈惠琼

蒲　谷

尘世的木棉花随南风，覆盖从云台花园走去蒲谷的脚印……

季节在蒲谷吸氧，充足日渐深色的年轮，风声将时光压入小桥，依然是无尽的负离子……

泉源的水从一峰流下清波，成镜子映照脸、手、脚……

注目哗哗流水，来过又来的水，仍然想带走荡涤，仍然想带走蒲谷来过又来的回音，却同样脱口喊出自己名字的回音。

或者像水，慢下来。

太极柔打，打开草香的呼吸。

至此，时间改变不了云山的天性，云山的水都有不同寻常的去向。

亦不经意地改变了内心的去向，让该流走的都流走，借助山顶公园顶上水流的意境，感受蒲谷下面水坑里的鲜活。

不能缺氧。

犹如人的灵魂。

从一棵树赶到另一棵树转悠，之间无限制。从一朵花赶到万朵花欣赏，属于任何人。

锅子样的蒲谷，盛水、盛氧、盛四季，辽阔如春。

千年的歌吟遥遥升起时，一定在不知不觉之中，忽然激动地一呼一吸。被激动过的胸脯，呼吸得多么均匀。

蒲谷在白云山的下方，蒲谷的光芒在玉体的上方。

依山而立，倚水而坐。

云山烟云

脱去帽，脱去眼镜，脱去外衣……

一睹白云山烟云氤氲，云山朦胧，云山之外亦朦胧。天、路恢宏，角落一片神秘的纱……

运行云山的天风，无所不在，不停地呼号。摇晃树木之质地，牵起云山之茫茫，天风之千呼万唤，把云山的童话蓦然揭开。天风再造于烟波之中，将以千里、万里之势，铺陈为所闻的旷世……

让天风追逐天风，早已启程！

流淌的热梦在灼热的呐喊化为飘逸，永不变质的云山，烟云晕眩无涯无际。

时间转到八九点。

遮住的奇妙，又恰似隔着烟波浩渺，起伏的缥缈，有蓝衣裙随风随意随到。

俨然，迷失的道路，开解有松涛。流曳的珠江，扬起花船。卖花买花，再现花地。远方，沙面拱起的桥，直觉有车。天河寻找最高的广州塔，眼睛发挥至极点。

云山的早，亮一亮，不会无缘无故地翻蓝。

山顶公园的花云多像境遇不断变迁，起伏来回。

摩星岭

爬山，在摩星岭道上爬动，推动爬山的是前面海拔 382 米的山峰，血肉之躯的山峰。

一步一步走上去，摩星岭一点一点矮下去。

松树一点一点高大?

站在摩星岭向天上看，向天上找?

忙忙碌碌是星星的晚上……

白天，大多数的树一样，在空中伸出所有的枝枝叶叶，一把一把地抓住阳光和雨雾。而眼睛却盯住闲得打盹的云，云在林梢随风缥缈，变幻出各种奇异……

蓦地，谁也不会遗忘找水，依旧以山水冲茶，茶在山水中一泡多年。

亦冲开云遮雾障的心情深渊。

怀抱一个半遮面的春天，带雨的松果撒满身影，让一些脚步不会迟疑，不会迟疑地细数着身边的落叶……

林中的空气，开始湿润嘴唇，心中的块垒化解为清流，流向层林叠翠，奔溅于苍茫云树之间。在不安分的岁月，安分地把脚印印在摩星岭。

总是觉得摩星岭是白云山之巅！

海拔 382 米。

海拔 382 米，一座情人峰，大片大片的火烧云缭绕，树叶筛选着阳光……

白云山是著名的“广州城中之山”。

海拔 382 米，一座与广州市中信广场大厦论高低的名峰。摩星岭，“近摘晨辰举手劳”是灵魂年复一年追逐的幻影……

举目远望，大地辽阔，天空高远。南边玉带似的珠江，流入南海。越秀、白云，两山相连，万峰千峰。中间南国大都市广州城区，绿意盎然，若隐若现。

回看几百峰，林下一条条溪流蜿蜒远去，隐匿中的溪流穿越崖岩而成飞瀑。一种“阅尽人间春色”的自然，一种“我欲乘风归去”的骚动。

俯瞰大地景更壮，千万子民泽恩膜拜。

蓦地，任凭动听的喊叫，一声高一声低，依然和着秋涛声，依然加在知了的回音的后面，那感恩的歌声前面，悠然自得。

被吹旧的时间（组章）

湖南锈才

秋　风

不敢写到秋风。

我怕寒露风过早来临，我怕大伯秋苗无收，我怕一场霜降过早降落他头顶。

不敢写到秋风。

我怕看到大哥开裂的手掌，那地图状的伤口，冬天不时渗血，让我难受。

不敢写到秋风。

我衣衫褴褛，我怕我衣不蔽体形同疯子。

不敢写到秋风。

我怕寒夜的星光，就着这风，点燃了乡愁，我怕我的心越来越凉，我怕半夜，村庄的咳嗽。

秋风，其实就是个地痞流氓。

——我听到它又在脱花姑娘的裙子，解树大嫂的扣子。

我看到遍地残花、落叶，这遍布人间的哀伤。

膀子村的冬天

老屋。膀子村。夕阳下，东一间西一间的，断壁残垣。

像看一场惨烈的战争片，到最后，只看到废墟，和摇摇欲坠的孤房。

当年为争一小块屋地基，打得头破血流，继而互不理睬斗了一辈子的两个人，一个成为对门坟山的一部分，一个背已驼到贴近地面。

在时间面前，无论你是主角，抑或配角，都沦为惨烈战争片的背景。

我只是侥幸还苟延残喘；但已是缺了一条手臂或空了一只裤管的老兵。

故乡老气横秋

可种水稻、茶、亲人、初恋小阿珍，膀子村那一小缕蓝天，想啥时下就下的雪，眼泪，欢笑。

可种植爷爷的白发，父亲的咳嗽和消瘦，大哥的断指，早早远嫁的姑。

可种植季节农事。春花秋月。乡亲们的音容笑貌，粗俗笑骂，无所事事，不思进取，淡吃萝卜闲操心。

可种植我撒野的麦地。离经叛道的少年。郁闷的青春。

故乡是我心里的一道硬伤，一道熟透的脓包。

你养育了我，又抛弃了我；你营养了我，又深深伤害了我。

今晚这新月，又一次割伤了我，遍体鳞伤。

你肥沃，又贫瘠。

一张方格纸亩产十万八千斤，将我思想的卫星高高放出，让我的孤傲、悲伤

深深种下。

你又贫血，一贫如洗，如我思想的盐碱地。

故乡，一年一年，已被秋风吹薄。

故乡，一日一日，已被词语用旧。

标在人生边上的点

林映辉

顿　号

抑郁的诗人，把夜咳得断断续续，无节奏的咳声并非平仄的韵律，夜空带过的一声乌啼，似有征兆，打湿了诗人本不押韵的心情。生活中一幕幕场景都可以针灸他敏感的神经，如：湖面漂泊的一枚秋叶、甲板上挣扎的一尾鱼、夜空滑落的一颗星；他都在感叹生命的倏忽而止！

清晨的钟声，敲响了夜的思索，使他顿然醒悟。

逗　号

宛若一只跃然于纸上的蝌蚪、一颗锤砸不烂的铁豌豆、一把盘算经纬的指南勺。蝌蚪游弋在人生的篇章里，尾巴轻轻一摆便让成串的故事娓娓道来；豌豆没在文字狱的拷打中逝去，而是成就了铁一般的生命硬度；勺子虽可在平滑的盘里自由旋转，但它树立了自己朝南的坐标。

逗号它甘愿做一枚朴素的纽扣，去系结人生华丽的篇章。

句　号

这座古罗马的斗兽场囚禁了美丽的夜、战败的人。奴隶、野兽在为生存作困兽之斗，贵族们的丝巾遮掩不了丑陋的嘴脸，求活的匕首刺杀了俘虏的尊严，斯巴达克斯的吼声歇斯底里，试图将夜唤醒；给迷失的文明，吼出了方向，起义在层层包裹里碰壁，折翼。

但文明的魂灵飞出城堡，鸟用小小的喙把黑暗啄出一个洞来，光明凿穿了奴隶时代的城墙。

冒　号

诗经离骚的千古绝唱，唐诗宋词的优雅婉转皆出自此，妙语连珠里灿烂了一段段文学经典；皇宫中那惊天密谋、诬言佞语、临终遗嘱亦从中道破，潴厚了稗官野史；两片朱唇也忧吹残笛、哀唱骊歌，动思妇之情肠，伤文士之诗心的音韵从中不绝。然，历史并非一曲唱尽千古事，更多时候是无语倾诉、欲说还休、半遮半道。

后来人在历史的低低絮语中回味经典、在沉默中注解人生。

省略号

豆雨疏落，轻薄的油纸伞撑着雨珠远行……

南城边撒下荧光粉，谁的脚印从这踩过……

历月华淘洗，望不尽征帆的远影，数不清波痕的落日，临楼眺望，依依等待。

经世事沧桑，踏着晚点的钟声，踩着千年的泥泞，今夜来到你面前。

对影默默，你我只温热了一壶茶，省略了诉不尽道不完的过去……

问　号

钩子挂在岁月的屋檐下，随日子一起生锈。悬在钩子下的是抖不落的钟点，比屋檐下的残漏、花瓣末的露珠、蚌壳里的珍珠都要悬、美、真。是哲学家笔下凝滞的那一点、年迈母亲眼角涌动的那一点、迟暮美人铜镜泛绿的那一点。然，这秤钩，无法称出这滴诘问重量!

钩子这钝化的镰刀，已无法砍断岁月滋生的疑问，成了母亲佝偻的背，继续承载着生活的忧虑。而诘问者也陷落入这诘问的最深处。

感叹号

是谁把岁月里的那弯问号拉直了，不必溯洄。只知：寻梦者持着长篙漫溯，寻找理想的那点光辉；迷惘者挥着台球杆击打着，不可预测的命运数字；安详的老妪拄杖前行，她把重心全然交给了拐杖。

意义总在演绎的诠释里，拐杖点地的印迹，成了一生的感叹；冰凌融下的水滴，成了破冰的象征；画家落笔的一滴墨，成了点睛的标志！

书名号

人生的左岸、右岸哪边才没风浪？人生时而左岸时而右岸，处处都有风浪。问答间，只见离弦的箭镞飞向靶心，鲤鱼游向龙门。箭镞未必能中的，但弓箭从未间断的拟发。鲤鱼过龙门，过则成龙，虽没有谁跃过，但谁都没有放弃过。

锲而不舍的追求，凿穿了人生曲折的坚壁，释空了心灵。留下的痕迹，书写进人生奋斗的篇章里！

一个村落的声部（七章）

梁永周

交　换

是呼吸了一片叶子的绿色，如是才在红尘里倒退两步。

走进历史的始终是个庞大的词，和一整片森林。我笨拙的笔过于素淡，于是秋深处不再去钓鱼，不在过季的蔬菜上施肥。加一场细致的雨，调和一下光阴吧。

一只鸟的疗伤和一张纸去皱的手术，雨过就和春天没了隔阂。

遗忘越严重，晚餐就吃得越复杂，多了陪客，多了肉食和酒水。

把风尘用最小的字来总结，从纷杂的苍白中留下浅淡、脱水的描写。

要抠出一整个史册，才能在岩石上说出小声的一句，于是山林幽深，本然之境，一张有色彩的影子，换走我的江湖。

边　城

这里的水可以洗月亮，让静美成为绿色发出美妙的声响。

黄玉米、红辣椒、砖瓦房，我也想搭建这样一个院子，采购一缕自己的炊烟。

就在这里耕种粮食，像回归家乡，像用奔跑划分麦田。这些景致，让爱自然成一滴水。

于是我抬头看着流云捂着耳朵，到了许多个类似的地方。

一个村落的声部

能够与记忆中斑驳的那一部分碰撞，那这个地方势必又有一场情感的战争。

在流水与石头的亲密中，沉溺于一滴水的囚禁，这种美好像是种幸福的耕种，一层，一层；数过春天的声浪。一粒，一粒；每颗废墟都能转化成种子，在忧伤的时候发芽，在哭泣的时候长大。

似曾相识与一见如故，这丰腴的土地上有着民族的配饰。

一个梦的水分，载于初见时的一个眼神。于是，促就了长久的魂牵梦绕。

被肢解的句子

他还可以继续写诗，像阳光被埋进深土再长出来。我在海上继续假设，当猜想碰见渔民，答案就被一棵垂危的树移植。

海上的句子都像扇贝，我们都抱着许多个英雄；可这水的力道和一片树叶有相同的魄力，关于人类的出处是：用一颗尘埃的心态随遇而安。

于是我去路过洞穴、坟墓，然后词语留下。

我并没有刻意找一个诗人。因为，墓碑上都记载着。我们负债而亡，词语借得多了，庞大需要被拆解。

可我得知跪拜时，膝下有的是什么。

祭　祀

用一滴血喂养这叶子的嫩绿，我是愿意的。

把一切与真实有关的可能，都摘录、镌刻在账簿上；

把寻源放在与爱情等高的位置上，我们就平衡了，这样的姿势可以过河、攀缘，把救赎与一棵树连起来，石头就会把秘密让风带给一个人的黑夜。

那深处有骨头，骨头在发芽，还会开花。

这个季节的腔调，把浮躁、欲望、狡黠、虚妄都盖进泥土。

说出天空的空里和山林的深处透露着相同的沉，血就变绿了。

寻　问

绿荫蔽日。绿风与钟声把传说的细节又拉到阳光中来。

例如一座山从春天长出的头发、还有一粒尘埃的胚芽。

远古的山啊！手里有无数朵花，我问了一生的村庄，
只交给我黑夜写影子的秘方。

静默如谜

那些稀疏的心事是树枝上的几只虫子。在绿色当中长成绿色的思维；是微风湖面，有揣摩的厚度和思想的骨感。

我不想象童话的开端、结局，只不过露水是一滴水在剖腹产。是一片叶子多重的命运，让一切安静了。

钟声会在不经意间凋谢，屋顶的瓦片是寂静的。
那么多水放在同一个早晨，我只有搬运一个动词来收集，然后煮茶。
在水上，纸柔软，回到一棵树最小的时候。
细微到，它蠢蠢欲动；我以为，静默如谜。

玩童好玩·耍客

皇　泯

杭州小吃节收摊了，爱情才开张

从人间到天堂，机翼掠过云彩。

昨天，还在人间仙境张家界，踮脚于竹笋尖一样的峭岩上，眺望天堂。

今天，就在天堂杭州品味人间烟火。

一只东海的虾，游入平淡后，不再咸；
一串西部的羊肉串，在情焰中麻辣烫。
一条南湖的鱼，挣脱世俗的网，不再腥；
一碗北方的水饺，在温馨里鲜嫩香。

站在零点的门槛上，小吃东西南北，吃得个不知是昨夜还是今晨？
只知小吃节收摊了，爱情才刚刚开张。

赛里木湖，一滴巨大的泪

亿万年前，被大海遗弃，一场撕心裂肺的失恋，掉下一滴巨大的泪，至今还是苦涩的咸。

石烂了，海不想枯。
有风，就将思念折叠成波浪；
无风，就将默想涌动成潜流。

这种爱的表白，是一汪四季轮回、经久不衰的苦恋。
哪怕雨水倾盆，淋湿的只是一粒沙漠。
哪怕雪花纷飞，冻僵的只是一线目光。

高山红哨

哨所的士兵撤走了，一架退役的歼击机，翅膀上，仍挂着一片忧患的云。

一辆坦克，高高昂起的炮筒瞄着一只警惕的眼睛——
在向我们诠释，战争与和平。

南山牧场

天，有点阴沉。仿佛1934年秋王震翻越老山界，在南山打了个盹。醒来，说，这么肥美的高山牧场，老了，我要来牧马、放羊。

穿上草鞋，翻过那一座座山，蹚过那一条条河。

从通道转兵，到南泥湾大生产，在新疆军垦，直至1993年春——
整整六十载岁月，也没有放马南山。

在五当昭，坐错了地方

五当昭之大庙中央的台阶，是合影的好地方。
摄影师让我坐中央，左边是伟岸的山，右边是清秀的水。

山水滋润骨瘦如柴，也许会生枝长叶，也许会开花结果。也许，只茂盛成一叶草，也可能绿遍海角天涯。

我佛慈悲，阿弥陀佛！
忽闻呵斥：这是五当昭之神圣地！

凡人有凡人的屁股，凡人坐凡人的座位。

凡人错坐了圣座，落下凡人的屁股印。
哦？圣座，也有灰尘。

阿姆斯特丹的橱窗

阿姆斯特丹一路的光怪陆离，不是橱窗，是橱柜。
窗，打开心扉，敞亮光明；
柜，袒露肉体，储藏黑暗。

男人和女人在交织的目光里，论斤计两。白玫瑰凋谢了，黑牡丹盛开。
金钱和欲望在交媾的狂野里，讨价还价。人性死去了，兽性复活。

孤身只影沦陷后，被黑暗埋葬；
三五成群猎奇后，逃向光明……

拉斯维加斯的天空是假的

拉斯维加斯是地狱，还是天堂？
白天进赌场，在地下层，一步一步走向地狱的黑暗。

一枚筹码，被老虎吞噬了；
一沓筹码，被轮盘卷走了。
一个个彩色的梦想，被 1～9 个数字后叠加的 0，胀裂成肥皂泡了。

金钱正面是血汗，反面是粪土。
生命，为了赢，兴高采烈蹦进来，输光了，垂头丧气爬上去……

好不容易从地下层爬到地面层，仿佛看见了天堂。
天堂，却很虚幻。即使蔚蓝的天空，也是假的。

墨西哥土陶

从帕斯的诗，知道了墨西哥。

从墨西哥人驯化的玉米，吃到了苞谷。

从美国输光了美元，买不到有历史渊源的纪念品，到同行美女赠购的墨西哥土陶，赢得了太阳月亮神人壁挂。

阳光敞亮，月色柔情。

黑白分明的眼睛，在昼与夜交织的时空，穿越了九千年，穿越了一万公里。

我在白天没有输掉黑夜，你在黑夜赢得了白天。

我和你走入了围城，却在下一盘永远也没有输赢的围棋。

世贸大厦被撞毁，并非世界末日

进入世贸大厦，我并未赚到钱；

登上摩天大楼，我并未摸到天。

劲风吹过，一头被潦草的长发，无法用领带锁紧正装，身影有点斜。

浮云飘过，脚踏钢筋混凝土楼顶，不锈钢护栏再牢固，心眼还是有点悬。

世纪末，《启示录》预言破了产，世界没有毁灭。

世纪初，恐怖主义预谋却得了逞，世贸大厦被撞毁。

世贸大厦被撞毁，并非世界末日。

和平和正义，无须预言与预谋，虽然遥远，却像太阳总会升起在地平线。

不走岸，走水

乌江纤痕，在刻骨铭心中留下几千年隐约的痛。

一路血与泪，比乌江水还长。

木船不走了，定格在博物馆；纤夫不走了，雕刻在壁画里。

祖父不走了，却带走了一片裹尸身的破帆；
父亲不走了，却带走了一截埋尸骨的旧舱。

汽笛，拉响新的航程。
儿子不走岸，走水。
哪一天，走不动了，就让生命溶入乌江水，源远流长……

雪的故乡（七章）

独　步

雪　村

雪盖在小村的屋顶，保暖。

更像我给小村随手打的白条，总算在二十年后兑现。

我回来了！

所有的屋檐都是乡亲们扬起的眉梢，屋檐滴下的雪水澄清着模糊的往事。

村前的山还是无名的小山，站在山顶还是望不见北京。那些成片的松树是我小时候栽下的，它们一天天长高，但从山顶走到山下我就老了。

村后的小河无声无息，水在冰下翻涌，带走了黄金和泥沙，一条高速公路被疾驰的车辆抛弃，留下冬天一样慢的日子。

雪村有的是雪，满地白花花的银子，乡亲们用它来储蓄一个丰年。

同学情

深冬，我回到老家。

消息传开，儿时的同学纷纷来看我，惊叹的是我们都鬓发斑白，惊喜的是我们的乳名都没有长大。

好大的拥抱，让我终于找到了故乡！亲爱的同学，你们还是一副憨厚的模样，虽说外面的世界很精彩，你们内心的小院很知足，舌尖大的地方，你们养活了乡音！

我们一起沿着村街走，脚印挨着脚印。

一日寒窗苦读，终生不离不弃，我爱你们书声琅琅，我爱你们窗明几净，不变的真，永远的纯，真到黑土地的黑！纯到白雪的白!!

老房子

老房子还在。

房子四周的白杨树也老了，每逢冬天，就举着最后几片叶子，起诉光阴。

老房子前有一个歪倒的木桩，埋了多年也没有发芽，撞它的拖拉机已经报废。老房子后有一口大缸，总是装满雨水，一直等着司马光来砸。老房子和邻居间有一道稀疏的木障子，像吹奏田园曲的排箫，总被小鸡轻易地飞过。

16 岁，我和老房子告别，它留在故乡风餐露宿，以雪养老。

今天我再来看老房子，斑驳的木门挂着星星点点的雪花，主人出来用狐疑的眼光打量我，我没有告诉他：我来找我。

小　镇

其实，我再走一会儿，就到了只隔着一条河的小镇。

但我终于没有跨过这条河，河面冰雪覆盖。我站在岸边，望着对岸，一片迷茫。好安静，我不知道，冰层下的鱼群怎样吞咽了涛声。

寂寞如雪。

于是，我开始想象着小镇的今天：一定有几条柏油路了吧，路上，汽笛声和行人互相挤着，日出日落，白天依旧很短，小镇的居民很早就会入睡吧，做梦还是他们最喜欢的快乐。

我珍藏着这个小镇，它披着一件白皑皑的斗篷，一定是想遮盖住什么，那露出的一片黑土地，想必就是它的胎记。

雪　野

雪不归就成了雪野。

像一群挣脱围栏的绵羊，一路狂奔到天际。

我是这雪野的孩子，一个不怕冷的孩子。曾经多少次，为了炊烟能在家里扎根，我和哥哥们到雪野里，从雪中扒出一蓬蓬冻僵的茅草，带它们回家。

我心疼那一蓬蓬凌乱的灌木，每天用北风梳头，我爱怜那一丛清癯的艾蒿，因为喜欢寒冷而瑟瑟发抖。

脚踏雪野，心事浩茫。我看到，比我活得更累的生命何其多也！雪野上一串串惊慌的脚印，就是它们留下的爱和质疑。

看日出

注目东方，仿佛站在巨大的产房里局促不安，和太阳在老家相见，不知道我们是否还能相识？

我是祖先走失了数千年的孩子，太阳，请盖上你这枚印章，认领了我吧。

把我带到山那边，交给雪原和狼，交给苍茫和未知。

可惜，一片云遮住了我的视线，怎样才能掀开这片红盖头？这个早上，我如何才能把这盆圆满的炭火端给我一年四季怕冷的亲人？

雪　人

原来，雪可以站立。

这次，在故乡，我遇见很多雪人。

她的白，令黑土地躲在积雪下面，迟迟不敢露面。

她的美，叫春姑娘往自己的脸上抹着一片片晶莹。

有的在门口把守着一片安宁，她真诚地微笑，举着红灯笼，照亮游子看清门前的路。

有的和我一样，匆匆在赶路，在人行道上，在树下，雪人和我擦肩而过，她用纷纷扬扬的雪花，留下无尽的牵挂。

看过人间，雪人在春天就会哭着离开。

这世界太温暖了！

为了留住她，我宁愿一辈子忍受寒冷！

新作三章

韩嘉川

丁酉清明

是歌颂生命的时节了，有杏花的眼睛在眨动，也有一壶老酒送往山野；

而苏轼在那一年的寒食后登上了超然①台，写了一阕《望江南》。

不管烟雨还是新茶，凄凄的鼠曲草芽毕竟萌动了思念。

潮湿的蛙鸣还是一个隐喻，匆匆的流水已染绿又一个华年。

在播种的泥土上，熟稔的气息在暗示，复苏的还有种种魂灵。

郁郁阴风摇动着条条枝头的语言，以不同的骨朵表述度过冬天的艰难。

是什么荒芜了白雪，从云头到地面，是生命的整个过程，却被踏上了无数只脚。

如同雨滴的步幅踏青，溅起的尘埃如同醒来的遗忘，四月的残忍在于润泽。

空蒙中的某些含义不详，任目光麻雀一样啄食某些情节，然后四散开去空空荡荡。

纵然郊外还有山野的去向，还有寄存的时光，那么把阳光做一个象征握在手中。

---

① 宋神宗熙宁七年（1074 年）秋，苏轼由杭州移守密州（今山东诸城）。熙宁八年八月，他命人修葺城北旧台，并由苏辙题名“超然”。

乌云不一定含有湿意，麦苗儿的轮回却在提醒，返青的大地应是递进关系。

超然的苏轼望江南时隔得很远，就像宋时相距今天，因而只能超然……

散兵线

是的，那是一条散兵线，士兵们在搜索前进。
显然是在雨中，他们披着雨衣在搜寻什么？
春天已经悄悄来了，和阳光一起，小心翼翼地触摸着大地，
触摸着大地上那条搜索前进的散兵线。

是的散兵线，在大洋的彼岸。并且隔着一个甲子年。
草丛并不齐整，都深掩着秘密，需用枪与钢盔去揭示。
为什么是十九个？显然是进程中的一个片段。
瞬间定格，定住了一个年代。
用握枪的力度和脸上肌肉的抽搐；
用探向远方的目光，还有躬曲的姿势。

是的，是散兵线，是用不锈钢凝定了的一个瞬间。
旁边有小路，孩子的尖叫传递着风，阳光与色彩搭着老人的手臂。
而远处的那个时间依然在下雨，雨披依然裹着紧绷的心弦。
昆虫沿着草根与泥土的缝隙，探出的芽孢张开的双手……
显然散兵线上的气流在颤抖，枪膛与刺刀在鸣叫。

是的，这是不锈钢雕塑群，是一个纪念园区，在城市华盛顿的一角。
一个甲子年之后，这条散兵线依然在寻找；
无论风霜雨雪，十九个士兵依然以警觉的姿势，在寻找。
一个瞬间定格了的，潜藏的年代。
那是一条散兵线，在太平洋的彼岸……
旁边的水池里，一只野鸭把嘴插进了翅膀。

——写给华盛顿一场战争的纪念碑

炮火的证词

雕刻。刀刀刻在心壁上，如当年壕堑里的呐喊。然后
削掉了脸上的肌肉和眼睛里的光泽，用骨头叙说
那一个个煎熬过的日子，像秋虫的点点嘶鸣
都刻成了印模拓印在意念的岩石上，而泪腺
却依然包孕在皮下，久久等待证词从荒草中长出嫩芽。

壕堑。呼唤的炮火居然失信于那片焦土的坚贞，而历史的弹坑
却依然沉埋了战友的幽灵；一个甲子的秋雨秋风
也依然惊心于草莽间的匍匐者，以一只露珠的力度
睁大被硝烟涂黑的眼睛，洞窥天际风情……
而划过天空的弹道，一次次升起庆典的焰火。

证词。无声的炮筒没有证明你的忠诚，却傲慢地
依然昂首天空。被季节俘虏的雁鸣，与沼泽一起辨认
芦花与霜雪的区别。沿着庄稼地的沟垄寻找
种子的记忆，而泥土的证词是遍地花瓣覆盖着
你的呐喊。霉变的谎言终成苔藓，太阳到了另一边。

——有感于抗美援朝被俘战士“王成”的原型蒋庆泉

独自苍茫

黄曙辉

诵经之后，蓝天白云

云开日出。连日的阴雨消失，一切又回到明媚。我在秋冬之际的阳光下打禅，不小心遗落了从前朝带来的一串念珠。

风在轻轻吹。习惯性的手势还在习惯性地动作，只是，已经找不到那一粒粒黑亮黑亮的念珠。

转经筒也已经被人带走。

我一直在原地转山。

经文在经幡之上，在风马之上。

用汉字写下那些无法读懂的音节，我像一个朝圣者，念念有词，心无杂念。只有阳光暖暖地照在大地之上，像我名字里的和暖的光焰。

一切都将在风中消散，即使再小的风，也将把尘世的喜怒哀乐带走。大地之上，白茫茫一片真干净，像极了一句古典的格言。

一些人在风中反反复复出现。他们的来去，皆有明确的目的。利用与被利用是他们信奉的原则，仿佛，他们就是风，可以带走所有。他们不知道，最后他们也将被风刮走。

春夏秋冬，我一直坐在喧闹的尘世打禅。封闭的园子异常安静，我敞开胸怀，接纳阳光，清风，也接纳冷雨，霜雪。和风细雨之后也许紧接着就有一场暴风骤雨，但是，阳光总是在我的名字里照耀，高居于风雨之上。

风吹浮世，时光不老。雨水洗尽尘埃，风儿吹走荫翳。

诵经之后睁开眼睛，内心空空荡荡，白得发蓝的云朵在蓝得忧伤的天空，何其自由，或者飞翔，或者停驻。

风，吹。浮，世。我借助这不可多得的大自然的风，清扫干净内心里的阴云，灵魂在冬日凋敝的旷野，寂寞成碧天里一朵被自己都能遗忘的白云。

悟道：置身于月明山的一朵莲花

走过了太多的夜路，漆黑的眼睛里沉淀的黑色素已经太多。转山，我绕过无数的障碍，在月明山寺的檐角，看到了高高悬挂其上的一轮月亮。

流泻的月光，泉水一样清洗着我的眼睛与魂魄。黑到极致的眼睛，此刻澄明如水。一盏心灯，高挂天空，瞬间照亮我的世界。

转山，我拾级而上，置身于一朵莲花，在盘旋的念想里，高高上升。

一株六百年的罗汉松，罗汉一样微笑着迎接我的涅槃。

一株雷劈之后残存的红枫，烧火叉一样叉举着那一轮月亮，成为映照我心灵的明镜。

两株巍峨挺拔高大无比的香樟，将朱元璋的霸气，巨伞一样撑开于苍穹之下。

但是，月亮的光辉没有什么东西能够遮住，它穿透所有的阴影和黑暗，佛光一样，照耀众生。

隽永的联语，黑底金字，悬挂在每一道大门的两侧。

劝世的诗文，精雕细刻，凝固在每一块青石的心头。

门脸增辉，顽石有灵。我将月光与佛光一齐攥进骨头深处，为自己的灵魂加磷添钙。

在深夜抵达月明寺，我不敢惊醒歇息枝头的乌鹊，更不敢摘下一瓣莲花。

我跪伏在菩萨的脚下，将自己的头，埋进泥土。

从不奢求成佛，只愿成为月明山的一棵树，沐浴着水一样的月光，佛前佛后，枝繁叶茂。

在冬季的暮色里，独自苍茫

空。寂。打开一个箱子，我复又盖上。

盖上，我复又打开。

在冬季的暮色里，独自苍茫。

空。寂。忧伤。

从破旧的杂屋里取出的这只香樟木衣箱，让我闻到了时光皱褶深处的浓浓气味。

尘封的物品，尘封的纪念。母亲的嫁妆，就是这样两担香樟木制成的衣箱。

姐姐出嫁的时候，母亲打发了两只；我上大学的时候，母亲又打发了两只。母亲打发完她的东西给我们之后，我们就仿佛掏空了母亲的心房，不知前路，去远方流浪。

生命里一场无法回避的龙卷风，疯狂地刮走了我的影子和思念。劫后余生，剩下的一只木箱，成了我全部的家当。

我把思念与疼痛锁在箱子里，不敢在无人的时候再次打开。

母亲在我们转身的时候，去了远方。姐姐和我，在撕心裂肺的寻找中复又离散。

洋流。暗涌。飓风反反复复狂吹。

姐姐和我，以木箱为舟，在狂风恶浪的夹缝中，偷渡余生。

暮色苍茫。我和姐姐在一处无人的荒岛相逢。她曾经将那两只木箱与自己的生命绑定，一个渡日，一个渡人。而我，那满满的一箱思念，过于沉重，吃水太深，仿佛就要沉入海底。

姐姐为我擦去眼泪。我为姐姐整理衣裳。

姐姐和我在暮色里，反反复复，把时光咬噬得百孔千疮的香樟木衣箱，盖上，打开，打开，盖上。

瞭望远方，想起故乡。姐姐和我，在荒岛上，再也无法挪动黑漆的木箱。

诗经浸泡过的泉水

一个古老的传说，一道神奇的风景。三千年的来木井，现在还可以听到伐檀的声音。

坎坎伐檀兮，置之河之干兮。清清的河水流淌，追问之声，还在河畔回荡。木质的车轮碾过心坎，且稼且穑，割禾打猎。汩汩的泉水，在一部不老的诗经里，湿漉漉，凉沁沁，雾气氤氲。

早起，青衫长袖的读书人，持一卷发黄的诗书，井边听泉，品味天籁。沉香木，带着若有若无的香氛，自来木井淅出，钓出旧梦里潜藏于茂密的林木间那些婉转的鸟鸣，一声声短，一声声长。

水质甘甜，满口含香。诗经浸泡过的泉水，自时光的深处流出，喂养大了无数诗意的魂魄，如今，只有我还固守在井边，雕栏玉砌。雕刻时光的人，雕刻自己的魂魄。

青衫已破，长袖难舞。读书人在一部经书里裸泳，任何的饰物都是多余。归去，在一处向阳的山坡上躺下，让身子上长满青苔，然后，成为一株木质坚硬无比的檀树，复置于诗经，任后世之人手持利斧，一唱一和，坎坎伐檀。

坎坎伐檀兮，一截截的骨头在泉水里清洗成沉香，悄悄地，储藏于人迹罕至的高地。

我把姓氏里所有的光热聚敛于青铜一样的文字背后，等待破空而来的一次宇宙大爆炸。

来木井，我的一部古老诗经，在用我骨头支撑的这个世界，于日光和月影里，以无解的神秘，创造传奇。

许它们开得寂寞忧伤

向阳坡上，一棵垂杨柳在风中悠闲地梳理着长发。一头牛，独自在青草地上啃食着快乐。

无名的小花，无名地开着，不为任何一个踏青散心的人。

只有阳光温暖地照着，日复一日，年复一年，不问收成，不计报酬。向阳坡上的花花草草，青了，黄了，开了，谢了。

垂杨柳的根，扎到了时光的深处，一直将发达的根系，深入到暗无天日。暗无天日的日子里，垂杨柳任尔东南西北风，该发芽发芽，该落叶落叶，心远地自宽，将禅语铭写于风霜雨露，日光月影。

感谢这向阳坡。我虽然一直记挂着天苍苍野茫茫的北方，但也一直鲜车系念着山清水秀的南方，坐北朝南，这是我精神的走向，我将自己的念想中的楼阁，如此建筑。

事实上，我在碧桂园就选择在这样一处风水宝地，存放我的诗书。

阔叶的植物，我栽种了一园。琵琶，芭蕉，滴水观音，这些都是我写经的贝页。虽然我也栽种兰草，菖蒲，艾蒿，这些屈大夫喜欢的植物，我也没有理由不喜欢；虽然，我也栽种香柚，蜜枣，甜橙，石榴，这些充饥的果子，都是我诗歌写出之后的必然；青青的翠竹当然不能不种，三株够矣，现在早已蓬勃生长，绿荫满园，好像日夜都能听到板桥先生吟出的诗句，或者看到他笔下潇洒的墨竹。

向阳坡在童年记忆中的河滩上，我躺倒在那一块草地上，已经思考了好几十年，一直躺到现在还不想起来。尘世寒凉，阳光温暖，选择这样一处向阳的地方，就不会冷落了自己的肉身与思想。

也许，我时常也想冲冠一怒，学鲁提辖倒拔垂杨柳，哪怕一双脚深陷泥土，将自己变成一株无法拔动的柳树。

但是，我依恋着这向阳坡，我躺下，只任花花草草在我的身边，开得自由自在。哪怕，这些花朵，在温暖的阳光里，开放得也许有些寂寞和忧伤。

多年之后，瓦蓝瓦蓝

瓦蓝瓦蓝的天。雪白雪白的云。温柔的风，纯净得有些甜蜜。竹鸡不停地在远处的山林里叫，喜鹊总喜欢飞到菜园高大的枣树上。

孤独的少年，孤独地在巨大的桃树下看蚂蚁如何浩浩荡荡上树，看一块正在下坠的桃油如何成为一只蚂蚁的灾难。

外婆上山砍柴。一群花鸡是少年的伴侣。鹰在屋顶盘旋，凄厉的叫声是一种宣战；勇猛的俯冲，尖利的鹰爪，一场不寒而栗的杀戮，顷刻之间完成。

孤独的少年脑袋空白，敲响的竹梆声已经无法让一只鹰丢下自己的猎物。

二毛尖的山峰，高过想象。黑压压的林木，黑到让世界好像在树叶下不敢大声呼吸。

暴风雨时常越境从西山突袭而来，铺天盖地的雨声林涛声，好像即将洗劫一个乡下孩子全部的想象。

樟鸡塅，那四围皆高山围绕的田塅，是一个孩子念想中一望无际的白净草原，他试图赤裸着身子骑上一匹白马，向着地平线飞奔驰骋。

地平线，一个无法言说的隐喻，全部的诱惑与恐怖，是孩子一生也没有摆脱的记忆。

沂溪河的水，清澈到让人想死。那些至清至纯的水，比爱情更让人心动。游鱼的幸福，超过了孩子。游鱼成群结队，孩子孤独地守在河边。

孩子不知道父母亲去了哪里，只有外婆粗糙的手掌在夜晚为他挠痒的时候，他才能感受到世间幸福的滋味。多年后父母亲回家，孩子已经无法认识他们，只躲在外婆黑色的围裙后来，不敢伸出自己的脑袋。

——直到几十年之后，那个已经白发苍苍的人，想起当年的情景，依然鼻子发酸：外婆和母亲都已经离去多年，父亲则像风中的一支行将熄灭的蜡烛。

那个孩子，一直不想回忆曾经的一切，可是，曾经的一切，总是让那些蒙太奇一样的镜头，反反复复在他的眼前播放。

鸡婆冲，扶王庙里孩子们的读书声，好像一直琅琅至今。那个过于孤独的孩子的心，一直冷到现在，还在艰难地跳动。

瓦蓝瓦蓝的天空没有了。雪白雪白的云没有了。外婆没有了。母亲没有了。

在异乡，他和父亲只能住进记忆中的鸡婆冲，细数剩余的光阴。

没有了故乡的人，脑袋一片空白，孤独占据世界，恐怖像巨大的塌方，他和他，都像无依无靠的孩子。

我的歌唱，在静默里绽放

刘　虔

春天的渡口

诗人说：在一株紫丁香的胚芽里摆渡春天……
喔，那是一个故事就要开始的膜拜。
去向何方的神圣，来到春天的渡口，静心地等待。
一千个祈祷，不会放弃。
一万次眺望，总能忍耐。
去向何方的神圣，在即将荒芜的时光里，等待。
河岸又在高耸着云中的拒绝。
流水还从未泛动过春的色彩。
一切都停滞着，堵塞在远方。
一切又隐身回归了雨中的未来。
喔，去向何方的神圣，在生与死的缝隙间，等待！

又见渡口

站到阳光的阴影里，只想挽回一个离走他乡的承诺。
风入松。乌栖啼。心有火。
走遍所有的山冈、土塬，古井与溪涧的干涸，
只为停泊在这摆渡自由的时候。
渡口，渡口，又见渡口。
月下，浓酽的苍茫在沸涌，镇住万顷波涛的歌哭。
命运的眼神剥离了所有的胆怯，
却无从点亮躲在夜的深处那个小小的角落。

时光板结而凝定。唯有风，穿梭于无言无语的阔远。
又见渡口。又见渡口。
走过了荒漠，走进烟雨，在这摆渡自由的时候……

盲杖上的祈祷

盲者走上盲道。突突突的沉重，击打着冷漠而喧嚣的城……
天意在他的盲杖上祈祷，一步一蹴，点石成金。
篱笆困锁的往事，已经结痂在童年的记忆里。
青青草色，枯萎在三月的田垄。
黑夜褪去最后一丝光羽，收住翅膀，回到内心。
芒鞋与破钵，已是生命不弃不离的依托。
褴褛一身。尊严破碎，却渴望着灿烂。
谁在城市的暗处，喊痛？
谁在寒凝街头的长夜，想火？
天要下雨，风吹树摇。
一任铁铸的踯躅，引领盲者前程难移的风涛……

一滴水的海洋

一片星雨，溅落在深晚，那里是无言的空阔……
我幽梦于我街边的小小的书房，游荡。
弥天的暗夜，有灯火在耕种。
光芒从文字的旋涡里喷出，响起雷暴，雨在滂沱。
泥泞的路上也有晓风朗月，正前行着我的踏访。
黑暗是名片上的箴言与谶语，能抵达一切关闭的心域。
千百年的沉默呐喊着，在倾诉中狂舞。
不灭的，是火焰，是浓缩在钻石里不死的心愿。
我在一方天地间，游荡，幽幽地如百步穿杨。
喔，幽幽的，是这一滴水的海洋。
心与心寻觅。心与心苦恋。心与心相拥相逐于生死场……

一声鸟鸣

诗人说，鸟鸣在黄昏里完成无限……

喔，那是长在土地内心纠结而起的歌诗。
一声鸟鸣，震碎了最后的黄昏。
然后是夜在黑暗里的推衍：淹没星光，淹没山野小径。
一扇扇柴门敞开着，男人们荷锄回到老屋。
女人们在暗亮的灯下补缀一家老少的褴褛……
古老的村庄陷落于掌上的茧花，一层层地酣睡。
一声鸟鸣，在等待远在地平线上的回讯：
那些足以释放麻木与迟滞的熹微。
那些流放在都市霓虹灯下的多雾的黎明……

你的眼泪点亮了黑

你的眼泪是一种痛，却又如此晶莹、剔透，且玲珑。
已然掩埋在过往的尘烟里，依旧是贝里珍珠的灵动。
你的眼泪是炽热的，正点亮着黑。
整座地狱战栗了，只因光芒苏醒的凝重。
世上有成千上万个奔跑的理由，你只要一个就足够。
就在掌灯之时出发吧：
走过废城、崖洞、荒沟，所有地上的黑。
也走过那些喧嚣而泥泞，阴雨胶着的白昼。
当归来的魂灵拥抱着你，
一双黑丝绸般的眼眸，又亮出了你的全部欢乐。
你，还是你呀：
赶走夜之黑。永远的，你翔舞云中长唳不已的白天鹅……

敦煌的飞天

洪　烛

1

在敦煌，我用沙子洗手，然后捧读经卷。

我用沙子洗脸，然后揽镜自照。

作为来自南方水乡的朝圣者，走了太远的路，我终于站住了，用晒得滚烫的沙子洗脚……

全身上下、干净得像一个新生儿。

那比我先来的佛，在石窟里住了一千年，每天都这样：用飞扬的沙子洗澡。他看着我，就像看见初来乍到的自己，嘴角忍不住流露出似曾相识的微笑。

2

我等待的那个人，走出玉门关很久了。

在高大的城楼下面，有过简单的送别仪式。我送他一枝新摘的杨柳，他回赠一根羌笛。

今夜，我试着吹笛子。好笨哟，怎么也学不会。可毕竟从干裂的嘴唇，吹出了最微弱的春风。

把落在笛孔周围的雪花都吹化了，把城门都吹开了，你还是没有回来……

3

为了彻底地结束流浪，我要挑选一眼窑洞住下来，努力成为画中的人物。

让心跳逐渐慢下来，忍住，不眨眼睛……

我要娶飞天为妻，她是最早的空姐。我使劲够呀够，为了够得着那飘扬的石榴裙。

琵琶的弦断了没有？

能否再弹一曲？我想听……

瞧她脸上的胭脂都有点褪色了。作为聘礼，我送上一管巴黎出产的口红，它足以延长一位美女的青春期。

4

她的微笑比蒙娜丽莎还要古老。她没意识到有人在画她，否则不会笑得那么自然。

她的眉毛沾满颜料，头发也像染过的。腮帮的线条稍微有点僵硬，莫非因为保持同样的表情太久了？

画她的人消失了——因为忘了画下自己！

可被他画出的微笑像一个谜，既迷住了我，又难倒了我：她的微笑究竟意味着什么？这构成她永生的理由？

她的衣带系好了就再也解不开……飘拂在半空，仿佛为了证明：风，没有变大也没有变小。

5

伴随敦煌的深呼吸，刺青的胸膛不易察觉地起伏。

风，从石头里向外吹出来。一堵墙穿着花衣服。墙没有动，衣服在动（被吹得鼓起来了）。

那些我没有摸过的布料，那些等待融化的颜色。

你为了反弹琵琶，不得不把手伸向脑后，绕到墙的那一面，仿佛想把脊背的拉链解开。

我看见的是一股死去了的风（已没有更大的力气）。

它使飞天的裙裾飘到半空中，就再也飘不动了。

6

在场的所有女士都不断地倒退，直至把赤裸的脊背，贴在墙上。

她们还在继续倒退，直至身体完全楔进砖缝之中。这不仅没有使墙壁坍塌，反而使之更牢固了。

在场的所有女士，都化着浓妆。一种失传了的化妆品，一种弄不清化学成分的古老颜料。化妆师消失了。

可这些线条与色块繁衍的女人，仍然保持着往日的发型、唇彩。

在场的所有女士，都在反弹乐器。仿佛那看不见的后背，有一些痒。需要把手伸到脑后，轻轻地挠。

挠着挠着，琵琶的弦就断了。

挠着挠着，笑容就凝固了。

我面对着壁画，感受到洞口吹进来的风。

我想风如果再大些，就能掀起她们跟笑容一起凝固的裙裾？

她们是否会下意识地，伸手把飘扬的裙摆按住？在一个男人的注视下。

7

敦煌的飞天反弹琵琶的姿势，之所以是美的，在于它令我联想到另一位女人，正把手臂绕向背后，去解开乳罩的搭扣。一点不顾忌我的在场。

于是她的整个身体即将成为一把被打开的乐器。

我的眼睛发亮，我的耳朵耸起。

而诱惑，恰恰在这一瞬间停止了……

8

从来没有过的，我看见了另一个人的梦，也就等于看见了那个做梦的人。

我看见了在她梦中活着的禽兽、花草，也就相信：她本人还活着。

这是一个活生生的梦。这是一个活生生的人，她在继续做梦，以证明自己仍然活着。

颜料在消退，梦境日渐模糊。

反弹琵琶的飞天，越来越感到无力，做不完这最后的慢动作……

从来没有过的，另一个人的梦使我陶醉，接着又把我惊醒——该走了；否则，待的时间长了，我也将被这个具有无限能量的人梦见，成为壁画里的某个人物。

9

风最初从裙子里掀起，那是黑夜的深处。裙裾撑开，像一具穿越大气层的降落伞，减缓了她醒来的速度。

灵魂比落花还轻、还要失意。

她忘掉自己的肉体了，乃至性别。

“一千年够不够，在我的肩头靠岸?”（我能活那么久吗？如果有耐心……）

在那一瞬间，来历不明的外星女人，也会怕冷似的打一个哆嗦。

一片飞得最慢的雪花，落地之后，融化成一滴泪。

得到她或许比错过她还要令人失望。

她天生就不属于任何人，包括她自己。

再没有哪位人间的裁缝，能为她定做一套换洗的衣裳。

10

西出阳关无故人，那是唐朝的事。我比王维幸运，我想说：西出阳关有诗人。遍地都是诗人。

譬如，《阳关》杂志的孙江，听说我来甘肃了，就约好时间，在酒泉公园门口等我。他请我喝酒，真会挑地方。

酒泉，被那么多边塞诗人痛饮之后，能分我一杯吗？最好用夜光杯。小小的一杯矿泉水，酒精含量几乎等于零，却比茅台、五粮液更醉人。不信你就尝一尝。

我跟孙江提议：别让店小二再上菜了，咱们直接拿古诗下酒吧。你背一句，我对一句，一杯接一杯，看谁喝得过谁。背完了那些现成的，瞧我再给你写几首新的。

幸亏我不是当地人，否则非把酒泉给喝干了不可。孙江啊，以后你拿什么招待别的客人？还是留一点吧。

万一明天市长问你酒泉怎么变浅了，你就说李白来过了……

11

莫高窟快变成一排排的门面房。哪来这么多顾客，手持门票，等待进去参观。

只能看，不许摸，不准照相。是怕壁画里的人物生气吗？嘿，有本事就冲我眨眨眼吧。看傻了一般，我自己也快忘掉怎么眨眼了。

还有些洞窟长期锁着，只能从门缝里瞅一瞅。

来莫高窟，照相机和挎包要小件寄存，带一双眼睛就足够，什么都是多余的。

不是墙上的佛像学会了发光，而是我的眼睛逐渐习惯了黑暗。假如我是但丁的话，高举手电筒的导游就是维吉尔。他在召唤我写一部东方的《神曲》呢。反弹琵琶的飞天，是我的贝亚特丽齐（但丁的初恋情人）。

敦煌的千佛洞，恐怕算全世界最值钱的房地产吧？不光地面，连墙壁都需要按平方米来标价。而且注定是天价。比尔·盖茨都不一定买得起。

12

月牙泉从来就没有圆过。所以它比天上的月亮要悲哀。

即使这样，旅游部门还拿栏杆把它围了起来。仿佛怕它的边缘再留下人的牙印儿？沙漠已把它蚕食得好苦。

沙漠在我想象中注定是鳏夫的模样，偏偏娶到这样一位新娘。鸣沙山，你够有本事的。看来你确实比别的地方的沙漠要会说一些情话。

水跟女人一样，喜欢听甜言蜜语，渐渐忘掉挑剔说话人的长相。听着听着，月牙泉咧开了嘴在笑呢。你觉得它命苦，可它心里没准正甜着。

嫁鸡随鸡，嫁狗随狗，嫁给一座会说话的沙漠，没准比嫁给沉默寡言的后羿还强一点呢。瞧，这么多年了，月牙泉从未像嫦娥那样想过私奔……

13

丝绸飘扬，路也跟着动，左拐右扭，路上的车想停也停不下来，一味地加速。

车上的我坐不住了，赶紧系好安全带，免得自己像丝绸一样飘起来。副驾驶的位置，正好看风景，不是用来认路的。

丝绸从眼前晃过，伸手却抓不住，飘得比云还快一些。

我说，你干吗让丝绸带路，把云当作路标，那不分明想迷路吗？迷路还不容易？只要把头顶那朵云当成唐朝的云，把自己当成骑马的人……

在高速公路收费站，问玉门关怎么走。

管理员边找零钱边回答：下一个出口！可惜，她指的并不是我问的那个玉门关。

唐朝的玉门关，连春风都会迷路的，更何况比春风还要沉醉的我呢。

14

火车硬卧是最好的行军床。闭着眼睛，听一位不知芳龄几何的女人报站。

从兰州出发，上半夜过了武威，下半夜过了张掖，接着该到酒泉了，离敦煌越来越近！

多么希望女列车员报出旧时的地名——武威叫凉州，张掖叫甘州，酒泉叫肃州，敦煌叫沙州……

我也可以改名，叫岑参，或王之涣。

前面有一场更大的战争在等着吗？躺在行军床上，紧闭双眼，我像一个被葡萄美酒灌醉了的伤病员。

说实话，在进站口检票的时候，我的心里就留下第一处伤口，一路上都在隐隐作痛……

15

焉支山，你为什么总是皱紧眉头？眉峰上有积雪，眉眼间有无限的哀愁。

“失我焉支山，使我妇女无颜色。”最后一个匈奴已变成雕塑，挡住我的路。

我问你，唱歌的匈奴去哪儿了？你什么也不说。

可眉尖的哀愁正如过冬的马群，赶也赶不走。

16

祁连山顶的积雪，反射着阳光，却比阳光还要刺眼。我从来没想到，光可以这么冷，冷得人打一个哆嗦。

它像是在审问。把我当成哪一段历史的未亡人？最后一个匈奴，换乘了坐骑，一个劲地按响——方向盘上的喇叭。

在勇猛的祖先扬起鞭子的地方，我踩了一下油门。嗖的一声，就把一直狂奔不歇的老掉牙的马群，远远甩到后面。

从后视镜里，看见它们口吐白沫、大汗淋漓，额头反射着刺眼的阳光。

17

马踏飞燕，出土于甘肃武威的青铜雕塑，怀念着那只铸造它的手，或者，等待那只手解开无形的缰绳。

掸一掸，浑身的锈，雪花一样飘落。在原地奔跑了一千年，也是很累的。蹄声从未停息。

骑上这匹马的人还未诞生。他藏匿于空气中，还未找到属于自己的那块青铜。

而这匹马早已穿上了高跟鞋：那只燕子，有着最新颖的款式。即使沦陷在被遗忘的地狱，也要把天空踩在脚下。

龙栖地荷花（外一章）

宓　月

在我书房的墙壁上，挂着一幅油画：《荷花》。

画家隐去了阳光、蓝天、白云，隐去了荷梗、莲蓬、藕，隐去了水、游鱼、蜻蜓，隐去了所有的人。只有深深浅浅流动的绿，只有一朵含苞初绽的荷，明丽、婀娜、清纯。

她不会褪色，她不会凋谢，她昼夜在我书房里散发幽香。

夜深人静，为了这朵荷花，我会放弃整个世界。

但写到荷花，我总是小心翼翼。

太多人迷醉在荷花的绰约风姿里，太多人叹惋荷花枯瘦寥落的时刻。

因为荷花，多少人因此成了诗人，

荷花绽放，多少诗人从此成了俗人。

关于荷花的故事却在悄悄流传——翠莲、芙蕖、芙蓉、玉芝、水华、水芸、玉环……她们是隐在人间的荷花。她们在红尘中寻找着自己的爱情。

她们总是一不小心就走进了《诗经》里，走到了宣纸上，住进了瓷画中，让痴情的恋人，从此吟不尽翠盖红妆，听不完残荷雨声。

而荷花，依然一年年大大方方地美着，一年年从从容容地老去。留下一蓬蓬莲子，让人清心去火；留下一截截藕，让人静静品味。

盛夏时节，十万枝荷花奔向龙栖地，参加她们的节日，铺开一个盛大的梦境——万荷竞秀，绿波荡漾，仙子翩跹。

她们被这片灵性之水召唤，盛装迎候龙的回归。

闻香而来的人，用30度的角度俯视、仰望，掏出全部的惊叹和赞美。他们要走进荷塘掀起波澜，躲在荷叶下享受清凉，醉在月色皎洁的夜晚……

像七月的流火、八月的急雨。

只有蜻蜓和翠鸟敢停在小荷尖上，
只有晶莹的水珠敢在荷叶上跳动，
只有鱼儿敢无视你的存在，
只有佛祖敢端坐在莲花上……
只有真正爱荷的人，才敢尝尽世间所有的苦，静住莲心。

几个词，几首诗，几声慨叹，都无法给你定性。

你是花，你是莲，你是藕，你是这片大地、这汪清水和这方人孕育的精灵。

闭上眼睛，我要睡一觉，睡成一枝睡莲。

我要像你一样，不怕暂时的凋零，来年以更美的姿态迎接你的到来。

历史的纵断面

如果把历史切一个纵断面，我们生活的这一刻，以及我们的一生，实在微不足道。

我居住的四道街，属于少城街道，能追溯的历史不过百余年。在清代，是八旗最高等级的正黄旗居住地，其格局，大概与现在残存的宽窄巷子差不多；其周边，估计是一些庄户人家。成都虽然2300多年不曾更名移址，但过去的都城规模与现今比起来，相当于弹丸。几步之遥，多半就是河流、田野，茂盛的草木、稻谷。

文字记录是一件颇为麻烦的事，无论从最初刻在甲骨上，画在崖壁上，写在竹片上，还是后来印在纸上，书写刻画、保存都极不方便。历史往往得从无数战火、自然灾害散佚仅存的有限文字中去认真琢磨、推敲，才能描摹出大致情状。不像现在，人人都能写，事无巨细地海量记录，反正有的是云储存空间。但不管是文字泛滥的今天，还是惜墨如金的过去，历史依然隐在云遮雾罩中，真相难以辨认，我们只能在猜想、臆测、想象中抽丝剥茧地窥个大概。

假如生命有轮回，万物可重复，现在的我不过是过去的我的影子而已。只不过换了服饰、发型，本质上并没有多大不同。

有时回家，小区门口摆放着花圈——又有人过世了。我不了解过世的人，也不知道后来搬进去的人，反正房子不会空着。生命就这么来来去去。某一天，我也会死，也许会有讣告，成为隐在历史角落仅供查询的一个入口，也许悄无声息如灰飞烟灭。人生往深了探究，实在没有多大意义。稀里糊涂活一辈子，其实也没什么不好，活得太清醒未必是件好事。

离我家不到一千米的地方，是永陵公园。因前蜀国开国皇帝王建的墓在此，在一次次城市改建中得以保留一片绿地。周末天气好时，我和先生会去那里走一走。王建只是地方史上的一个坐标点，他的一生，对今天的我们来说，抽象而遥远。倒是他的墓，是实实在在的。我和先生沿着半球形陵冢漫步时，总能看到陵冢上的树丛中有松鼠、小鸟在欢快的活动，它们俨然成了这里的住客，一个理想的安全港湾。我和先生经常喟叹，也许王建压根儿没想到，自己建立的蜀国早已经历了无数次王朝更迭，而自己的墓，却成了成都的一个永久遗产，惠泽着一代又一代成都人。好似有心栽花花不开，无心插柳柳成荫。

当我独自坐地铁穿过城市，我时常会有种恍惚迷离之感。我生活的这片大地，无时无刻不在改变模样，地面上的道路、建筑，地下的交通管网，还有无处不在的网络世界。我常常疑惑，自己是否生活在一个真实的空间里，抑或仅仅是时间营造的一个虚拟世界？

每次去森林，踩着松软的腐殖土，我都会有畅游历史迷宫的感觉。在森林里，时间是缓慢的，树叶、枯枝一季季沉积在脚下，很难分清去年的落叶与往年的落叶，它们早已叠合在一起，一年对它们来说不过是短暂的一瞬。当然，倘若能够往下一层层揭开，将会是一个令人炫目迷惑的植物史、地质史。

在时间面前，一切都像阳光里的影子。无论是伟人还是普通人，是美女还是俊男，都经不住时间之刃的轻轻一挥。走进史书里的人物，都是被文字和想象一次次打磨后的模样。

过去，书写文字的人是谨慎的，甚至要冒流血牺牲的风险。他们相信，文字是一把能够穿透时间厚墙的锥子，是值得用信仰去坚持的。也许，有野心的作家都握着这么一件利器，试图去穿越时间。

比咖啡更浓的旅途随想

桂兴华

1

许多眼神在遥遥相望。

望着这个杂交、共存的时代。

谁能拥有一桌记忆，谁就是手中这一杯虽然不烫、但深入话题的热咖啡了。

2

有刺激的约会，才会散发一阵阵现磨的香。

一切制作，都来自于不懒。

只有搅动起来，才会舞蹈新的味。

不用怕：墙角多了另一些眼色。

我喝我的。

3

敏感，来自于恐惧。

恐惧自己是否麻木不仁了？

如果眼前总是那么一点颜色，五彩的世界就会抛弃你。

4

兴致勃勃，才能产生创造力。

兴趣，是第一把火。
对于苍老，兴趣能将奄奄一息的日子重新点燃。

5

给人一个微笑，自己先拥抱了一片花海。
都爱回忆微笑。
没有人喜欢哭丧的脸。
昨天，就埋在心底吧。
传递给周围的，应该是暖暖的风。

6

亲人啊，当你闭眼最后一瞬，还在深深祝福我。
祝福我的眼前，不要总飘着阴影。
祝福我的歌声，不要让痛楚瓦解。
愿我的笑，不要总留着缺口。
于是，我才去补回。

7

左手是玫瑰。右手是茉莉。
我的手在发抖。
红扑扑的献给生，白惨惨的悼念死。
人的一生，就捧在手中。
没有一瓣小花，愿意顷刻跌落。
没有一丝眼光，愿意永远闭上。
生日可以欢度无数。
死，却只能经历一次。
活生生见到身边慢慢凋零的娇艳，更加珍惜眼前每一瓣的渐渐绽开。

8

没有区别，就没有价值。

需求量最大的产出，最易生存。
试试吧！第一步是否属于自己。

9

时间，就在送的交替中消失。
一会儿送别人。一会儿被别人送。
你送了别人，别人才会送你。
舍得放弃金子，你才会得到银圆。

10

愉快，使一天变成了三天。
伤感，则使一天缩短为三秒。
这就是青春为何万岁的谜底。

11

大事，总与大多数人有关。
妙文就是让笔下的小故事，大多数人都喜欢看。

12

输出大于输入，页面就会打不开。
被屏蔽的对象，往往是因为机主得不到触动。

13

心情，也会产生鉴赏力。
简单的几菜一汤，一旦有了特定的内涵，就会胜过隆重的宴席。

14

浓荫下漫步的我们，特别感谢那些遮阳的大树。

感恩，是人生的第一美德。

15

忍：人际关系的大词典里，最重要的一个字。

16

此刻，你终于坐了下来。
再强大的心，也需要陪伴。
你已经独自熬！熬！熬！熬得黑发越来越少了。
留在你身边的这个温度，也许没有一次会超过我。

17

越美丽，越要当心。
战胜妒忌，你就添了一件永远不落伍的盛装。

18

为对方着想，就是别让对方为难。
虽然有许多必须克服的难，但还有更美的诗等着合作。
合作之赢，赢就赢在让对方有想不到的荣光。

19

勉强的聚，各怀心计。
只盼着得到鲜花，其实已经失去了很多绿叶。

20

尽量站得高一点，才会向所有比我高一点的见解与脚印致敬。

21

学会忘记吧。
有些行李，就是为了加重你的负担。
一件包裹，横过来就是一条皱纹。

22

笑，是魔术大师。
减去你最讨厌的，追加你最喜欢的。
用什么去聘请她呢?
也得用：笑。

23

当暴风雪袭击善良的时候，最令人痛心。
因为她不会反攻。
而翻脸的天色，早已将她的祈祷丢得精光。

24

憔悴的面貌，由于过分负重的脚力。
人生有限，涉足的领域不宜过宽。

25

乐于别人比自己低，不悦于别人比自己高。
这就是小人心理。
就像一杯冰冷的水，没有足够的料，没有适应的火，没有充分的耐心，怎么拥有满屋飘香的温馨时刻?

26

将时间交给谁，是一项大工程。

就像这些花朵，分量不会重复，落下也会再生，一瓣自有一瓣的价值。

27

色彩，别那么浓烈。

要注意与其他种类的协调。

协调，也是一门艺术：无论陪衬，还是被陪衬。

让画面丰富些，才能盛开得更久。

28

老的轨道，为何还能跑动新车？

接受了新能源。

否则，只配被猛进的汽笛声一路嘲笑。

29

一辆开足马力的车，同样在阳光下和同伴闲聊，但不是漫无边际，而是在一套计划中休整。

心中的发动机，没有停。

30

慢下来，才能享受。

一束浅蓝色的火苗，渐渐燃烧，久久不会熄灭。其色、其韵，就是让我慢慢观赏、体会。

我，也有了这种定力。

31

不要谴责温室。

让季节消失在自己开不败的风姿中，就是一种大创造。

谁不向往四季如春？

唯有这里，让歪风斜雨止步了。

32

好友胜过好酒。
点准一瓶好酒，易。
深交一位好友，难。
融合的味道，得精心培养——
加不加一点糖？是方糖，还是糖水？或者从来不需要。

33

好向导：不但为你指出了方向，还陪你一起拐过了容易走岔的路。
而那时，他已经放弃了自己本来正在迈开的大道。

34

鼓励，猛然打开了紧紧封住你潜力的那只瓶盖。
这是一双多么有力，而且温暖的手啊！

35

对处女作溺爱，就像父母对于孩子。
关键要不断修改，不厌其烦。佳作，不磨不行。

36

人物在矛盾中立起来，佳句在情节里跳出来。

诗与剧本一样：情绪像海涛般汹涌，一浪接着一浪，才有张力。弓中要有一支强箭啊！

迷失的时间

张泽雄

十堰博物馆

在北京路，人类的一只眼睛，水汪汪地，盯着一个城市的日出和日落。

博物馆，用一个造型，就交出了身份。从高处俯瞰，这只眼睛，在钢筋水泥的支撑下，仍然水灵妩媚。

一只眼睛需要多大的辽阔，才可以抵达黑暗和时光的边沿；才可以洞穿一个城市的秘密；才可以漫过自己。

闭合之间——两条太极鱼，陷入八卦阵，抱紧，又分开。

月亮回到湖心。

打开天空一样浩荡的水域，翻来覆去的繁衍，一个城市的魂魄就散在一汪清水里……

秘密，最早从石头里醒来。

在青龙山，在梅铺，在白龙洞。这些被目光照亮的地方，一块小石头都会价值连城。

用这些石头奠基，博物馆会像黑陶一样朴实，像美玉一样奢侈，像青铜一样豪迈。

一具恐龙的骨骼

抛掉欲望、皮囊和五脏六腑；脱光恐惧和羞耻。

一具恐龙的骨骼，彻底、赤裸，又神色模糊。白垩纪，这些庞大的身躯，要换多少个身体，要走多久的路，要吃掉多少草料，才能来到博物馆。

时光隐匿在青草和树叶间，呈原始的针齿状。

火山，熔岩，赶走多少鸟兽和阴影。藏在石头里的白骨和灰尘，留下时间记忆的密码，把黄昏的光线斜插进山坡。

“迷失在时间里是可耻的。”

没有生命能够窥测。

它的长短厚薄，都没有定数；当重量卸下，一具化石骨骼，让我们看见了时间的真相和意义。幽暗、宽敞、隐秘……生与死没有距离。

太多的秘密总是停滞，总是习惯守口如瓶。

从海底翻出陆地，或在陆地拾到大海。比如山坡拾到的贝壳，头顶的飞鸟，丛林里的树木……

它们都在成为证据——更不要说这些标本。

恐龙蛋化石

没有谁可以握住。

这些石头落地的时刻，是多么慢，多么慢。

一根鸟羽，在空中起伏，想带走七叶树上最后的一片叶子。一个湖泊的岸边，顺着青龙山的脊背，临近温暖和潮湿，浅浅的窝藏。

每一枚卵都应该有一个绝望的生命，只是最终没有孵出。

灾难让它们成为石头活了下来。

空出一大段的时光，让灰尘、虫子、青草、树叶和骨骼，都衰老在石头里；让时间和我们的想象一起倒塌。

天空，被一个巨大的阴影破坏。母亲也失去了生殖的体温。

石头转动，我们捕捉到另一个时辰。

头骨：与手斧、砍砸器

没人怀疑。

生命的低处，双手拥有天空的高度。就一个石块，手掌那么大，满山坡坡都是。在博物馆，锋芒隔着玻璃，空洞、笨拙、迟钝。

就像一个意外，又显得多余，搁在那里。一侧厚实如锤，一侧仿佛带刃。已经看不出使用的痕迹——

远遁的时光，干净得没有丁点灰尘；水洗过的天空，风、云朵和雾就是它的杂质；石疤里的血和汗渍，石面上的掌纹和体温，刃口上的破绽……

它们不是漏洞，是我们拾到的证据。

时间仍在衰老，作为工具和武器，没有人惊慌。可我得让出我的诗句，用旧石器时代的指纹来确认。

——旁边摆放的头骨，还有一颗牙齿，它们都是先人的遗物。

祖先：郧阳人

十堰。一个地理意义上的褶皱，在秦巴交会处终止蜷曲。

时间凹陷，倚岸逐水，人烟聚拢。梅铺、白龙洞、黄龙洞，祖先遗落的牙齿与头骨，把一堆兽骨分开。

郧阳人使用的石块，磨出了斧钺一样的刃。

两颗头骨，加速了时间的重量和祖先的呼吸。越过秦岭。瞬间，一百万年就在一个个山洞里消失。

人类来过，他们的踪迹被时间测量、覆盖，又被我们寻找，博物馆的眼睛盯着暗处的时间。

辽瓦店子，一把锄头剥开了四千年文化积淀。时间遗下的房址、墓葬和灰坑，以及破碎的陶片，一种绝望与对峙，穿越夯土和尘埃让我们蒙羞。

十堰被一阵风打开。

悬棺和灰瓮棺里的骨殖，还在呼吸，还在辩解。

玉柄铁剑

完好的玉柄上，沿着一抹剑形锈迹，一股冰冷的剑气劈开原野。

我闻到了时光埋葬的血腥。

蝙蝠和蝴蝶，混在云朵里，装饰了一个君王的杀戮和奢华。青铜泛滥，尊贵的石头已沦为把柄。

铁的钢质在一块木炭里露出了锋芒，铁不再软弱如泥。

它是君王手中的利器；

它是君王的权杖与威仪。

岁月没有埋没西周楚人的智慧和匠心。

与糜为邻。博物馆，玉柄铁剑，依然醒着。像昨晚的一轮残月，弧面上弯掉多少尘埃和秘密，历尽沧桑，不变的，只有一袭青灰。

诡秘的时光，把这柄剑分成两截，一截圆满、不朽；另一截去掉锋利，只一点点锈屑，仍然致命，仍然价值连城——

像一个古战场，硝烟散去，草木又生，时光没有被一柄铁剑锈住。

一只陶罐

河边，一个汲水女子，一脚踢破露水一样的浅笑。然后弯腰，卷起裤脚，用一罐宁静，洗去岸边的心跳。

放下劳累，赶在夜色来临前，把日子小心翼翼地盛进去。

典雅的玉兰花瓣，在陶罐上一直开到了现在；

还有几只小鱼儿，围着吐水泡，想要游出水面的样子。

高处是釉色的天空和絮状的云朵……

一个女人的梦，就装饰在这只陶罐里。

泥土养活了我们。

水与火交锋后，泥土成了我们生活中坚硬的一部分，就像长在我们身上的一根肋骨，已无法抽离。

帝王，寻找美玉和金属，制作奢华与剑戟；我们靠着泥土作息，直到彻底用完自己。

——生活仍如履薄冰。

交出泥土，交出词根上的玄机，我们还有什么？

把陶还给泥土，把泥土还给宿命。

古盐道

那些青石板，压着多少惊慌，压着多少喘息的身影和山谷的回音。

秦巴古盐道。纸做的梯子，侧着身子的路，石头缝里的蛛网，泉水滴落的寂静……夜里的虫鸣与风声，让盐夫们汗湿衣襟。

避开山蚂蟥和野蒺藜，当然还有野猪和山猫。压低帽檐，不去打草惊蛇。没有季节和寒暑，也没有灯盏。野花在想开就开，石子和溪水磨亮的日子，在没完没了。

只有盐。靠它支撑，靠它出力，靠它心怀悲悯。

夜幕降临，过风楼的风和山洪一样恐惧。栈道摇晃，我们已然身不由己。

像溪水一样顺从，像石头一样习惯宿命。

黑暗淤积。卸下担子，也没能减轻身体的重量。光阴又沿路折回。反复纠结，古盐道不是我写的这么简单。

邑：湮没的城

邑——湮没的城。

坍塌的墙垣，灰尘中的瓦砾、陶片，流徙的内心，一堆喑哑的时光废墟。

擦去镜中衰老的容颜，我看见时间的另一个轮廓，看见一丛青草的修辞夹在典籍里，与它押韵。

一盏灯，传递的影像，在于它的方向性和灰度，在于掌灯之人。一块石头，它的重和隐忍，在于它失去空虚。

采诗人搜集的脚印，还在民间行走。曾经的檐雨，躲过今宵，那只旧燕仍在衔泥。黍、野菌、山核桃，还有桫椤、蒺藜、毛竹笋……

关关雎鸠。柳枝上的月晕，垛口漏掉的光线、暗影，晚风扶起一阵空旷，岁月卷走半坡风雅。诗歌怀中的绣球，还有在河之洲，君子和伐檀者，一起在一颗砾石上采集夜露。

草丛间，鹧鸪啼清怨，杜鹃血。一页竹简翻旧事，两壶蓼酒醉扶归。

邑，草和石头的隐语，所有声音，都收集在手指上。词场。墨汁和刻刀。笔。云朵赶着牲畜。溪水和羽毛汇集。剩下的声音。飞翔的栅栏。

经卷里的册页将我们打开。

山高水远，城邑梦寐，登基的夕阳是升起的假象，我们深陷其中。时光缝缀了它们，再释放、埋葬，仿佛一座桥，被词语停止呼吸。

汉水时辰

一滴水，一朵浪花，能否咬掉石头里的金属。再用一个旋涡潜伏，一根绳子留下的勒痕，让一块石头成为陷阱，成为一条河流的去向。

时间沿汉水的脊背蜿蜒。

剑戟，硝烟，歌吟，齿痕……挂在峭壁上的惊涛与心悸。龙滚滩滚过的巨澜。舟楫。浩荡的瀛洲渔火。往事从风中的一道道豁口溃败，又悄无声息地葬身这片水域。

远处——众多得道的凡夫俗子，让时间漫过江滩，漫过恐龙失足的爪痕，漫过崖墓，漫过祖先遗失的骨殖，漫过水中的郧阳城和坍塌的宫墙，漫过瓦砾和泥沙，漫过石头里的呼吸。

时间是一堆废墟。

曾经的激流，一定有汉江号子带走纤绳的喘息。赤脚的牵水人已经上岸，已经腾出身后的天空交与远方。

靠着流水种植退潮的月亮，春天布下绿荫；秋天，他们仍要打捞落叶。瓜田李下，秩序中的楼阁瓦舍，没有遮掩，也没有秘密。

山水之间，时间不会厚此薄彼。

山行记及其他

张晓润

山行记

想南山，一路崎岖，盘旋如蟒的赤蛇之路，缠绕过山形的大汉。

北方的三月，风行黄土高坡，像在黄色的布幔上制造扬沙的坏脾气。

山行的人，我们内心干燥，渴望一场山区的雨突然来临，以招安以解救。

在北方，在广阔的南部山区，三月里却鲜有淅沥小雨，它们是迟缓的神经，纵有风之手强硬拨拉一丝情绪，仍无以让麻木回到一种清醒。

没有春雨滋润的南部山区，树木似是在三月的问候中空洞地生长，它们盘根错节，貌似毫无向上之意，但暗地里孜孜以求，以舒筋以活血。

因为黄土坡上，一旦春风弃镫放马，便会有无数树种如乱箭齐发，瞬间穿过草木之心。

等待，只是黄土坡上万物同归的一颗初心。跪哺的羔羊等待回栏的妈妈，孤独的井架等待守山的红衣。

而或新鲜或陈旧的窑洞，那些渐盲的高原之眼，不断地给出坚定的判断与提示。它们破败但永不丑陋的样子，仍是我们无数次无限温柔靠近的那个梦里的水乡。

向南山，我们不是铁甲披挂的将军，我们是城市无法用完美强调光亮的蜂错。我们失意于一座城池的虚荣，我们只身向南，只愿意被油漆般的山水劝说和降服。

我们的查看和等待，都将归于一次完整的行走和述说。

不要轻视那些跌落凡间的木柴和苇草啊，它们是拾起山区光明和舞鞋的星火啊，这些成捆成垛的瘦下来的植物的身体，在寂静的山区，永远匍匐成生命的存在和方式。

向南山，苦情也可以从容地舞蹈，因为从容，都是沉重过后，那些踮起脚跟的表达。

越是缓慢的风景，越是可以承载更壮阔的波涛。譬如这孤独的群山和沟壑，譬如那曾经的家兔和野狐。

向南山且钟情于南山，用不了多久，必然将有色彩滚翻于马蹄，必然将有绘画挣脱山路般的缰绳。

不艳羡江南的水袖，是我们偏执于塞北三月，那军大衣般赤黄的一抹孤冷。

盐不盛雪

在初春，去盐湖看盐。

用雪的心情和仪式看另外一种白茫茫。

不用惋惜，一定是白裙子沾上了咸涩的水滴，一定是无数的水滴，构成了低处的、青色的烟云。

盐不盛雪。

它有自己的苦涩，无法深埋，就必须经历离析和渗漏，才可能唤回光芒涌入。

初春，它将面孔与鼻息埋入深土，它在用内心的定力，卷起微观细小的风暴，努力成为晶体。它要等南风吹来，它需要一汪深情的水，漫过自己，再搁浅自己。

它不同于雪，它细小的心脏，只可以沉潜，而绝不可以任意地膨大。

在初春，一粒盐，需要自己安抚自己入睡，然后在深眠中自觉醒来，拒绝琴瑟、响器，拒绝一切艳舞。

在初春，一粒盐，它等待的心，要待南风至，而风起波生，而即水凝盐。

现在，它看起来，只会是个睡美人，裸体的美人，安静的美人。

它像一个胴体，天地欢爱的胴体。

一种相迎或一个转身，也许就是一颗素心地间接相守或永久陪伴。

那些生活的糖，以及荡在舌尖之上的甜，能否砥砺过一粒盐的深远和广大?

向下之心的背后，高扬的风筝的决心，正是一粒盐，教给我们的一味深蓝。

花期瞬息，恰似春光短暂

纵然行色匆匆，纵然晨起暮落，我也要赶在晨起与暮落之间，赶赴你。

赶赴你这千万里的汉中，赶赴你这洁白中普遍鹅黄的陈村。

赶赴金甲的围城里一朵油菜花的样子、千朵万朵压枝低的样子。

赶赴你这爱穿黄裙子的姑娘样子，你这勾魂的连着叫人摔跤的一群姑娘的样子。

我从陕北的风尘里赶来，只为长在陕南的一朵花、一群花而单纯而纯粹。

从南到北，也许只是一个字的距离，但我在这一个字的距离间，撞见了自然的朴素与妖娆、整合与纠缠。

撞见了阳光里的外表和内心，撞见了捆绑的美妙、分行的自由。

撞见了粗鄙的俗世被美貌的花色降服的真相与内幕，撞见了柔软撬开坚硬的手艺和技工。

所有的撞见，都似不可轻易叩开的柴门，在自然浮光里的另一种吱呀声。

上帝那生来就带有的簸箕和笸箩花样的手指啊，它偏心地在一个叫汉中的地方，摁下无数花纹般的指印。

而我只是在它无边的风景里，寻得了干爽的陈村及其风生水起的彩桥与明镜。

从高原到盆地，车轮滚滚之下，一秆油菜花的经络是否真的可以修复一叶干燥的肺片，温润一只混沌的眼眸？

都说杏花濯雨，一曲可成诗，而我想说，向阳人生，一地油菜花开，功名利禄可退。

世间朱砂与银珠，润玉与顽石，腰间可佩之物是否有植物的温和与柔软？

一地油菜花开，开成江山之后即使不保盛世，也爱它熊熊燃烧浪费自己生命的气场和样子。

花期瞬息，恰似春光短暂，它是逃离纸上的万般箴言与警句啊，只是用摇曳的身姿，叫嚣生命的另一番意义与价值。

所有的对视，都将成为过往和记忆，而告别一场花事，转身，即已赢得春光满门，福分盈世。

我带走目光如带走私人的油灯

在我身后，腐朽的草垛，它曾年轻过。

阳光过分，雨水过分，收成过分。

再往后，是如盖的树木，它在冬天里陈旧，在春日里新鲜。

它孤独，但拒绝站在村口。每一种坚守，无论身在何处，都有士兵的内胆和外修。

再往后，是焦黄的土地，一整片，集体在没落的村庄后失语。我遍寻泥土的芳香，从有毒的尸体上轻轻踏过。

在异乡，我有外省和故乡的触痛和悲悯。

但我的悲悯低廉，捧不出的昂贵，买不下一个村庄当年的汹涌和澎湃。

一个村庄的创口，袒露在有北风吹的荒野，没有一片药帖，能挡住它的溃烂。

如果黄金金贵而我不喜，我愿意以一枚戒指的粪土，换自然的风水，养一只欢腾的田蛙出来。

拦不住的苍茫一路后退，而沿途的土丘如我磕于尘世的额前的包块。

矮墙、瓦片、树木以及未被春风擦亮的天空，都将我的背影还给我。

转身，我带走目光如带走私人的油灯。

而绞动衣衫的风和风声，将成为人与村庄的新的绳索。

柯坪沙娜木

李　浔

一　月

阿尔塔格雪山已有了金光。雪地上有儿子越走越快回家的脚印，雪地上有母亲等儿越走越远的脚印。在柯坪，地窝子里的娃娃，你的前世和来世隔了一座阿尔塔格山，之间有玉米、红枣和一群有奶挤的骆驼。

远处的雪山懒散，蹲了一个冬天。草在等忘情的雪水，沙在等不归路。土墙里的母牛，天暗下去后，有着思乡之意，反刍着从南到北隔季的杨树叶子。

雪有多厚，草有多深。爬山的脚被焐在土坑上冒着热气，毛驴总是梦见玉米，瓦热斯总是梦见麦西来甫。天开始亮了，土墙里的寂寞，却是母牛的响鼻。

二　月

羊皮书上出现过的那个地名——柯坪，一直像那块石头，固执而沉默。

现在它仍在路边，被西边的风吹着，被闪电击中的雨洗得没有一点隐私。我在柯坪的身边，认识了风沙、胡杨林，认识了不用浇灌仍会长出的寂寞。

是的，时间长了，寂寞还会被磨得发光，甚至无比锋利。

在柯坪，那些恰玛果，红枣，杏子，葡萄，在阳光里被风吹动着它们幸福的额头，而此刻没有新娘，只有呼唤。我已和土墙一般颜色了，想用被岁月磨快的寂寞，割断驴子的缰绳，离开土炕和脸盆里自己的倒影。

三　月

在盖孜力克，心已坚了，磨破脚，磨破了年岁已高的戈壁。

戈壁上有不分东西的蓝天，有不分你我的鹰，纳依吹亮了雪山，点亮了雪莲，这是适合浪子回头的场景。

去柯坪克斯勒塔格佛寺的路，从不会缠绵，像沙枣树到处都有家乡。

远处那只萨福克领头羊，它领着小羊来到这里，这里的草长在身不由己的残垣里，还有绝处逢生的风，总会吹动心存的善念。

在克斯勒塔格佛寺，默念中，远处的梵音和沙枣树一样安静、耐旱、结果。

别再说宝石和星星了，善才是晶莹的家。

四　月

没路的时候，我靠在白杨树上，看小草散步，听玉米拔节，风还让白杨和我说了那么多知心话。沙沙，沙沙，这声音，我要把它们放在枕头上，让夜多一点枕边风，让戈壁多一点人间的私语。

没路的时候，我要向一棵白杨学习，张开手臂长几片叶子，看灵鸟围着我飞翔，看阳光流到我的脚底，看夜一点一点被远处的梦吞走。

就是这棵白杨，当另外的树随着路走远的时候，一定有一个走累的人，会成为它的影子。

五　月

风从塔克拉玛干来，沙从塔克拉玛干来，风沙在阿恰勒生根、开花。

玉苏甫大叔眯着眼，看风沙漫过杏园、枣园、恰玛果地，看浓浓的往事一点点覆盖青春。

在塔克拉玛干，风像一个说话不算数的骗子。骗过胡杨林，骗过骑骆驼的人，如今，仍在说香妃在塔里木河边等你。

而我喜欢浪打浪的声音，喜欢牵手过河的故事。塔里木河就在我们身边静静流着，天山、云和鹰跟着流着，倒影里有从不辜负河水的那张脸，和塔里木河一样有着粗糙不入的肚量，光滑、细腻，甚至有前世就有的浪劲。

胡杨林还年轻的时候，你就围着它们转了，如今，仍然甩不掉水性。塔里木河是藏在心里的一条妖精，面对妖精，我只能像一株被水声缠绕了的千年胡杨。

六　月

艾热提有一个多情的院子，有着围在一起爽朗的歌声。在《柯坪沙娜木》的歌里，有人想红枣、葡萄了，有人想远方的妹妹。

艾热提有一个明亮的院子，太阳藏起了艰辛的那部分，你们都笑起来的时候，皱纹像一张唱片，从头开始的节奏，很完整，有结尾，还有大婶最想听的那一句拖音。

艾热提有一个被葡萄反复点亮的院子。六月，羊在和草恋爱，有心思的男人在喝酸奶，动情的人呆坐在葡萄架下。

门前的路，沿着白杨树走了。门一直敞开着，路像一根松散的鞋带，绑不紧想远行的人。

七　月

在启浪阔那齐兰村，不知高远的风，在这里打了个结。从此，戈壁上有了解不开的情。

在阔那齐兰村，塌了一半的烽火台上，有一个想家的人，每一阵风，莫须有母亲摇摇晃晃的自语。

现在，你用分开现实和浪漫的手，紧握着水袋，叮咚作响。水，很久没有这样宏响的声音了。在戈壁，石头会开花，你还给山路一双疲倦的鞋，鞋带上就会开着想家的花。

三百年了，白杨树领着路反复来到你的身边。如果你是个知轻重的人，你会说：

那群羊，莫须有白云；一路向西的白杨树莫须有纳依声；当然，那个挨过冻的人，

馕灶里莫须有春天。

八　月

八月，迎面走来的少女，是葡萄等待的妹妹，晶莹而甜蜜。旋转的花

裙，闪耀的小花帽，还有泉水一样叮咚作响的弹不尔的琴声，九月就这样跳跃着。

在少女的笑语中，你读懂了什么是透明的日子，什么是干净的蓝天，什么是无邪的路。

在唱你呢，小妹。扎小辫子吧，叶尔羌河是一条辫子，天山是一条辫子，塔里木河是一条辫子。

在唱你呢，那么多的花在为谁开？小妹，就在赛乃姆里悄悄长大。在弹拨尔的琴声上，葡萄会熟，岩羊满山坡。那么多的鸟在向谁飞？小妹，就在手鼓声里悄悄长大。

九　月

九月，地很厚，天很薄，人多情。

我走在九月的玉尔其，枣子和葡萄，都会牵着我走进想象中的情场。葡萄地里的古丽，枣子地里的古丽，玉米地里的古丽，让我左右为难。

九月，不食人间烟火的羊，滚动在风走过的路上。羊一直在叫着，也许也有梦呓。它们低头吃光了九月的草，吃光了九月的风，吃光了九月低垂的云。

让我也待在九月，把想过的事扔进馕坑里，烤着吃，拨着吃，不要回家，不要左右为难，我不会迷路，羊会带我回家。

十　月

弹拨尔琴声的两岸，是胡杨林，是骆驼粪一样易燃的歌声。

在戈壁，鹰是唯一的远方。向东，你会踢飞和田的老石头；向西，可以喝到叶尔羌花茶；在那块花头巾下，谁听见了毛驴转身的蹄声；谁成了别人的新娘，还有谁挥动悠远的鞭声将戈壁的风抽碎？

在阿恰勒，恰玛果熟了的时候，我被鸟亲过，被风爱过，如今枣子又被我看熟了，红红的样子，犹如害羞的你。那年，星星还在水缸里，你还不会脸红，挡住去县城的山像一堆牛粪，我曾在那里种下的枣树，用羞涩的红擦拭过你已比树高的往事。

如今太阳下山了，枣子还不依不饶地挂在树上。

十一月

在中亚，掉在你身上的阳光，它们是沙子，是会抹去你来路的沙子。塔克拉玛干是无声的，胡杨林是无声的，故乡也是无声的。

跟着河走吧，天在水里是如此细腻，你可试试在倒影里找到那粒闪光的沙子，乐此不疲，眯着眼，看沙子行走在河面。

回家的人都有一个细长的影子，遮脸的布，在风中流动，皱褶犹如河面的水波。跟着河走，前倾的肩和流水一样耸动。流水，小抒情如一把英吉沙小刀，好看，就这样锋利。

跟着河走，见到亲人，那粒沙可以做证，你的敲门声会溅起一万朵浪花。

十二月

在巴扎上，你被挤在一角，像莫合烟被卷起来的样子，但离委屈很远。

抽莫合烟的阿不都拉大叔，他需要无名的火，点燃不必要的赞美。

也许有人知道，他曾在盖孜力克种过葡萄和红枣，在麦西来甫的琴声中，追着阿孜古丽跳舞，这种事爷爷和爸爸都干过。

现在他坐在懒洋洋的太阳下，两个拇指熟练地卷着莫合烟，他吸烟的样子，总让你闻到不老的辛辣和够劲的气味。

澄明的南方（组章）

王忠民

夏日姑婆山

夏日，徜徉在姑婆山情人林，似乎感觉自己到了“森林里的夏威夷”。大自然的魔术，造就了华南绝无仅有的丹霞风貌雨林——天然的森林氧吧，我贪婪地大口大口呼吸着负离子氧气。就凭着一种单纯与美好，一种和谐与自然，让我沉浸其中。

我一路欣赏风景，步入了澄明之境。

清溪，是澄明的，从石缝潺潺流出，在木桥下叮咚作响。

婉转动听的鸟语，是澄明的，陶渊明笔下的世外桃源，就在我身边。

在这里，我就像被鸟和风抛落的一颗种子，在澄明的时光中流动。

在这里，满眼郁郁葱葱，一股股清幽的泥土芳香扑面而来，还稍稍混合着纯净的绿叶气息。喧嚣的世界、浮躁的心灵顿时归于宁静。

树干很独特，生命从泥淖中脱颖而出，斜立着的躯干上熠熠生辉。

一片一片的落叶，扑入青草与花丛中，进入这原始森林，也就如鱼入水一样，我无法把自己和它们区分开了。只有脚下的这些矮小的植物让我听到歌颂和虔诚。

啊，夏日的姑婆山，泼洒着清凉，生命中偶遇的地方，却永远拨动着我向往的心弦。

在这样不可勾兑的沁凉之中，我的心灵深处长出了一片片充满绿意的眷恋。

在南方，在夏日的姑婆山，生命仰望的诗意星空，会从澄明的梦里脱颖而出。

云栈湖

大桂山充满了神奇的童话意韵，连它怀抱中的湖水也洋溢着灵性的光辉。

我眼前的云栈湖，蓄满了灿烂的阳光。这阳光，复苏了春，融化了冬，维护了秋，点燃了夏。特别是夕阳西下的时候，晚霞把整个湖燃烧起来，火焰薄而透明。

已是黄昏了，我的心灵该在这云栈湖中洗净。

湖岸上。青草葱茏，花儿妩媚，引得许多只鸟儿不停跳跃啁啾，飘香的原生态紫苏让两只蝴蝶绕着缠绵不休。澄明的湖水中的裸石，像我被抛下的另一半。

我的思绪流向很远。那些渗出岩石缝中的喃喃私语，那些接受它的土地从容无比。

我痴痴地望着云栈湖，云栈湖也勾魂般的望着我。

河床在轻轻的抚摸中睡去了，我也想跟着她睡去。哪怕醒来什么也想不起来。

记忆的功能，也许是为了遗忘。而遗忘的结局，也许就是为了记忆。

南方的云栈湖，一泓寡言的菩提水。

桫椤，以选择宁静的方式选择云栈湖。我，以选择桫椤的方式，在这里品茶，观云，读山，颂水……

我记下了这份恬淡，心，一旦沾染了大自然恩赐的纯净清凉，就会多一分洒脱，少一分浮躁。

仙姑飞瀑

幽谷尽头，仙女飞天。一脉清澈的瀑布宛若漂亮的银色绢带悠悠飘落，充满韵律，隆隆的水声如天籁之音。

在仙姑飞瀑面前，看到她义无反顾地追求在悬崖上飞跃而下的美，我的心灵彻底被震撼了。

比天矮一点的是山，比山高一点的是人。

天地之间，仙姑飞瀑的神韵就是跌落，粉身碎骨也心甘情愿。

那满溢的情致，那美丽的撞击，如梦幻，妙不可言；如誓言，从容不迫。

在这里，我分明感受到了一种力量的昭示——把苦难敲碎，把犹疑敲碎，坚定不移，汇聚成流，奔流不息。

我的内心感动着，澄明的南方，这里注定着无数次的坍塌，又注定着无数次地再构建。

有水才有灵性，有水才有生命。人也像这仙姑飞瀑一样，为爱而生，为爱而死，始终如一，一往情深，从没有停止过追求美好。

我告诫自己，就在这里接受洗礼吧，从这里起程，去远方。

醉在黄姚

黄姚古镇，是能让我的笔尖沉醉的，在我的诗篇里徐徐降落。

无论从哪一个方向看她，她都是一根历史的琴弦，一头系住历史湿润的笔触，一头系住旖旎的自然风光。

醉在黄姚，蒙尘的眼睛在这一刻，内心更深处的自己挣脱了城市烦琐的生活，美进心里，自由的脚步和着她一草一木、一亭一街、一房一景，反衬出我城市生活的倦意。

青山脚下，临水而居的黄姚古镇，姚江在陶醉的缱绻里舒展开幸福。

醉在黄姚，感受那份独到的典雅之气，感受她纯净的、汹涌的古典阳光。

在她水清、树绿、天蓝的景致中，静静地，静静地聆听，聆听一种悠远的轻唱。

醉在黄姚，我不敢去描述那一水一瓦。怕一描绘，一块瓦或是一滴水就突然竖起；怕一块瓦一滴水的虔诚里，我找不到与之匹配的眼神。

醉在黄姚，深宅大院与玲珑房舍错落相间，我每走一步都有一阕诗意，沉淀着久远而期待温暖的情感。

在黄姚，我愿是一只安静的耳朵，让我在临街枕河，在一派小桥流水人家青砖粉墙黛瓦中寻觅，那一滴水给黄姚人的淳朴，那一块青砖给黄姚的秘密。

我的内心情感翻涌，诗意绵延。笔一挥就好长好长，把我身体的每一寸每一分填进黄姚，伴随着每一棵树每一株草每一朵花，每一片瓦每一颗露珠每一尾鱼儿……在姚江湿润的触须中，感觉——我是如此的幸福。

醉在黄姚，我的爱走进南方古典，走进我的奔跑与旅程，在梦里，在爱情的花朵里。

醉在黄姚，一次次埋伏在我五个最敏感的器官，令我的心神，抒情而散漫。

醉在黄姚，我的旅程没有杂质没有阴影没有俗世。

伴着轻盈而来的脚步，我真想成为黄姚的一块青砖或是一根草，潜入她的内心，演绎自己不老的情怀。

石城黄昏

在石城的黄昏，我像坐在暖暖的怀里。

我看到歌声在石城的额上生根发芽。

风儿轻拂我的脸庞，悄悄地来表示善良与温和。

梵安寺旁，我仿佛聆听到爱情的回声。

乡亲们敬仰的千年凤尾草，也开始憧憬夜晚了。

青年男女信奉的千年铁树，也开始咀嚼情歌了。

隐在凤尾竹与槟榔林后，被黄昏搂抱着，我的情感静静地泊在贺江碧水中。

宽大的芭蕉叶诉说着思念，我想，今夜会不会有歌手来我的窗前弹琴。

千年石城外的黄昏总想使人去倾诉点什么，不会是别的，一定是质朴的乡愁。

我想，我该在南方诗意的黄昏时上路了。

我不会错过花满枝头的桂树。

更不会错过贺江边上此起彼落的歌声。

那一片竹叶泛着绿色的寂寞，是等我来恍然大悟吗？

那一方蛙鸣澄明洒脱的心境，是等我来枕梦入眠吗？

此刻，我的双眸，早长出了深刻的幸福。

哪怕是流浪千年，石城，依然是我灵魂依靠的家园。

散文诗二题

王散木

女人是月亮

一

世界，民族，国家，社会，家庭……是一个个圆满的整体。男人，女人，共同组合成这一个个圆满的整体。

有人说，男人是太阳，女人是月亮。有道理，也形象，但不能绝对！

同样映照着一片天堂，美丽的名字叫作月亮，振动着光芒的羽翼，支撑起轮回的另一半脊梁。

一边勾勒着自己生命的图案，一边孕育着明天的希望。荣耀归功于阳光的映射，默默露出的是慈祥与欣慰！

睁开迷蒙的双眼，慈爱的身影便环绕在身旁；用生命的精髓哺育着子孙的成长，用希冀的目光为儿女们的明天护航。

从针头线脑到披荆斩浪，从嗷嗷待哺到迎风翱翔，剪断了脐带，却留下了无形的情肠！

二

携手明媚的春天，我们又迎来了3月8日。

生机勃勃的世界，因为有了女性的装扮，让我们的生活平添了几分愉悦、幸福。一个季节里，因为有这样一个特殊的节日而格外美丽……

一个春天，就这样明媚灿烂！

三

莎士比亚说：“女人是显示、包藏及滋养整个世界的书籍、艺术及学院。”

哈尔格罗夫说：“女人是世界之诗——晶莹、发光、谐和，她们是支配人类命运的尘世之星。”

毛泽东主席说：“中国的妇女是一种伟大的人力资源，必须要发掘这种资源……妇女能顶半边天。”

高尔基说：“赞美她们吧，妇女——也就是母亲，整个世界都是她们用乳汁养育起来的。没有阳光，花不茂盛；没有母亲，既没有英雄，也没有诗人！”

我们感谢哲人先贤们对女性的赞美！女性，一个言之不尽的美丽词汇；女性，一个日益独立、进步的群体。她们，是这世间钟灵毓秀的高贵生命；她们，是造物主精心培育的迷人奇葩。生活因为她们而馨香温情，世界因为她们而绚姿多彩，人类因为她们而生生不息……

四

历史——沉鱼、落雁、闭月、羞花。清水出芙蓉，女性是美的精灵；耕织助夫君，女性是勤劳的楷模；孟姜女千里寻夫，女性是忠贞的表率；王昭君出塞和番，女性是和平的天使；黄道婆改革织布机，女性是智慧的化身；秋瑾献身革命，女性是顶天的战士……

今天，赤脚从庄稼地里奔来，急忙抱起婴儿的村妇；在老人丈夫面前低眉顺眼，照顾着全家冷暖的主妇；长发飘飘，一回眸风情万种的白领美女……她们在呈献善良、温婉、慈祥、贤淑的同时，更挥洒着奋发、进取、勤勉、坚韧！

女性在展示着女性特有的美，女性就是美。

五

历史的车轮滚滚向前，如今女性不仅以自身独特的魅力与方式承担着创造一个新世界的重担，而且也承载着为人类探索宇宙空间奥秘的使命。

带着迷人的微笑，同男人一起血祭蓝天。

她们用自己的汗水和命运塑造着新一代妇女的形象：风云变幻的政治舞台上，妇女们仪态万方，镇定自如，内涵丰富的目光注视着大千世界；潮起潮落的经济舞台上，女企业家以其独具的韵律搏击市场风云，战胜一次又一次风险；高科技领域里，女科学家同男士共闯难关，赢得一次又一次胜利的喜悦；竞技不歇的体坛上，女运动健将高扬生命的旗帜，用燃烧的青春和沸腾的热血，一次又一次地摘金夺银；色彩斑斓的时装舞台上，青春女性独领风骚，以美的服饰和美的内涵征服了世界。

你无须向浩浩世界、泱泱全国去寻觅，请把目光投注到东莞这块古老神奇、经济腾飞的沃土热土，就能从有着76年党龄的中共老党员王河、荣获全国“三八”红旗手及东莞时代人物奖的张茵等一批杰出女性身上得到印证——女人是月亮，女人同样也是太阳！

六

又是一年“三八”节。

春天还是这样的温暖明媚，我们欢庆节日的心情还是这么浓郁灿烂。今天的女性，获得了意识形态领域的彻底解放，是月亮，也是太阳。

我们由衷地祝愿天下的女人节日快乐！

村庄与古树

梅　洁

1

在秦巴山东麓的山涧里，在我奶奶两间土墙草屋的东侧土路边，有一棵巨大的女贞子树。乡下人不叫它女贞子，叫它白蜡树。白蜡树的树茎很粗，两三个大男人都环抱不住。白蜡树的树干龟裂着、扭曲着、挺拔着，树身上长了许多馒头大小的树包，像爬着许多静默的龟。奶奶说，那树活了四五百年了，有神灵的。

每到夏天，白蜡树的阴影比几间房子都大，大人、孩子都喜欢在树下歇凉。我和妹妹，还有舅奶奶的孙子“福哥儿”，我们总爱在树下玩“抬轿子”“吹叫叫”的游戏。我们把白蜡树的叶子摘下来，卷成一个细筒，放在嘴里一吹，便发出很好听的声音，这是我们童年最好听的音乐；我们还做着各种各样的泥人，用柿树叶为泥人做衣服，然后，把穿着柿叶衣服的小泥人放进白蜡树靠地面的一个很深的洞里，小泥人有家了，扮小泥人爸爸妈妈的福哥和我，这时，便会豁着牙笑个不停。

我们非常想知道树洞里的秘密，但我们不知那个树洞有多深，我们有些恐惧。我们一天天往树洞里放泥娃娃，也不知我们放了多少“娃娃”在里面。我们只是看见每天有长长一队的红蚂蚁从树洞里爬出来，很大的红蚂蚁，通体鲜红、透亮的红蚂蚁。奶奶严禁我们伤害那些红蚂蚁，奶奶说，白蜡树身上的任何东西都是神灵，都在保佑我们。

有一天，躺在竹床上的我发现蚊帐顶上卧有一条蛇，一圈一圈，卧成一个漂亮的盘。我吓呆了！母亲搂住我压低声音说：别出声，那大蛇住在屋外的白蜡树上，它是来我们家串门，一会就会回去的……

后来，我们到了上学的年龄。大学毕业后一直在城里教书的父亲，接母亲和我们弟妹进城了，此后，我再没有回到乡下。

再后来，就听说那棵白蜡树被砍伐了，它的树干被锯成一节节，拉到土高炉去“大炼钢铁”了。当它的树身被投进火焰时，发出一声声暴烈的巨响，使烧它的人毛骨悚然……

与白蜡树一起被砍伐的还有一棵金冈桦栎树。桦栎树长在去外婆家的路上，桦栎树的年龄比白蜡树还要长，树茎比白蜡树还要粗，树上有六七个笸箩大的鸟窝。因树的博大雄奇，人们就以它命名一条山岭，叫“桦栎树岭”。不知从哪个朝代开始，“桦栎树岭”便成为一个地名，人们在说到一个人家时，总是说：“桦栎树岭杨家”或“桦栎树岭陈家”等等。

桦栎树被砍伐也是因为“全国大炼钢铁”。人们说，桦栎树被砍的时候，几百、几千只鸟在天空盘旋，哀鸣长达几个小时，后来，它们便不知去向……

这几年，我频频从京城回故乡。每每到乡下看到奶奶当年的土墙草屋（1958年父亲被打成右派、开除公职遣返农村后，父母、弟妹也在这座土墙草屋里住了20年，那时奶奶已去世好几年了），我就倏忽忆念起那棵古老的白蜡树，那婆娑笼盖的树荫、那通体透亮的红蚂蚁、那盘旋的大蛇、那树洞里的泥娃娃、那树底下我和福哥天天吹响的“叫叫”……所有的物什都穿越时空，刹那间来到我的眼前。

人们告诉我，白蜡树所在的村子原本住着好几百人，而眼下这里已没有几家人了。奶奶那一代、父母那一代都已离世，甚至我们这一代也有许多人走了，连儿时一起吹“叫叫”的福哥也走了好几年了。年轻一些的搬家的搬家，移民的移民，打工的打工，出嫁的出嫁，只剩下三五个老人在这里度最后的时光。

如今，白蜡树的村子寂寥了，桦栎树岭落寞了。

我总在想，人与树，在千年的岁月里，筚路蓝缕，相依相伴。古树、老井、石碾，原本都是家园的象征，是岁月的符号，是人类精神的所在。那么，是千年古树的消匿让村落一天天在消失吗？

2

数千平方公里的神农架延绵到了我的故乡。

科学证明，鄂西北的神农架是170万年前地球出现第四纪冰川时期时，未被冰层埋藏的土地，因此成为一座巨大的生物避难所。如今，在世界许多地方早已灭绝的植物独在此幸存下来，大难未灭。它们被誉为“活化石”。据不完全统计，神农架林区属于古老、珍稀、濒危的树种有 100 多种，主要有银杏、巴山冷杉、秦岭冷杉、铁坚杉、鹅掌楸、珙桐（鸽子树）、香果树等。国内外专家一致惊呼：在一个地区保存着如此众多的珍稀树种，不仅在中国，就是在全世界也实属罕见。

然而，数次走进神农架，使我久久不能忘怀的是在林区驻地松柏镇外 5 华里处的那棵桫椤树。民间称桫椤树为月亮上的神树。那棵树已有 500 多年的历史，树身因古老而发生空洞，成为蛇巢。人们每年春天都看到几十、上百条蛇从树洞中蛰醒爬出。附近的百姓原先不知树种的珍稀、生命的不可侵害，曾在蛇群冬眠之日，用火焚烧这棵大树。不想，一连烧了几个冬日，以至于把下半截的树身都烧焦了烧煳了，可它仍昂首向天，枝繁叶茂。

事实上，在现今已被联合国列为地球自然保护圈的神农架，我们能看到的千年古树已寥寥无几，一个原本属世界级的原始森林也曾在二十世纪疯狂的“大炼钢铁”中几乎被砍伐殆尽，在长达 20 年、每年向国家上交 10 万方木材的“坎坎伐檀兮”中，神农架里古老的大树也几近消失。

二十世纪九十年代伊始，我曾与故乡几位文学朋友第一次走进神农架，在神农架半壁岩处，我们看到一株遮天蔽日的铁坚杉，神农架的杨先生说，此树用年轮锥探测，整整生长了 1184 年！树高 36 米、树径 2.7 米的铁坚杉是第四纪冰期幸存的树种。杨先生说，相传 110 年前，这棵古杉的下面不远处，也长着一棵同样高大的古杉，山里一家姓潘的有钱人家想用此杉做寿器，就命三名樵夫砍伐了这棵古杉，就在树倒下的一刹那间，三个樵夫全被砸死。此后，潘姓人家也日渐衰落，十多年前已经绝户。

杨先生又说，铁坚杉根部位置曾有一个几尺见方的水潭，水潭清澈见底，潭内常年栖息着两只青蛙，皮肤鲜红无比。山里百姓视其为“神蛙”，常赶几十里、上百里山路来树下烧香、磕头、放鞭、祈祷，或盛潭里清水喝饮，以求消灾祛病；山民们还在古杉一米高处的树身上掏了一个长方形树洞，权当佛龛，里面摆放着一尊神像。为了阻止山民们的迷信活动，几年前，林区工人已把树根部的水潭填死，树身上的“佛龛”现已合拢，长上了树皮。

“填平了水潭，那两只红蛙怎么办?”当我问询时，已感到浑身一阵战栗。

“填水潭时，先用石板把水潭盖好，再在上面填土，那两只红蛙兴许还活着。”杨先生笑着。

“其实，不该把红蛙埋到下面……”我不禁黯然神伤。

杨先生指给我们看树的高处。他说，在那盘虬崎岖的树枝上，每到夏天，就盘踞着许多条红蛇。头年夏天，他就亲眼看到一条长约15米、粗约20厘米的巨大红蟒从树上爬下，缓缓爬向草丛。有人本想去打，忽又不忍，便手下留情，让那火红的精灵逍遥而去。

“其实，神农架里的任何生命都不该去伤害的！这也是它们的家园。”至今，我都不能忘记我当时神秘兮兮惆怅兮兮的样子。

也许，对故乡千年古树的深重怀念，也许是对那些走过了大唐、走过了宋、元、明、清千年朝代的生命，心怀太多的敬重和神秘感，当我的朋友川儿呼唤我去中原淅川看一片稀世珍宝——古树园时，我便充满了感动。

错那纪行（组章）

周维强

勒布沟

这美，这寂静，这辽阔。

——错那。勒布沟。

一粒鸟鸣写下一句诗词，一片流云写下一句赞叹，蓝天，可以把蓝像一个人内心的神，供奉在天上。杜鹃花、茉莉花、月季花，如少女的笑靥，如花中奔放的仙子，你冲它笑一笑，它就把那鲜艳、那粉嫩、那鲜红的爱恋，投影在你的眸子里。群山开始沉寂，在这神秘的群山之间，我的心，必须低至一棵草的卑微，才能听懂一只鸟的低语，一朵花的花语。也许，我的心，本身就应盛开着，和杜鹃花、茉莉花、月季花共享这春天的芬芳。

你还应该侧耳倾听，这水声。

薄雾缭绕，雾气，打湿了一个人内心的孤独和愁绪，也唤醒了一个人的记忆与往事。我喜欢坐在一块石头上，就让这潺潺的流水从身旁流过，就让一朵花在风中摇曳着，就像看一个美丽的少女独舞。我更喜欢听一只鸟独自的歌唱，阳光很静，古树与花草朗诵着勒布沟日光里的纯净与美好。

水声，唯有在山南的错那，唯有在这宁谧的勒布沟。

因为我的倾听，它的韵律有着一座山的空灵，一条溪的清澈，一声鸟鸣的婉转，一个人，在此修行的慈悲。

拿日雍措

蓝，像一粒子弹，击中了我的心脏。

从山南泽当到错那，到拿日雍措，蓝，开始层层叠叠地呈现在我的眼前。我的皮肤已经开始接近岩石的底色，但要想穿上这纯净的蓝，还需要心的沉淀。我想起了日光下漫步的牛羊，农田里劳作的阿佳，成群结队的羊羔，在公路上，缓缓前行。蓝，如一面铜镜，把这万物收拢成一滴湖水的透明。我更喜欢掷一颗石子，让它去蓝的梦境里寻觅那涟漪，天空的蓝，是眸子里的深邃，而拿日雍措的蓝，则是内心隐秘的赞颂和诗经。需要静读，需要领悟，需要抛却杂念，让蓝，在皮肤上，沁出一丝丝清凉。

石子，终究是一个蓝色的标点。

和西藏其他的湖相比较，拿日雍措的面积很小。小如钻石。但我总对这蓝色的湖有着青春般的留恋。就像自己回到了纯真的少年时代，眼前的湖泊宛如蒙着薄纱的神秘少女，我只能看见她闪烁的双眸，那蓝色的宝石般碧绿的眸子里，内心有着纯正的诗意。太干净了，可能多说一句话，都会让眼前的风景蒙上微尘。太清澈了，多余的赞美似乎一说出口就显得唐突。

四围的山，托举着这湖水的蓝。白云徜徉在天际，它们在游移着，为这少女的豆蔻年华，青春的气息，献上一条长长的哈达。

觉拉寺上空的云

高远，空旷，缥缈，苍茫。

觉拉寺上空的云，是我诵读了多年的经卷。

有人眼含热泪，有人念念有词，有人虔诚膜拜，有人心怀悲悯。而觉拉寺，用一粒尘埃的圆满和一颗心的修行，呈现那藏地的悲欢离合。那云，依旧是干净的模样。在蓝天的舞台上，它时而飘逸，时而从容，时而形如少年，时而沧桑如梦。

群山，在此默念前世今生的轮回。

一片云，它飘过了雅鲁藏布江，飘过了布达拉宫，飘过了山南，飘至错那，它开始为一缕佛光留下灵魂的归隐。双手合十，双膝伏地。内心的善和慈悲，如一滴雨的升华，开始寻找日和夜的寒凉。

高远，空旷，缥缈，苍茫。

觉拉寺前，我如云，云如我。

谛听阳光走过大地

何敬君

清明：阳光洒满祖茔

阳光洒满祖茔，如洒满我行走过的大地
阳光明亮而稀薄，穿过隐喻般的雾气
祖茔是一角海，墓冢静静地漂泊为一叶叶小舟或一个个岛屿，在原地摆渡
坟头的黄表纸是今天世界上最灿烂的花束

我好像跋涉了很远很远的路，开车从城里回到村里，如同摇着船从虚浮的梦境渡到凸凹的现实
从昨天到今日，我又是哪个跟在大人们后面祭祖的孩子？

我的祖宗们，请到甲板上来，到岸滩上来，于高处列坐
请喝一杯你们已经不认识的酒，吃一碟你们早已习惯了的冷的食物
我看到你们微笑，看到天堂里的时光宁静而肃穆
去年的落叶有的仍与微风低语，今年的新草已在枯秸间抽芽，老杨树擎起了嫩枝

我跟随父辈们，也带领我的子侄，像是梳理白发里的黑发，辨记一座座墓碑上清晰或斑驳的字迹
树上的喜鹊窝以穿透天空的眼睛看着一个个坟头，看着我们卑躬的身姿
我看到眼前飘动起一张张薄薄的纸，飘成坟头的花，飘成树顶的云絮

今年清明无雨，我们的话语跟往年一样湿漉迷离
一只只黑蝴蝶飞不高飞不远，浅浅的欢乐与淡淡的哀伤打湿了它们的薄翅

……薄雾散去，地阔天鸿
徜徉在与列祖列宗同在共生的家园，我内心怎样的澄澈清明？
转身间，孩子们在村口放飞的风筝飘升到了祖茔的上空……

立夏里的短句

1

何处隐约的蝼蛔唤我进入这个响亮的早晨？
我却无力分辨山那边老家的田野里高高低低的音符

2

温热的风将天空拉低，撑开情侣伞倾盖大地
街上的人们似乎放缓了脚步，脸庞泛着酡晕颔首致意

3

你跫跫的足音愈来愈近，愈热烈地围抚我
我遥想老家麦子的爱情已经成熟，期待临近的婚期

4

许多景物盛大繁茂起来，看上去也是如此
我将如何在地面上书写那个惯常的“一”字？

5

浓雾瞬时便无声地恣肆，迷茫了崇高与卑小的界限
我甚至分不清楼下那个人与一株灌木的影姿

6

你的村庄他的都市都一如往年，千姿百态地赶往夏季
我也仍在其中，谛听阳光走过大地……

秋分：我又错过了一场典礼

迁徙鸟听到了天街上调集车马的消息，它一大早就伸展翅膀梳理羽毛
它要跟随太阳的脚步

普照的光芒开始拾掇行李……

我如往日一样，在24摄氏度的房间里，喝着机器净化过的像水一样的液体

目光在湖蓝色的窗玻璃上撞成一地又一地碎屑，被清洁工归为不可再生的垃圾

花盆里三种植物疯长着同夏季里一样的春意

我已不再需要短袖衫和绒线裤，只需保持玻璃缸里金鱼的微笑以及轻言慢语，脸上盖一张不挂些许怅惘抑或踟蹰的绿萝的叶子

今天我依然听不到窗外奥妙深重的脚步

……而大地，它一直与天空一起，在行走，在裂聚，每天都孕育新的动物和植物

今天起，地上的花草树木，地下的根须，它们对生长都有不一样的思虑

只是我，一遍遍揉搓耳朵和眼睛，还是看不到远处，听不见回声，不清楚一条鱼对水温的感知，不清楚一只小鸟对天空的敬畏，不清楚一棵小草、一片叶子对阳光和地气的响应

……一只流浪猫在窗外看着我

它看着我，仿佛哂笑我又错过了一场宏伟的典礼——对于自然、对于自己

天空流动起新的云彩，刮起不同的风

我顿在原地，甚至没有呻吟一声

大寒：阳光渗过雾霾

三天前来访的那场雪是梦里的白蝴蝶

梅花的浅睡里没有温情的飞翔

大地又栖遑在眩晕的半空下，朦进了尼龙布或发了霉的蚕丝的帐篷

阳光吃力地渗过雾霾，沉重的水汽沥下湿漉漉的灰光

我茫然于大厦之内，如丢了海图的水手

从窗口看出去的一排排平房和一幢幢高楼，都是没有舵轮的船，没有车头的列车

街道上的行人排着昆虫或蜉蝣的纵队匆匆地奔走，在虚茫里奔走

稍远处山影影绰绰

仿佛巨涛立时会涌荡过来，将这个暧昧的冬天倾轧到四季之外的另一个季节

惬意的寒冷从记忆里节节败退，鸽哨在隐约的方向勾勒都市凄惘的表情

我不知道远山里的兄弟是否从围脖里伸出脑袋寻找熟悉的北风……

大寒是四季最后的心跳

四季是大地的宫殿

大地是一块载着我们和阿猫阿狗们的飞毯

上元夜，我仍旧仰望着天空冥思

今夜，城市被人们幻化成一座花圃，焰火如花雨洒泻，赤橙蓝紫遮蔽了月色

夜空在流彩浮光中颤抖，迷乱得不知所措

我如一条起蛰的鱼

默然潜回童年时故乡元宵的灯火

……新年的第一轮圆月就要升起

母亲嫂嫂姐姐们将谑语笑声和心底的波澜揉进加了酵母的豆面，抟捏出一群群驮着灯盏的小动物——

让鱼灯蟹灯辉映水缸，让猪灯牛灯照亮圈栏，把桃灯柿灯挂上树枝……最大最亮的灯供奉在神和祖先的牌位前

——每年的今夜星星都会落到街上，落进胡同，落进天井，那个电线还没能爬到的村庄如我后来在城里夜游的湖一样波光潋滟

磨盘大的月亮慢慢转上东南山顶

我跟随父亲去老茔上灯，给逝去的祖辈送去一年的光明

弟弟妹妹以奶奶教的歌谣把闪闪的灯光唱进墙旮旯、照进橱桌底下、照到阴暗潮湿的角落："鸡灯鸭灯，照照虫子去东京。东京过不去，淹死在海里……"

我们不知道哪里是东京，我们诅咒叮咬身体和庄稼的蚊虫

我们眼里荡漾着光，奔走着鸡鸭猪羊，流淌着麦子玉米，跳跃着一年的光景……

多年以后我知道了灯谜，知道从很早起城里人就在这个晚上比碰运气

今夜，我仍旧仰望着天空冥思：母亲嫂嫂姐姐们曾把多少谜语揉进了那些豆面灯里？

生长传奇的热土

倪俊宇

在白沙陨石坑

绿色，覆盖整个盆地。
一垄垄茶芽，摇响绿色阳光。
染翠晨风的采茶谣，追逐着翩翩鸟鸣……

那雷霆，那震天撼地的九千个雷霆呢？
那霹雳，那崩山沸河的八万串霹雳呢？

陡峭的坑沿，直立无语，蕴藏神话中巨斧闪劈的嚣响。
亘古石壁，竖眉瞋目。铁青着脸。
苔纹里，镌刻着惊天悚地的梦幻情节。

寻不到史前天外来客，听不见大地张口喊痛。
但见，伤口早抚成绿地。在茗香四溢的风晨雨夕间，总有流汗的脊背，在晃动……

三亚·南天一柱

读万年的风起云涌，读千秋的潮来汐往。
听打鱼人的螺号、渔谣和渔火下的故事。
看谪客的瘦马，驮着西风与慨叹……

一遍又一遍，问粉墨登场的日月星辰。

几多沧桑，刻额头一纹？

谁，沉思的头颅
突兀在人世间思辨的海平面上。

白查：黎族船形屋古村寨

墙角。从机杼上的黎锦，我读出族群古老的图腾与心思。

兽骨与弓弩，挂在泥墙。先民山林狩猎的呼啸，总在风晨雨夕中，回响。

一所所船形屋，静静伫立在椰荫和菠萝蜜树的掩映中，
让耕山耘壑后的炊烟，在无数寒暑中延绵。
让山兰和芒果丰收的梦，不被几多风雨惊醒。

是谁，抵挡住岛上千百年的沧桑风雨？
三月三，木鼓铜锣敲响的滚龙谣在传扬，
凤尾竹下，鼻箫叶笛吹飞的罗哩调在讲述：

创世祖雅丹，领着围皮披叶的族人，将横渡洪荒沧海的船，在这荒山野坳里倒扣成屋……

哦白查，你是黎家的精神泊地啊！

昌江·棋子湾

炮在哪？车在哪？卒子在哪？
海韵声声，是谁落子的声音？

一场旷古的博弈。一场没有下完的棋。

来来往往的观棋人，总想解开棋局的谜团。
其实，这奇石巧布，潮来汐往演绎各色天光水影的海湾，在告诉你：
棋如人生。人生旅途上的美景，在
纷繁棋局中曲折探寻的脚下。

走进付龙园遗址

你听见了么？那鱼镖砰然击浪，追逐游鳍的声响。

我看到，细砂陶罐的高圈足，牵动远古的晨光。

一个围着兽皮的披发少女，倾出罐里的江水，将最初的禾苗，染成翠色……

有一枚印纹陶片，自折叠无数沧桑风雨的碛层深处，醒来。

穿过陶片上岁月的尘斑，我触摸到先人长茧的手温。

此刻，千百年前的昌化江水，漫上我的指尖。

夕照多情，将江畔台地的灌木丛，映出跃动的汗渍背影……

一片片皎白的芒花，摇曳成簇簇飘动的篝火。

谁在挥动古拙的石斧，砍下枯枝，在蛮荒的岛西一角，燃起这闪烁文明光芒的火焰。

儋州·东坡书院

竹笠，在哪户农家的柴门边，斜倚？

木屐呢，该踏动在哪一条乡路的泥泞中？

一幅笠屐图，深铭于千余年的口碑中。任烟尘起落，不可遮掩。

寒来，暑往，看花开花落。院墙内，总听到

风声，雨声，读书声……

我是中国人（外二章）

李克强

羊角山，越不过的高度

一

时空无尽，我将七十四年的感叹，充当满怀敬意的拐杖，携无限虔诚，搀扶浮躁与迷茫，抵达羊角山。

循脚下土地激昂的印迹，攀登英雄坚不可摧的意志与信念。

远处的道路，更加清晰。

天空，与心交近。

祭奠的白云，让灵魂开始沉重。

曾经，生命筑就和平与安详。

此刻，虽然烈日烤炙，但被膜拜无视。

二

留下两米，不再靠近。

不，一米也行。

就让心中存留一丝敬畏——正义，是永远越不过的高地。

山顶，慈善仁厚的土地一片沉寂。

青松，苍劲挺拔。

羊角山，点燃三炷清香，和所有逝者一起，向天空祈祷：

让神州大地，不再有豺狼足迹！

渴盼自由的鸽子，再也不要在刽子手的贪婪里折伤翅膀……

大地，宽容。

忠魂也好，厉鬼也罢。

在岁月流逝里，一起孤寂。

三

透过苍翠，透过鲜活的野草，渐渐远去的枪炮声，回荡在耳边。

一幅幅惨烈的画面，淹没了虫鸣鸟啼。

战争的弹壳，在无辜的鲜血里刺眼。

密布的弹坑，凸显悲惨的血肉横飞。

壕沟，掩体，是历史永远无法愈合的伤口。

死守。觉醒的雄狮咆哮怒号，视死如归，只为背后的民族与家人。

失守。喋血疯狂，生命，在战火的喧嚣里化为灰烬。

侵略者膨胀的欲望，让人间的一切美满支离破碎。

诗歌凄美。在那一刻，是一封来不及寄出去的家书，是满腔的热血，是弹尽粮绝后的万丈悬崖……

四

身怀六甲的妻子，顺着子弹横飞的轨迹，望穿秋水，不见夫君归来。

怒目圆睁，羊角山只剩下合不拢的眼睛。血泪浸泡的瞳孔，朝着大雁回归的方向。

战争，总是左手砍着右手。牺牲之痛，有谁能心甘情愿地承受？

故乡，是硝烟覆盖的炊烟。

回家，是战争无法兑现的诺言……

年迈双亲的身影，成了来不及牵挂的牵挂。

五

战争的残酷，和平的幸福，我俯耳聆听羊角山的诉说。

他用沉重的一撇，一捺，一字，一句，蘸上前人的鲜血，将自身的经历，写成一首史诗，警示后人。

英雄，不想再敲响无奈的战鼓。愿大千世界，到处盛开鲜花，芬芳弥漫。

恶徒，尽早收紧贪婪的手脚。让茫茫人海，少一点荆棘，不再经受苦难。

每个人，都有自己的家园。

花开依旧，青松依旧。

回首仰望，苍翠的羊角山，似一口屹立风雨中的警钟，在和平的祈愿里长鸣……

赵家桥感怀

秋风拂过，落叶纷飞。赵家桥，倒回一段时光，让英雄的往事不至于荒芜。

流年，在岁月的树上结出硕果。橘子、柿子，在英雄的尸骨上再次熟透。

荆棘丛生，刺穿宁静。遍地丰硕虔诚祭奠：一九四三年，一个寒冷的冬天。

时间，无法走远，历史留下的刻骨痕迹。

惨烈，时空以伤疤的形式，警示当前。

风，依然带着血腥，吹响几十年前的号角。雨，满怀悲痛，却无法浇醒，那些为国为家的生灵。

青山肃穆，树木葱茏，慈悲的土地掩埋不了曾经的杀戮。

溪水无声，从春至冬，无法洗尽两岸厮杀的鲜血，更无法洗淡侵略者的贪婪与罪恶。

“贯彻命令，达成任务!”——视死如归，在愤怒的火焰里，升华成图腾。

前仆后继，七千英魂长眠于此。最终，正义压制邪恶，恶魔走向灭亡……信念，燃烧成永恒。

沉睡的民族，在伤心和痛苦中觉醒。

是什么，让壮士如此无畏?

大地回音：岁月悠长，但求山河无恙。

我是中国人

战争的烈焰，依稀可见。

青春燃烧之后，传奇，浸染人生的调色板，绚丽成一片耀眼的火烧云。

尽管，夕阳临近迟暮，英雄早已白头。

皱纹交错，在沧桑的脸上，述说着战壕往事。那些保家卫国的沟壑，到底掩藏了多少往昔的鲜美和光亮。

血泪，早已凝干。

透过浑浊的眼神，寻求答案。

是哪一种蛊？驱使尚未发育成熟的身躯，直面硝烟，无所畏惧。

是哪一种毒？让花样年华投放到战争的熔炉。远赴他乡，义无反顾。

残留的时光，选择性记忆，没有疑惑。

岁月，越走越远。

生死，早已淡然。

记忆之泉，在彻夜无眠中枯竭。

年迈的咳嗽，惊醒一个个幸存的黎明。

不公，无奈，甚至屈辱，都可忽略。

辛酸与磨难，压不弯坚挺的脊梁。

信念，汇成一行行自豪的泪水。

憋在心里几十年的一声呐喊，响彻云霄——我是中国人！

面对或置身其中（六章）

鲁本胜

当雾霾散去时

橙色警报响了。
雾霾，又一次光临。

烟笼大地，春草生辉，鲜艳的野花，一片诗之桃林。
扑面而来的，依稀这一年最后的糁雪。

掩门闭户，品茗，听乐，一种想听就能听懂的语言，
正在发芽……

从一片月色中走出来，花前月下的男子啊女子啊，误入一片迷蒙。
楼林中的，一块巴掌大小的绿园，花影凌乱，全因了
雾霾重重。

高速路上，一群咬尾擦肩的甲壳虫，喷着温热的灰白气息，似乎是在穿越一场——
世纪风雨……

春雨的情怀

小的绿芽，成为春色，成为踏青途中的狂欢。
走进农历，走进了天地秘密；
一根细小的草，又一次悄悄绿了一下。

细雨纷飞，山水日月的灵魂清明，乡野镇村展开，牛羊逶迤而去。
鸟的舞步，花的笑容，千万种美丽，以人的形式，走进唐诗宋词；
温暖着日暮修竹。

麦田此起彼伏，看天看水看人看鸟飞如梦。
次第变成咿呀的序曲……

我看见，在这个梦想展翅之夜，整个半岛汇成了一句
千古绝唱！

春　意

风，换了一副模样，湿软、温柔，有仙女的风姿。
沿着季节，林木和庄稼，醒来，似素女莲步，步步生韵。
多彩的美，醒来，展示着遍野碧翠，美的意境。

柳枝依依，钓起了诗与韵的滋味分寸，超越千年的诗境之美。
在鸟鸣与飞天之间，小城拆迁，有一种刮骨之痛。

大地心跳加速，禾苗心事泛滥。
栽下并抽芽的那些梦，枝叶披拂，油光闪亮。

世界和人心，在干渴地等待。

种　菜

城郊。一个闲置小院。
一小块地，像童年的作业本。
那上面，有泥土，有曾经的欢乐，汗水，时光与水。

刨地。碎土。深耕。播种。一畦乐趣在心中发芽。
　　黄瓜、芸豆、番茄、芹菜、莴苣、南瓜，不经意间，撞了一下他的内心，记忆，立时便有一种轻微的疼痛。

一阵风吹过，一阵雨走过，心底的那片菜地呀，绿油油地茂盛起来。

亮光闪烁，照着他的乡下。

谒壮武古城遗址

东周时的一棵树，被南北朝拔了。

时光填满了千年岁月，千头万绪的花草虫木，驳杂生动，汁液横流。

城墙倾圮，汉砖寂寞，谁的舌尖上，有涩涩的感觉。

还有抑郁的瓦当碎片，还有历代纷争的疆场，已悄悄发芽。

马的嘶鸣，血的猩红，剑的幽光，兵刃与头颅的较量，变成了风和传说，或者方志中一行简洁的文字。

今日壮武，一派春天装束，看着鲜润如同奶油的晨曦，他心中的欢欣与悲苦，仿佛长了翅膀，要飞翔。

西风中，银杏、石榴盛开的气味，色彩与构成，点缀出几许深意。

一部史书，宛如一幅长轴，它的每一次呼吸，都是闪电雷击。

花间蝶如枝行。光在繁衍，沽河之水的穿透，秦汉之夜，美得那样轻柔，神幻，倾听着未来。

又闻蓝村大米香

曾有一种味道，铭心入骨，沁人心脾。

醉过岛城，香飘全国，氤氲过少年情怀。

即使现在，也会在不经意间，嗅到它的气息。

那些年，岁月深处，夜是黑的，水稻化掉了风雨寒冷，在永夜结籽，诠释着生命密码。

忘记了是在什么时候，万亩阳光凋谢，松开的手，再也握不住，那一种风味独特的芬芳了。

心总是抖着，有点儿遗憾，有点儿痛。

蓝村大米啊，如今，站在一万年遥远的土地上，捧出一万种美好的想象。

你的手，能让我握多久？

民俗，乡村的旗帜（六章）

高本宣

女儿会

农历。七月十二。女儿会。

有人回归故乡，吃炕洋芋，喝苞谷酒，登高，望远，寻乡愁，会情人。

张族。薛氏。十个棚。

是远方游子心中的国，是星群、罗盘，是沉香、神龛，是金色的西兰卡普，是永恒的颂歌。

万物倾吐欢愉。我也倾吐欢愉。

我的欢愉叫红土溪，叫石灰窑，叫天上的舞蹈，叫神赐的花朵，叫吉祥的咒语。

我对着故乡欢愉一次，灵魂的外衣就颤抖一次，万亩江山也颤抖一次。

“一笔写东南，家中无人管。吃了早饭上街玩，街前街后转。街上姐儿多，住在杨柳窝。金钗银簪拿在手，送给哪一个。”

民谣的调子，正在还原人间喜剧。循声望去，之前的爱情，歇在鹊桥枝头，渐渐老去。

我把心从尘世中收回。从此，无牵无挂。

炊烟，粮食，窑归，大把大把的“硒”字从女儿会源头出发，沿子母潭圣水涌出的方向，一路浩荡，一路丰饶。

七月的视窗，阳光充足，我看到了辽阔的远方……

赶毛狗

十五的灯，张开童年的翅膀。年味，躲进民谣的枝头。泥土上，一排排锥形的云朵，向着夕阳，亮开旗幡。

篝火点燃了，牛角号吹响了。星星和月亮撒娇，跟着红色舞蹈；地平线模仿蛟龙的姿势，快活地扭动；熊熊火焰把夜空打开一个圆孔，照亮了雄性的村庄。什么妖魔鬼怪，都不敢靠近。

“赶毛狗，赶毛狗，赶到对面灶门口，毛狗打个屁，粑粑不来气。”

小鬼们的脸蛋，笑成绯红的桃花。大人们眯起双眼，构思下一个季节的内容。

玩龙灯

把正月攥在手中。把龙灯举过头顶。

在热乎乎的锣鼓声里，在脆酥酥的鞭炮声里，在黑油油的土地上——紧紧地旋转着八字步。

天地和弦。人龙合一。

是山神。是雨神。是太阳神。是月亮神。

举起日子用勤劳垒起的月亮。

举起笑声用丰富展览的太阳。

举起欢乐用丰收填满的星星。

举起希望用奔腾曝光的群山。

用热烈的灯火，庆祝生殖旺盛的龙族。

一群龙的精魂哟——向着太阳舞蹈。

唱傩戏

摆上三牲祭品，点燃心中蜡烛，锣鼓排列两厢。
一场亘古的祭祀活动在绿水青山间拉开序幕。

旷世罡风从山冈吹来，音乐响起，戏班头戴面具，口中念念有词。
虔诚，唱给神灵，唱给草芥。祈福这方土地，这方子民。

沉重的夜，销魂的调，抑或撩人的交响，正在抵达圣洁的心境。恶肆的舞，离奇的乐，携走泪凝深处傲骨的灵气。

世事纷扰，物欲横流，多少面孔恍惚。
流年往复，沧海桑田，几个脸谱定格。

我跟着伏羲八卦的步伐，跳向原始，跳向鬼蜮，跳向神灵。我点燃高香，祈求佛祖用一双圣洁之手擦拭落入胎骨上的尘埃。

曲终。人散。
戏班摘下面具，收起锣鼓，悄然离开。
那些祭祀的咒语埋在了村庄……

咂　酒

雪哭了，不愿归去。
谁也不愿听到窗外的寒冷，只想满面春风，用温热的呢喃，拥抱一坛乡情老酒的幽香。

竹管以多情的方式插入，五谷贲张的精血沿着圣洁的方向，奔涌，燃烧。
血性的浓烈，灌入赤热的肌肤，生命在潮涨潮落的瞬间，成熟，满足。

骄阳抬高三尺，残雪引我走向春天的产道。

一场狂歌之后，我写下了关于“咂酒”的诗篇，不投向什么报刊，只是藏在丛林深处，让洁白缠绵的汉字，在鸟语中婚配，滋生万物。

摔碗酒

喝。摔。
一对动词。一组灰色的弧线。一段抗争的历史。

酒，用巴蔓子的血性勾兑过。
碗，用黄土地的灵气抛光过。
人，是巴地廪君顽固的子孙。

一口干了，左手叉腰，右手拈碗，从头顶往后使劲扔出去。
“啪”的一声，满地都是巴国历史的碎片。

喝，把酒论英雄，醉里挑灯看剑。
摔，宁为玉碎，不为瓦全。
又喝，消解千年寂寞。
又摔，大破大立，重建自我。
再喝，淡泊名利。
再摔，成全疯狂的诗人。

喝——摔——
以一种坚决的、壮美的破坏，舒展个性，舒展人生。

周跃刚散文诗（六章）

周跃刚

空空如此

回过头，物色依旧。触手可及的春天，把一束光穿成美丽的想念。

我的笔仍在书桌上发呆，等到写过了青山绿水和春秋冬夏，写过了青葱和岁月，你最终流淌成一江春水，穿过南方，抵达海。

我依然站在老地方，感受着夜凉如水。遍野开花的正楷，正努力填补往事的空虚。而那些被掏空的灵感，被压抑的情愫，也从未像此刻认真而虔诚。夜深深，我疯狂地掀开那一张张白色宣纸，却下不了笔，写不下一个字。

我把自己越写越空，就像生活，最后空得只剩下两个字。直到那一笔一画把满天的星辉装进灵魂的乳房，慢慢发育成一篇篇散文、诗歌、小说……

恋花旧事

少年如梦花如初，风过乡村星点灯。

我守候在花前，黑夜将梦，化成雨露，洒落在花瓣上。

春风吹过山坡，夜来香就开满了村土。你来后，月光的多情皆成徒劳。你继续用一盏茶的时间，讲述你传奇的前世今生，展示你丰满的婀娜多姿，散发你别致美好的清香。后来，你随我跋山涉水，伴我以诗和远方，也许，你早已渗入脊髓，成为我的灵魂伴侣。

花开一路，梦不孤独。我总喜欢在窗前，看你从萌芽生长到含苞待放，直到用尽全身力气拼命发香，直到把心抽空在时令的催促下慢慢凋零，化为尘泥。花的一生，即人的一世。

我始终相信，花朵的灵魂，该是绽放时的淡然一笑，凋零时的随心随缘。我不知与我擦肩而过的那些花，最后都到底去向了哪里，但我明白，从你的世界路过，已然足够幸运。我愿为你一路花开，抑或，化作春泥更护花。

抒写春天

面对那些恣意燃烧的孤独，那晚，我失了眠。

我听到窗外破土而出的声响，绵绵不断地喝掉大地的乳汁。它们慢慢消失在夜色里，就像夜色，淹没了我的孤独，又给了我温情的拥抱和吻。

我记得我写的第一首诗，名为“春天”，后来，我又陆续写了很多关于春天的诗，直到把春天写成路人甲、乙或丙，似曾相识，而又不像从前。

你看，春天仍在放纵那份喜悦，让小鸟飞上枝头，种子洒满大地，让城市和村庄的肩头都染上了嫩绿的底色，让去年和上前年的春光，都来照耀此刻万物生长的安然和祥和。

就这样，我喜欢上春天，以及春天底色里，我的情人。除了春暖花开，草长莺飞，那些逐渐升温的爱和希望，也同春风一起，把坚守和执着，安全送达了新大陆。那里，有我做过的梦，写过的诗歌，走过的路，以及看过的风景。

如此深沉爱过，便无可替代。

啊，我再无其他言语。请让我再写一首诗，再唱一首歌，请把我种进春天，种进阳光，恋一切可恋之风景，爱一切可爱之人。

真像彻底的“疯子”

你举起文字的火把，从风里走过，我看到被点燃的星空，烧到夜色最后无半点灰烬。连同那些可亲可感的往事，也被烧到不见影踪。二十余年弹指一挥，青春恰好梦正圆。

只道风车转啊转，风车转啊转。你终究以永不停息的信念，步履匆匆，转过童年和大山，转过生活和都市，转过梦境和憧憬，转到我们都已回不到的当年。

后来，有风吹起，我又想起你。

针线记事

不知何时起，母亲把穿针引线当成一种习惯。每到月光泛起，凌晨夜深，母亲穿好针线，端坐在老木柜前，用心地缝补生活。偶尔从门那边传来一两声清脆的咳嗽，总让我在半睡半醒时，仍不住想失眠。

线在针里，针在线头，它们彼此依偎，又相互取暖。当母亲忙完农活和家务后，总要拿起一根大型的“针”，配上几个线团，技艺娴熟地织起毛衣。不管春秋和冬夏，为让一家人冬天不冷，母亲乐此不疲。也许，母亲的一针一线里，总生长着无数有温度的幸福和幸运。

随年龄增长，我的毛衣被母亲拆了又打，打了又拆。每次新毛衣织好，母亲总要翻来覆去认真检查，是否足够完美。从小到大，我也不知道到底穿了多少件毛衣。在我看来，每一件毛衣，都是含金量十足的工艺品。

如今，母亲手上已住满了厚厚的老茧，针和线在岁月的故事里慢慢成为怀念。

静若浮沉

静下来后，内心彻底像一面湖。不想风来吹起一点波澜，也不愿雨来溅起半点波花，只想如此平静地倒映着世界，再和天空续上一段前缘。

无悲无喜，便无太大的起，或太大的落。我开始习惯了静静地爱，以及静静地远行。

静下来后，我放任滞留的思绪飞向任何存在着美的角落，让岁月穿过我们正经历的生活而不留下一丝痕迹，把阳光当成一辈子的情人而对万事万物都充满爱。

静下来后，乡村、炊烟、云朵以及脚下的黄土，都有了生命、灵魂和情感。我把它们写进我的生活，汲取它们身上无穷无尽的营养，正是它们，养活了一首又一首诗歌。

静下来后，时光继续为我产下了一个又一个名为“故事”的蛋，它随时准备好破壳而出，又随时准备好成为我的怀想。

此刻，静如浮沉，或许也是一种成长和修行。

塑　像

徐　豪

垒土成山。

我们王的陵墓面朝东方，宽阔的神道通往大海。

我们的父亲追逐太阳，从东往西，背离故土，万物被疼爱。

盛大的土葬已经结束。火焰和灰烬，超越抟铸之手，你长命的渴望，能否得到永生的回响？

我们从混沌中走来，逃过残酷的殉葬。

淬火铸剑，立在十月的阴影里。

我们被定型，被摆布，泥塑的肉身无法从水边招魂。

幻象如影。

我们走过一个玄色如铁的时代。请看渐行渐近的雷霆和风暴，我们丢失的祝词和权杖。手绘的图案是时间的阴影。

我们来到原野里，停止歌唱。

风雨如晦。

我们向东去，返回故土的轨迹，箭镞如飞逝的雨。

与子同袍，我们布衣的命运，在兵戈交响中连在一起。

不饮酒了，醉了会想起半轮明月。

不杀人了，疼了会流下琥珀的眼泪。

我们的王啊，我们卑微的母亲还在深夜织布，天亮了还要画饼充饥。

最后我们的刀尖指向谁？

猫头鹰钻进黑暗的屋子。

我们泥塑的肉身，经过分娩的疼痛，消耗五谷杂粮，成为长久的悬疑。无数母亲还在暗中流泪。

我们的战马夜食粮草，鲜艳的毛色点燃暗藏的欲望。

如果不征战，如果不杀伐……

但诸王之王的诏书，穿越时间的尘土，不可违抗。

我们继续沉默，那么多人，沉默着相同的命运。

我们的手，捧起米粟的手，抓住锋刃的手，抹去泪和汗的手，无处安放的时候，做些什么呢？

沉默的镔铁发出声响。“王于兴师，修我甲兵。”容我们先低下头颅，想一想空空的双手。那枚带毒的流矢还在飞，不知刺穿谁的颅骨。

遥远的大海，黄泉之后的水，我们姓氏里的密码，隔着远途的神道。王城在身后，背离太阳升起的地方。

消失的众神，狭路相逢的时候，给谁庇佑？

那不朽的虎符，我们王的权杖。

三十六计用尽，可曾攻不破城池？四野风声鹤唳。

将军，我们跟着王交与你的虎符，从殉坑里走来，从祭坛上走来。永生的国度里，万世不破的迷梦，方生方死，方死方生。

鸡鸣不已。

将军，赐予我们力量呀！

那虎符交与你，我们跟着向东方去，无数个泥塑之身形聚成你，无数件兵戈累积成你。喝完酒，篝火熄灭，兵器的弧度和直线，击破敌人的肉体，他们也是泥塑之身呀。

把呐喊和疼痛埋起来，把奔跑和涌动埋起来，最后把张弓搭箭和杀人的姿势也埋起来。

将军，箭镞如雨，我们出发吧。

我们在光明中攫取黑暗，在黑暗中咀嚼光明。

将军，那坑杀的惨烈里，头颅成山，我们恐惧的时候，能否落泪？

漫长的悬疑属于寒夜。我们躺下，一座座废墟之城，世上的烟火零星如萤。一具具躯体，刚刚被教会世间的美好，来不及走出阴影。

这寒夜，我们该想起什么？敌人的头颅？母亲的眼泪？父亲的大手？女人的乳房？

将军，我们的族群在迁徙呀！

那喑哑的歌谣已经唱了无数遍，我们王的宫乐还在演奏。
我们的祖先坐在尘埃里，黄土加身，让太阳和月亮照耀我们。

请检阅吧！
让你目光的刻刀，雕琢我们血肉的肌体。
大风吹响猎猎战旗，那雪亮的刀刃，尖厉的马嘶，滚滚的战车——
倘若不是战无不胜，谁能坐地豪饮？
高粱红了，粟米熟了，这无限广阔的江山，消解无数骨殖的土地，谁掌握生死？谁种植爱恨？
我们渴望云上众神端坐。
这世间的血液和灵魂，经过狡黠的口腔传颂；执虎符的人，燃烧炙热的烈火。
众神，倘若我们踏上不归之程，谁来救赎？谁来宽恕？

祭台坍塌，我们的躯体消解，史书散佚，谁告诉后人古老的习俗？
我们向东去，最后握着兵器的手里空空如也。
故乡回不去了，尸骨埋进富饶的泥土里。
黑斑的蝴蝶引路，我们狩猎灵魂。
水稻和小麦，煮熟的高粱，外来的玉米，水脉丰沛的土地生长黄金。这墙壁、灯影、雕花、成群的蝙蝠，虚构的情节、世间的春宫图、白昼如夜。
马匹奔腾，时间的洪流。
王城被攻陷，城里的人被诅咒，城门上没有示众的首级。
破城之前，他们落草为寇。

那就回到最初的表情吧。
君子于役。飞鸟投下垂直的影子。
我们说着图穷匕见的故事，黑色的花籽被点上朱砂。
众人的头颅如铁。
黄泉有水，谁都蹚不过时间之河。山中的困兽饥饿，发出怒吼。
秋后的寒露冰冷，修我矛戟和甲兵，谁来赶制衣裳。
一块骨头在泥土里开始疼痛。
我们的恐惧那么久长。

石块、城址、骨头。

宗庙庐顶和墙壁的幻象，那永生之国里的迷图，我们崇拜的祭献里，谁能得知未解的隐喻?

开弓没有回头箭。山川呼啸着沙石，如果短兵相接，如果四面埋伏……

兵器的世界里，徒手相搏是奢侈的事。

反戈一击的机会并不常有，更多的时候我们以及更多人都会自相矛盾。

原始的杀伐里，钻营的计策也会失灵。兵不厌诈，最后上当的总是自己。

一个人和集体脱离，一支箭和弓弦脱离，一颗头颅和一堵身体脱离，我们对着饮血的战争，不能不流泪呀。

可我们的双手空空，向谁索取?

时光剥落如削铁。

我们的王城成为古原，王的陵墓只剩封土。

那不朽的展览，我们世代的表情里，是谁的基因?

一个失踪的帝国，黑色的旗帜在渺远的时空里摇摆，一切崩塌之后，骸骨成为灰烬，我们泥塑的肉身，何时出土?

被时间脱水，声音、气味、颜色消失殆尽。

虎符丢失，我们只剩下表情。

谁为我们塑造了肉身?谁带领我们走向不明的歧义?

抟土造人，谁是始作俑者?

我们存活，健壮，热爱死亡。

草原诗篇

舟自横

马头琴

树木稀疏。飞鸟归巢。露水胎动。它们全然不知落日的悲伤。

夕照肃穆，移动的云朵，像高高在上的天堂。

巴图，你的背影敞开时光的巢。

马头琴响起，弦上江河万古流淌，浮起落日的悲伤。巴图，你五个指头是日月水火土，另外五指是东西南北中。

我的好兄弟！巴图，长风已经吹开青草里散落的蹄印。你所知道的神，就要跨上骏马起身。而不朽的星辰，也将从草原的地心喷薄而出，抵达小兽的眼睛。

你的琴音上面落满了金雕和百灵。它们是爱情的守护者。巴图，你看没看见其其格正躲在蒙古包后面看你？她的发梢吹过来，敲打着你的琴弦和你的肋骨，铮铮作响。

老榆树

星星，是众神的书房；我知道，所谓真神，更多的是扎根人间。

扎兰屯街道旁的老榆树，遒劲的枝条和树干，含着闪电，仿佛在默默祈祷，走失的小鸟和浪子快快归来。

根须如铁，那些在地下游走的蚯蚓，是老榆树抚慰泥土的经文。

多年来，我急着赶路，风吹得身心里积满了残枝败叶。此刻，抚摸着老榆树，皲裂的树皮，像深邃的天幕，倾泻出生命的密码和星光。我的手掌纹路的宿命更加清晰。我们都将走到生命的尽头，我留下的诗篇会被生活肢解湮没，肉体零落成尘。而老榆树会继续打坐，为人间献出骨头和火焰。

粗鄙的人间啊，需要一次涅槃。

羊　群

在呼伦贝尔，高速公路的飘带，被微风越吹越远。

走下车，远处看它们是沉默的石头，带领草原缓缓移动。羊群、草原要走向哪里？我要去往哪里？

晨光下，它们更像诗篇里的意象，饱满、洁净而安详。野花摇曳，露珠的墨水，含在它们舌尖，一生与草相依为命，低头的瞬间，蝴蝶仿佛在重生。

悄悄接近，它们看都不看我一眼。湖水的蓝光和一只鸟的倒影，投射到它们身上。沉静和庞大的秋天，打开它们的身子，笼罩着遥远的天际线。它们或许就是高深的修行者，它们更知道，长天和炊烟的秘密。草是它们的倒影，草也是它们的食粮。它们吃草是在劳动。可我吃下粮食，仍在虚度余生。

走近它们，尾随它们，我越来越知道自己的轻和空。

青　草

一棵树与一株草相比，哪个更柔韧？哪个的胸膛更结实？哪个对大地的爱更丰沛？

看见他，我就想象出山区里的一棵树，走到草原，成为青草。低下身子，风吹来，汇入天籁。我看见他的筋脉，仍然奔涌着山势。

他从我的城市来，在满洲里生活了十余年。陌生的我们，却在异地相识。

夕阳落下去了，歌声飘起来了。夜晚，蒙古包里，他教我们吃手把羊肉。月亮走下天堂，在马奶酒杯盏里晃动。这样的月光纤尘不染，这样的美食纤尘不染，这样的银器纤尘不染。我看见我走失的灵魂，纤毫毕见，回到自身。

现在，我们都是有福的人。

走出蒙古包，站在草原中央，远方是如此遥远，地平线吹动着我们青草般馨香的衣衫。

敖　包

细雨蒙蒙，逶迤的大岭的腰身上，挺立着饱满的乳房。人子啊草木啊，我们都是初生的婴孩。

从草叶上滴落下来的雨滴，其实都是草的泪水。它们毫不掩饰。不像我，立于尘世，偶尔在雨中掩面而泣。

叶子，就是草木之心；我的颜面，是我的另一种铠甲。

而石头，永远像草木那样敞开。风吹雨打，表面剥蚀，内心的时光潜行。

一块石头是孤独的。当走上山顶，我看见一块块石头聚到一起，便有了鲜活的生命。

它们组合成敖包。天空深，万物静，兴安铁路隧道旁的敖包身披雨雾，为草木默诵经文。此刻，天空和草原也围拢过来。

静静站立，我身体里的血管——长调悠长，勒勒车的车痕划出炊烟的弧线。身后的小鸟飞翔，闪着金属的光。

众神在上，请接受我的虔诚膜拜。群山凝神，神幡猎猎，指向通途和秘境。

铁　轨

穿过扎兰屯，穿过博克图，穿过海拉尔。我与火车呼啸而过。我的肉体，之后将返身一一抵达这些城池，还有成吉思汗，免渡河，扎赉诺尔——我的念珠。

兴奋，临窗远眺，草原吹响铁轨的口弦，河流合拢嘴唇，大鹰飞抵云层。

先是起伏的群山，后是苍茫的草原，树木和我的身子，越来越低。在草原，我们谦卑而感恩，匍匐如草。

大地，是我们一生的远方。抵达！骏马驰骋，羊群逶迤，它们比我们更快。

而草原，继续吹响铁轨的口弦，草根的手指向上托起，发出金属的大音。

额尔古纳河

我偏爱这个称谓，看见它便不由得轻轻念出，舌头卷动干净的河床，眼前的大河呼之欲出。

而今，我静静地坐在额尔古纳河旁。我恍惚看见天空上的白云，居住着人家。男人或主妇悄悄打开柴扉，俯视着我，和大地上沉静的万物。众鸟盘旋，影子在草原上留下起伏的波浪。阳光强烈，牧羊人、羊群、牧羊犬，仿佛亿万斯年就这样存在过，他与它们之间，有我们看不见的绿荫紧紧缠绕。互为安慰与救赎。

额尔古纳，你洗过长矛，护卫过满族人的要塞。遍地的胡歌，被裹挟在沉沉浮浮的泥浆下。流水不腐，而锈蚀的银簪早已殉情，铠甲殉道。

在这个软绵绵的世界，我要在你身旁重新锻造，用雄鹰的翅膀做长矛，用河流之上的一束光做银簪。贯穿大地、奔腾向远的额尔古纳河，请你做我的一根骨头；也请你洗净我的灵魂。我的身子，做你在尘世行走的支流。

春天是用来爱恋的

赵长春

一

爱恋，比恋爱更美，多份诗意。

在春天，一缕风，一朵花，都是表达爱恋的语言，都滋润、营养了孤独，饱满了忧伤。多少年了，桃花依旧在春风中笑，杏花仍然在枝头闹。

走过花丛，走过草地，我都是轻轻的，不想有所惊扰。在春天，粗糙的我也变得温柔些许。深浅的脚步，是亲吻大地的痕迹，温暖而柔软。

在春天，我总想守住内心的宁静。可是，花朵们的声响无处不在，叫我不能矜持一贯的自卑，在一声声潮润的鸟鸣中……

看到鸟儿，我想成为一棵树；看到花朵，我想成为春风；看到细草，我想成为雨水——我想爱，情不自禁地怜香惜玉！

二

在春天，得写诗才能对得起春光，不负春色。虽然，唐诗已经把春天写到了极致。那场桃花潭边的送别，没有说是在春天，却总是叫人臆想：大诗人李白，就得以桃花为背景，和汪伦挥别；桨声欸乃，花影在水波上和着红红的花瓣……这李白真能写，就以自己和朋友的名字入诗，不累不赘，却桃花满天，春风十里！

春风十里，春风十里！是谁先写出了这个词？下笔即花色灼灼，春芳弥漫，浩荡着草的偃仰，招摇着风的形状……这个时候，不是读书的季节。所以，那个崔姓书生就以口渴的名义，在桃花下停马，一下子撞开了那个女子封闭多年的心花，沸腾如泉，如她家那道厚厚的门，那堵高高的墙，成了虚设，怎么也阻挡不住她的妩媚和柔情！

在春天，千万别与桃花相遇。这是一种袭击，猝不及防！

三

请允许我滋生小小的嫉妒，在春天，还有莫名的忧伤，淡淡的。

在春天，得小心，得有一颗小小的心，细腻、细微、细致，才能盛下这春天的宏大叙事，或者宏达的描写。

春天是甜的，就做一只蜂，殷勤探勘，刻录下一种尖锐，一种悸动，丈量春深。

春天是惆怅的，就做一滴水，随风潜行，不张扬，不表达，为着所爱的一叶草，一镂花，一注鸟鸣，润湿、润饰，而悄悄表达不被接受的爱恋。

春天是美好的。美与好，在春天，是随处可见的。难忘当年的春天，一个人漫游在故乡的山冈，哼着信口开河的曲调，看云，看水，看花，看草，看远方……花儿与少年，花儿与少年！转眼，一把年纪，还要努力抒写青春的诗篇。

这就是我的春天，我有些小小的嫉妒，有些浓浓的自卑，请原谅。也请理解，我对春天的爱，有些痴狂，和偏执。

云之声（外一章）

叶晓燕

扶桑托起一轮巨日，春神被唤醒，甩甩一头秀发，打了个哈欠。

是时候了。

看不见的水蒸气，扶摇而上，在万米高空遇见彼此，一滴又一滴的凝聚，胼手胝足。第一缕云絮，欣欣然飘起，升腾，翻转。

她如新生儿一般好奇，睁开眼，她想瞧瞧这个世界。

她飘过帕米尔高原，飘过唐古拉山，飘过横断山脉。

她闻了藏人的青稞酒，跳起了傣家的孔雀舞，醉倒在彝人的火把节，被热气烘烤的小脸红红，一路向南，再南一点儿，她被送去了辽远的，中国南海。

已是春日融融了，白鸟扑棱棱地飞起，绕着舰艇飞了一圈圈，像是海上流动的云帆。

南海上空，她遇见了成千上万的姐妹，交织，融合，汇成一张巨大的云幕，笼住整片海面。

是时候了，春神又一次召唤。

云幕缓缓北移，从椰影摇曳的南国，到桃杏璀璨的华北，云之翼，展开，便是大半个中国。

且听，轰隆隆……轰轰隆隆……

春雷鼓被捶响，万千云丝卷成雨滴，奋不顾身地蹦下去。

她生于斯，长于斯，这片朴素又绚丽的土地，向着她，展开怀抱。

春雨知时节，乃是云之声。

春　雪

天公收起太阳，霎时风起，铅灰色的云朵如军团，一拨又一拨，在天边密密麻麻地陈列。

这时节，已过了雨水，扑面的风也有了丝温柔的意味。万物潜在地底，静等那道号令般的雷声。

铅云层层翻涌，好似包裹了一个婴孩，他越长越大，云朵无力承重，颓然撒手。

是雪孩子！

他咯咯笑着，跌跌撞撞在空中学步。他手舞足蹈，一挥，便抖落半幕雪花。

天空是舞台，大地是画布。

六角雪花伸开细弱的臂膊，你拉我，我拉你，翱翔时轻舞飞扬，落地时紧紧拥抱。轻柔酥软。

地面浮现浅浅的白，雷未起，雪却至。

惊的是玉兰，急匆匆吐好的芽苞来不及吞回，半张着小小的口，被覆上了细细白雪。

莫急，莫慌。

天公以雪为掌，慈爱地抚上大地。

时光还早，且让种子好好酣睡，让幼兽多些佑护，让湿润的水汽浸透干冷板结的泥土。

熬过最后一场寒冷的考验，你且细听——

春天的风声、雷声、雨声，正在赶来的路上。

丁飞龙散文诗

丁飞龙

夏秋之间

夏的火热渐渐消退，秋的凉意悄悄临近。芦粟青青，挺拔地站在田里；毛豆渐黄，在田埂边上等待采摘。天边挂出一轮圆月的日子，还有几天?

成熟有时候仅是做了一个梦的缘故。

小孩提着竹篮帮母亲剥豆，看着姑姑与母亲在嘀嘀咕咕，偶尔有一句话十分真切："那小伙子挺帅气!"

姑姑的夏天，因为初恋而堆积了许多值得一辈子回味的情节。

母亲是注重于秋天的。秋天的学校，要开学；秋天的瓦房，要新盖；秋天的亲戚家，要办喜宴……

呵，有故事的季节，就是有念想的季节，都是有滋有味的日子。

月　光

我知道你的丰满与瘦削都只是一个时段。天空是一个黑丝绒背景的舞台，你幻化着光阴。

我从小就把你看作是天的一部分，这部分里有桂花树，桂花树的那柄枝丫上挂着一只竹篮，篮子里有香喷喷的诱惑……多少次，我在这美丽的故事里入梦。梦里总是有秋高气爽，有桂花飘香，有像月亮一样圆的月饼捧在手心。

大了，月亮与中秋居然越发与书卷气吻合。许多的诗句，在如水一般的月光下闪烁，以至于月光下的纸越发沉甸，沉甸成秋天一般的收成，归入那些排列有致的报章、杂志乃至书籍的仓。心灵的食粮呀，来自天上人间。

雨可以是千丝万缕的柔情，露珠可以是眨动灵气的明眸，而月光就是一泻千里的瀑布呀，以无声来激荡人们的心扉。

土　地

有一种深奥，表面很肤浅，比如土地。

风可以扬起它的尘粒，雨可以改变它的形状。

然而，种子在它的怀里，可以长成一棵参天大树。长成一年四季。

赤脚踏在潮湿的土地，留下了十分清晰的印迹。泥泞里付出的艰辛，是一种镌刻。

生长是土地的全部付出。当许多叶子从枝头滑落，它们所选择的，就是与土地成为一体。生死交融的土地，唱着永恒的歌。

凝重的地球，每刻在旋转。旋转中有土地的芬芳和诗意，也有土地的腐烂和悲吟。

珍惜土地，就是耕耘土地。犁铧在土地上留下痕迹，就是土地深沉思索的一种方式。

炊　烟

是老屋的烟囱，倾吐温馨的形式。不浓不淡的烟雾，缓慢地升向高远。

像一个上了年岁的古董，以古朴点缀着新潮。让新潮反衬出执着。江南有着烟囱的民屋愈来愈少了。

小村庄的早晨，在你渐渐临近的时候，便有炊烟喷发出一天的开始。农具的叮当，鸡鸭的扑腾，牛的叫唤……江南的农田因了炊烟而生机勃发了。

煮饭，是最原始的劳作。当柴火在灶膛里热烈喧哗，炊烟便是无声的言语。

小村庄的黄昏，当你渐渐地走远，夕照之下的屋脊冒着的炊烟，是深情的挥手和作别吗？

炊烟，因为缠绵而飘舞着。

风 景

风景由一些沉默着的东西组成，如山、如树、如路、如云。

风景由一些喧哗着的东西组成，如瀑布、如鸟、如海、如雨。

一片叶子，既可以是风景的组成，又可以是独立的风景。因为她的纹理清晰，而寓意又显得深刻；因为她的翠绿欲滴，而又显得生机勃发。

炊烟是故乡的一抹风景。冰雪是冬季的一道风景。月色是心里的一片风景。

炊烟撩动了乡情，冰雪覆盖了浮躁，月色深沉了思绪。风景是沉静的诗。

瀑布是大山的景致。海潮是天地间的景致。鸟儿是丛林的景致。

瀑布荡涤着胸襟，海潮席卷着惆怅，鸟鸣牵动着梦幻。风景是有声的画。

远行，一路的旅途，由风景联成，枝枝叶叶，山山水水，才充满情趣。

干涸的沙漠是风景。秃顶的荒山是风景。荒凉可以成为风景的矿藏。

精彩的心情，是最好的挖掘机。

把握不了时间的脚步，但可以抓住欣赏岁月的契机。岁月是风景的化妆师，风景又是岁月的代言人。

美丽，是由欣赏而生的。这是风景所赐予的感悟。

风雨篇章

冷　冰

风

风穿过田野，草木俯仰，花落叶飞，似欢欣，如悲吟。风过，万籁俱寂，天地无言。

这世间发生过什么？

风不是流浪歌手，风是寻找者，寻找被它吹散的另一阵风。

人听到风声，知道世界有那么多不能存续的际遇，是否会珍惜眼前之物呢？

风吹过麦田，黄色波浪涌向白杨树竖起的堤岸。天空宁静辽远，我听见了大地的呼吸，看见了它谦卑的微笑。

天边来了不一样的云，它们御风在天空滑行，保持缄默，用身势表达风雨的讯息。它来到我能抬头远望的山顶之上，如果它能视我为朋友，我们就有了共同的远方。

风和云一样，无贫富之别，不择地而栖。冬日的街道上，风，独自而行。城市的街道无竞技者，风遇不到对手。车流人群熙来攘往，但路面见不到脚印、车辙，城市的路不是人走出来的，而是修出来的，像生活中的很多事，看不见，但真实地存在。风在真实的路上走，但它没有朋友，没有同行者。风走过城市的每一条街道，带走一座城市的地形面貌，带走一座城市的气味，成为旅行记忆的富有者。

风不重来，走过即过，每一次来的都是新人。认识一场风要站稳脚跟，感觉它拥抱的力量，看清它对花、树及飞鸟的态度。暴躁的风，无礼，像素质低的游客；走失的风，急迫，让人想扶它一把；有些风喜欢带某种味道，但更多的是轻率随性，不停留无牵挂。我喜欢春雨后的风，湿润地带着笑意，如婴孩的手，抚过脸颊。

雨

云，一个背包客。背囊里藏着雨、雪、虹、霓，也藏雷和闪电。

云把大地当书，从空中读。读书的云坐在蓝色的毯子上，优雅安静。它阅读的山脉、河流、村庄，披着云移动的影子，也是静静的，像目光抚摸而过。

雨钻出云朵，嘈嘈切切地边说边降落。临窗听雨，可听它们说天空的事，说云的八卦，说风的浪荡，说降落见闻，说寻找落点的计划，说前世所见的大地，说雨。

其实，雨的事，谁又能听得全，说得清呢？像我们经历和看见的生活。一滴雨落在一片叶子上，花儿对叶子说："别捧着它了，快给根喝了吧，我们会更鲜艳的。"叶子回答道："我想把这滴水留给那只小鸟儿，昨天它在枝头上唱的歌多好听呀！"

这片叶子告诉我们："你无意间做的任何事，都有可能被别人注意或记住。"美好是世间最珍贵的东西，物物皆然，所以花才艳艳地开，山稳稳地站，风悠悠地吹，路远远地长。

一场预报的雨，爽约了，雨常与人开玩笑。没人知道雨去了哪里，为什么没有来，自行其道，无迹可寻，这是自然的神秘之处。但人们知道天空中有一场雨，就像知道一个听说过名字但不曾谋面的人。这场雨在人们的意识中下过了，留下了意识中的"雨迹"。有些相遇亦如"意识中的雨迹"，隔空相视，意到而已。

一场真正的雨有自己的气势。乌云自莫名处汇集而来，相遇相撞，相互撕咬挤压，彼此消解变形，以雷呼号，以电相刺，倾雨作言，吐雾为容。一时间，天庭震颤，飞鸟惊散，厉风疾走，世相狰狞。莫非，云在开批判会、斗争会、宣判会，抑或其他？雷继续在天空低吼，风在大地应和，雨以排浪般的烟阵汹涌覆盖而来。远望出去，一面厚厚的水墙撑于天地之间，万物模糊其间。风闯进雨里，被雨淋透了。雨线缠绕、捆绑着风，风挣脱、拧动雨的束缚，前后腾挪左右翻卷，意欲包裹住雨。风雨交会，风在雨阵中冲突，雨在风场里汪洋。稍待，云去雨歇，日出天晴，与云聚前无异矣。

这样的气场属于夏雨，这样的气势属于盛夏。且以此季节之性情，壮人性之胆略。

风雨相遇，随时随地拉开架势，打一场没有输赢的战争，但受伤的往往是观众。

傍晚，雨后初晴，西天边露出一片天空，在灰色云阵的包围中，如一潭沉静无波的池水，悠悠然，让人想走近它，看看这个城市的倒影。夜色渐渐浸润街巷屋舍，树叶和花草的罅隙，风微凉，雨意些微，而那片天空越发的明亮。一颗星子顽皮地跃于明亮之上，像一声呼哨，地上的灯一下子全亮了。

喊住我的，是苍茫的大地

王忠友

苏　堤

伸在西湖，扎根历史深处。
你豪放的一笔，把水做成了骨头，让疾苦的万家灯火有岸，停泊。
铺满飘零和乡愁。

高大的香樟树，日夜表达风月无边。
湿湿的诗情，谁在孤山上远眺？
没有多少人，读懂你内心的江湖。

夜宿西湖

杭州多日的雨，一直下在最初的江南。
我的诗稿里也落满了，这雨。
深夜，静听西湖那些带水的词语，灵魂激动而颤抖。这是渴望一辈子的生活啊，夜夜都有唐诗宋词、惊厥、梦幻和涛声。
可我仍不敢，夜夜独守。

那是谁，一蓑雨衣，在苏堤上悄然而去，不着一丝痕迹？
而苏堤，又是谁，穷其一生的王朝？

大泽山琵琶石

弦和手指，印满苍苔。

余音静寂，竖绕山峰，横缭草木。

烟波夕阳，
弹与谁听？

陪伴你的老枫，虬根盘扎。
比沉思，盘得更深。

秋风中，弦的梵音，骤然盛开，
和我做一场五百年回眸的交谈……

大泽山聚景台

阳光透过枝叶，穗花提前凋零。

这是神仙聚景的地方。远处，烟云涌动。许多神话和传说，把遗落于此的历史，丹书于石，铺陈于川。

一个仙风道骨的老人，抱一捆干柴。
一对蝴蝶，上下翩飞的，是谁千年的梦境？

智藏寺的钟声，穿林而至。
一泓秋水，引领思想的种子，翻山，越岭……

周庄之晨

柔若无骨的晨，挂满了杨柳含烟的灯盏，被红栏木船细细荡着。

一枝瘦荷，耐得住孤寂，捕捉首首平仄。

明清没做完的梦，被石磨，一圈一圈碾进金铃子叫响的粉墙蠡窗、厅堂陪弄……

纵横交错的银子浜，向世界抬起了，绝版的双桥，水做的周庄。

一叶宋朝的扁舟，荡着丝绸一样的流水，摇过元明清，摇进今天的江南。把外婆的回忆，摇近，又摇远……

谁喊住的

田野里，最后的那个稻草人，是谁喊住的——

是那个瘦得皮包骨头背着行李的外乡人，在大地上行走，喊住的；是那行归雁拽着哆嗦的村庄，喊住的；

是那个使劲抽烟的男人和抱着头对着河水哭泣的女人，喊住的；是瞎子叔抱着那把旧乐器沙哑在小沽河岸上，喊住的；

是棉花地里，弯腰的母亲咳嗽着，喊住的；

是坟头上三三两两的野花，替坟里的人，喊住的；是那座老屋在空旷处咽下更大的风声，喊住的；

是我的泪，滴落在风里，风吹着我内心的孤独，和命运喊住的……

豌豆的自白

黄　刚

我是一粒野生的豌豆。

坚硬而富韧性。

贫瘠抑或丰腴的土地，都可豢养我疯长的雄心。哪怕予我些微的阳光、雨露，也足以撑破岩层、地表，亲吻我顶上的苍穹。

素朴如其他的种子，一粒麦子一粒高粱，一粒青稞，或者一粒稻谷。

我从浩瀚的荒原挟尘而至，我从缺水的西部履风而来，来到水草丰茂的海之湄。

海之湄，伊甸园。

一夜春风，一夜春雨，我便受孕！

从此，在你的疆域、我的战场，纵横捭阖，精骛八极。

向下，在这水分充足的伊甸园，被你喂饱的梦，随着根系的神经，伸延百米、千米，直抵盆腔。

向上，鹅黄，浅绿，直至柔韧的芽、叶、茎，被地气催发、摩擦、穿越。

此刻，我面朝大海，偃仰啸歌。

那片水草丰茂的莽原或者水湄，依托着承日憩月庞然无垠的大陆架，为我的根系，结构了恣意探究的深度与广袤。

梦，隐匿在海沟。

想，漫发于荒原。

然后，历经汲取、积蓄、消化，凝聚所有的能量突破——穿越。

挣扎，磨砺，拔节，跃进，以千米的深度撑起寸寸攀升的底气与高度。

春而夏，夏而秋。

我从豆荚的局限里破壳而出！

经由海水的滋养，烈日的淘洗。

我，便成了我——

一粒喂养漫野觅食的牛羊，填充千万饥民的救赎者。

甚或，酵发了落魄书生的奇谋，激起了败北勇士的血性，唤醒了末路英雄的战意……

即使被美味佳肴宠坏的人们搁置在偏隅，作为一种受羡的精神负载，掉在地板照样舞蹈，撞击铁壁依旧铿锵，遗落荒野，仍然是铜光闪烁的那粒——

蒸不烂，煮不熟，捶不扁，炒不爆，响当当的铜豌豆。

塞外古城：定远营

邢　云

胡同整齐地排列在贺兰山脚下，四合院的廊厅院式在戈壁延伸，当我走进历史的巷道，才感知岁月的悠长，横七纵九的府门，围成一道道神秘，透出凝重、庄严、威仪。

穿过城墙与四合院组合的图案，幻化出一个久远的年代，用青砖厚土夯成的苍朴，透着一种怡淡、安详、家的味道，跨越宏阔的空间，让我贴近和硕特先祖的堂奥，才知道时间不可被修补、复制和再现。

从阿宝郡王到达理札雅亲王，世袭九代十位王爷，先后有一十二位清皇室格格下嫁阿拉善，让京城文化与蒙元文化在苍茫戈壁相融，典型的四合院建筑，幽长的细窄胡同，东花园式的洋楼，仿皇家园林而建造的西花园，古色的过街牌坊，京味京腔的行人，在浩瀚戈壁留下了深深的印痕。

拱形的屋顶，高高的似无垠的天穹，时间的车轮滚滚向前，带走了它应该带走的一切，也留下了它该留下的沧桑。那个遥远的年代，仿佛已经从记忆中消失，那一份美好，突然从脑海深处喷涌出来。恍然中，夜已深，古城早已睡熟，我又滑行到了惯常的生活轨道。夜里古城不再沉默，灯火通明，繁华的夜市，川流不息的人群，唯一少了昔日的三道小河。

夕阳的余晖洒在幽深的胡同里，洒在青石铺的巷道上，给淳朴的老街镀上了一层奢华的颜色。行走在那条长长的幽深的胡同，寻觅当年的足迹，用脚步丈量文明的长度，如翻阅一本经年的古籍，饱经沧桑的文字，写满波澜壮阔的民族的史诗，都出现在我的面前，温情和欲望凝聚成云朵，从空中飘向大地，从远古飘向今天。

建城 250 多年，定远营这座北疆名城，在历史长河里留下了辉煌的印记。只是，在史无前例的运动中，仍然难逃灭顶之灾。只有王府和延福寺还保留着原来的老样子，继续无声地讲述塞外远古的故事。

我站在营盘山上凝望，融入塞外的月光，定远营在皎洁的月光中冷峻恢宏，灯影掩映，我的视线穿越历史时空，体验定远营的前世今生……

小暑三章

阿 娉

（一）

进入暑期。
已经爱到峰巅。
所有花朵的开放都是前奏，此时进入迤逦高亢的轰鸣。
晕眩，急促，无法呼吸。却甜到坠落，飞升。
模式。轨迹。必然。
訇然而下的不只是雨，猝不及防的不只是雷。
用尽所有的力气，酣畅淋漓的倾吐。
汗水。雨水。疯长的青稞。
甜蜜的孕育，远程的高铁，一路呼啸。
核击中果实。落入对方的怀中。
蜜蜂布下的迷阵？新奇。梦幻。神秘。
黏稠，蜜甜。
天和地是两块巨大的磁铁，你我被挟持其中。
天黑下来。
彼此闭上美丽的双睫。
而闪电更加灿烂、夺目、摄魂。
小暑，热恋的开始。

（二）

太阳洒下铁花，风赤裸着背和足，蹑手蹑脚。
土地张开大口，饥渴的嗓子已经喑哑，等待电闪雷鸣。

等待一场瓢泼的恩泽。

植物攫取着绿，疯狂向上。

必须除去水田里的稗子，必须除去旱地的马唐。

无声的命令噼里啪啦的燃烧，爆出惊心的声响。

躲避水里的蚂蟥，躲避玉米地里的刀锋。

趁热打铁。少年的脊背弓成一座座山梁。

信念，欲摧弥坚，铁的骨骼。铜的底色。

烈焰下每一个日子都沸腾至沸点。

百炼成钢。

每一滴汗，血和泪都不会凭空消失，永恒存在，以别的能量或形式。

从庄稼地里走出的少年，在滂沱的大雨里频频回顾。抓起饱满的籽粒，一次次叩拜故乡。

（三）

荷花正在盛开。

我真正描述的非它本身，你知道。

我说的是背景，是舞台，是小暑怀抱的流溢的阳光。

清雅的香气蕴在心广旷野，带我们飞翔。决不会一瓣一瓣的凋零。

田野里玉米的棒穗正在一步一步攀升，芝麻在每一台阶上留下花朵。

鱼获得充沛的雨水，迅速的生长繁殖……

一切都是这个季节的见证。

走向丰盈与圆满。

而成长的疼痛带着荷花的香。

盛开的荷花。

清明前后

莫呜小猪

一

农历三月三，清明。

木棉花的灯笼由节气来点燃，橘色的，红色的。照亮了我的脸。

一些芒叶和艾草，把糯米团团围困和煎熬。

我打开它，听到无数糯米在我的牙印下发出细白的呼喊。

阳光穿透斑驳的枝丫，投影在一对薄薄的蝉翼上。我仿佛听到了去年夏天，它清亮的歌喉。

鸟声，妖娆地盛开，在一树的桃花和杏花中间，叶子和虫子睡在彼此的怀抱，相互取暖。花儿，是怕冷的，并且害怕孤独。它需要回到枝头，被一双叶子捧在手心。

二

一些篱笆排满了花，一幅中古时期的画布，时光开始了它微凉的笔触，略显华丽。

海棠花的脸顺时针转，指向那苹果树的道路。鸟儿啄食过哪些叶子的边缘，折射出葵花的光圈。

蜜蜂吹响了集结号，采走哪些忧伤的甜蜜。

蚕豆花，豌豆花，它们有着相似的面容。一一匍匐春天的肩头，在我的视觉之外。我听到虫子啃着露珠的声响。

落了一地的，是零星的花朵尽量压低的叹息，一地的阳光筛出轻微的痛楚，像是流萤，一点点碎开。

三

苦楝树，它紫色的小花总是躲在很多人童年的梦里。

我看到它也盘踞在我的旧时光，连同一把锋利的刨子。它一点点把苦楝树剥离原型，最后变成棺木。收藏起一些比刀锋更冷的身体。那些身体包括我祖父母，还有很多熟悉的脸庞。

它们头枕着苦楝树的清香，和泥土做着相同的梦。

它们从苦楝树长着幼芽的根部出发，用十指梳理植物的根系，和五谷杂粮相视微笑。

也许，从明年开始，我嘴里嚼着的每一颗米粒都是从它们的脊梁长出的种子。它们即将以花朵的微笑来探视我的春天，或以谷物的形态，入侵我的回忆，给我 36.5℃的温暖。

它们会在每个清明节前后醒来，以一只蝴蝶的姿态伏在苦楝的花里，以一只蚱蜢咬着禾苗的脚指头，或者趴在墓碑上看我，发出微弱的唤叫。

三月初三的黄昏，它们喝过妈妈敬的米酒，咬着太阳的光线，飞走。

四

辛卯年，农历四月四。宜嫁娶。

迎春的鞭炮醉醺醺，到了姐姐出嫁的好日子。

那些飘落和散开的，是花瓣和长发，是打着皱褶的水一般的裙摆。

那些飘落和散开的，是绿的黄的青黄不接的叶子，它们嘴里唱着歌，还说要随春色而眠。

一些冬眠的虫子，伸着懒腰，咿呀咿呀，借助春天的名义和一棵海棠同时醒来。

可怜的麦草，它们耷拉着脑袋，怀念一场雪。

那些饰物貌似梨花盛开在她粉白的颈脖和手腕，咬着她耳垂的是蒲公英一般的耳环和风，合唱着新诗十二行。

五

如果去踏青，我总害怕大片大片的花花草草遮挡了我回家的视线，我怕自己错过来时的路口，迷失在野外。

无数的小动物在茂密的林子里，我看不到它们的脸。它们透过树木呼吸，时浓时淡。我听到草丛里鼾声阵阵，如同一片喧哗，想必是贪睡的花儿和虫子。

松树的枝丫上，蜘蛛在编织玄妙的八卦阵图，露水闪着微光，半边昆虫的翅膀在风里颤动，我想起貂蝉的舞衣，大乔小乔俏丽的脸庞，我想起了孔明和三国，司马懿诡秘的眼神和刘关张的脸在桃花丛中闪动。我几乎听到了铁马金戈的声响连同周瑜的诘问。

七星的瓢虫和蜗牛，它们习惯从叶子的背面翻过正面，贪婪地啃食隔夜的露水，留下一些白的痕迹。

一只鸟，看着无关的一切，站在松针的窝边，悠闲地晒着阳光，梳理新长的羽毛。

经年的棺木四散在植物的根部，断面上染上了苍苔。那些斑驳的红漆上蜿蜒爬行着蚂蚁的队伍。

一只猫或狗的骸骨，它的头颅盛满了陈年的雨水和沙子，上面漂着几瓣山捻子的碎花。

扇形的河流越流越细，鞭炮声继续发出呐喊，沿着青烟的梯子，我抵达过天堂，1．5秒的时间。那个未知的世界，需要无限的思念去理解。

鞭炮的喧闹，噼噼啪啪惊落了一群露珠，火药的芬芳引爆了隐约的缅怀，那些思念的辞在鸟儿的舌尖上生疏地传递。

一树黄花撞弯了我思绪的直路，拐角之处，祖父母的脸交替，重叠，瞬间消失。

清明，变得淡泊起来。

胭脂红的空瓶子（外三章）

韩春艳

胭脂红的空瓶子

雍正年间的，瓷器上的繁花还了无痕迹，盛世的人间，疆域辽阔，炊烟蔚蓝。

窑炉有清代的耐心，工匠有朴素的情怀，胭脂红有纯粹的底色。

如今，这价格斐然的空瓶子，被带到喧嚣、纷乱、急促的时光里，猜测，从来都是后世潮涌的一部分，她，装过清明的雨，四月里醉卧的芍药；谁的一斛珠？谁的一枝珊瑚？

胭脂红的空瓶子。

装过深宫的怨，高墙上的月光；装过妃子的笑，新柳垂下的鹅黄；也装过柔软的素笺，不可违抗的密令，甚至，装进了一个又一个王朝，锦绣江山。

胭脂红的空瓶子。

如果你最初，生得粗劣几许，逃过御笔圈定，说不定乡野有一间草屋，需要你存放珍贵的稻米；也说不定，你有着一个明显的豁口，你属于一个穷苦落魄的书生，他自南山而下，不坐轿也不骑马。

这个结局最好。

天下太平，他写闲云深处，给你插上最早的白梅花。

发 生

南方的桂树春天也在开花，开得繁多，热风让她的香气过于馥郁，这让幽静的清晨被路人猜忌，这些盲目的芬芳里到底发生了什么。

蝴蝶　飞过去。

蜻蜓也飞过去。

蜜蜂　却流连忘返，像与老情人重相见，而分别已经数年。

米粒那么细小的花朵也容得下蜂针，这相见多么疼痛，这春天的毒素多么汹涌。

桂花，却面不改色，桂树的肢体向上伸展，叶片增多，她想遮蔽自己雌性的水分，露水的绿色。

枯萎，多么迅速的事啊。

当然，新鲜的花苞也长得飞快。

蜜蜂把新鲜的唾液带走了，它一定另有隐身之处，那甜美的海市蜃楼。

蜜蜂，很快就会返回。桂树用不知疲倦的爱情喷薄出崭新的花蕾，腋窝，肋骨，脊背……

这香，是满天的繁星。

等

深埋三月的豌豆，从暗夜的土壤里举出双手。雨水已经足够充沛。

云，为何不散？

春天，为何挥之不去？

这湿淋淋的开满白杜鹃的小路，你用苍苔的绿色，等谁？你用随从于河水的曲折，等谁？

睡莲是夏天的。

椰树的新绿也是夏天的。

远航的渔船，卸在岸上的鲜活鱼虾，都是夏天的。

日月贝的音乐大厅流淌出的《献给爱丽丝》，在黄槐荫的香气里飘荡，当然也是夏天的。

而始终不把春装褪去的人呵，你，在等谁？

我等豌豆花开，再穿紫色短裙；我等芒果结籽，再露出锁骨间的金黄琥珀；我等万里无云，光芒万丈，再打开背包里的晴雨两用伞；我等有人漂洋过海而来，再挥挥手，放春天策马而去。

这座城。被我等得，水深火热。

这些花儿，被我等得，含恨而落，而台风的密令，一次次被乌云藏匿，大海始终，风平浪静。

我爱的人！还要这煎熬的春光，等你多久？

还要这煎熬的春光，等你多久？

蝴蝶是个谜

蝴蝶是个谜。

周公是唯一能解谜的人，却一梦不醒。

北方的蝴蝶，单纯地白着，永远是青春年少的样子，永远成双成对地出现，白桦林，白碱地，白苇丛……她在缤纷的日子里借助白的镜像，时隐时现。

蝴蝶需要变换自己，南飞。

浓妆淡抹才能相宜繁花。岭南的绿，深如渊谷，这丁点的白怎么能够抵御这潮热的诱惑！

蝴蝶从自己的身体里释放了自己。

翅膀生出斑斓，生出梦幻蓝，生出魅惑紫，生出暮霭里隐约的胭脂色……对于我们苍白的今生，蝴蝶好像提前掀开了来世。

蝴蝶，变得妖娆，顾盼生姿，与你对视的眼神，藏着诡秘。

蝴蝶是玉，蝴蝶是蓝松石，蝴蝶是沉香木，蝴蝶是一切可以贴敷在心口的装饰，蝴蝶是一切可以死而复生的回忆。

这五千年的陈旧光阴呵，春草一遍遍绿过江南的岸呵，这凄凄切切的小提琴的弦呵，都不能唤醒，那个沉睡。

蝴蝶在这场冗长的梦里，进进出出。

蝴蝶，始终是个谜。

裂缝：2010

严　正

序·一生
存在了：你，我，凸显出可怕
　　　　日期和地址
　　　　假　某个他
可以回溯到你身上
一首死于旅馆的诗
在绝对静止的睡眠之后　呛尽你
　　　　现在轮到你了
你也将在两个终点之间不停地呼吸
你两片肺叶之间清凉的迷宫

1

我不在你的身边，我离孤独一点儿远
我想把你的名字，刻在纸上，它会站在我的背后
我的声音再轻点，最好躺下，看我们，像灯光一样醒着

2

在黑色的高速路，小小的车站隐藏在我们的背后

我想那些树木是有生命的，那些半隐半现的你的影子，无数次的我怪梦缠身，无数次我幻觉：我醒来，在发白的地平线，而你却不知了去向，所以我想让天空去开发我的痛苦

3

我写过一首诗，或者说我写过一篇传记，我希望它是二十世纪陈旧的图案，那时有斑驳的时差，是在下午

脚步声，如果那时。你站在我的面前，心跳像回音，我是否也可以伸出我的手，触摸你颤抖的身体，如果那时

如果我那时，你看见，像标本一样不动，中间隔着玻璃，你会不会独一无二地想我

4

狠一下心，什么事情是都可以做出来的。当然，这句话也是你说的

我喜欢在黄昏的时候看到，看人群越来越少，结尾与终点是：只剩下我们

不对，我是一个贪婪的人，我还要你的每一个清晨，你慢慢填满我的空虚，还要那些没有我在你身边的夜晚，那些公园里的散步，那些不会说话的雕像，和它们的哑

5

视觉之一
向外：我看见卢瓦尔湖被排干了水
　　　另一个他，像昨天那样哭
向内：我看见清晨的仪式
　　　　　道路，旗杆，线条，屋顶，线条
　　　　　他的牙齿掉光了
　　　　　眼睛留在去年话题变宽的病例里

如今，我害怕一个小小的误点，我害怕我的信到达你的手里，它累了，它睡了，连它的名字也休息了，你还可以感觉到它有昨天的裂纹，在你的眼里

6

因为太阳，我醒来，那是第二日

一些词缠着我的身体，我们的交谈越来越远，那空虚
那空虚仿佛只剩下它自己的呼吸

7

我喜欢你是一个单纯的女人
你可以选择驾车来看我，一想到你行程的遥远我就难以入眠
我可以看到照片上你的脸，和别人的脸，我想试图撬开你眼睛里的一滴珍珠般的眼泪，所以我无数次地去想象，你的车停在黑暗的路口，然后你哭了，像一面镜子，那是另一种夜晚，我想与之对应的是：阳光照耀之下，我滴下一颗鳄鱼的眼珠

8

之前和之后，都是终点，然后你抵达了
两个人，两块黑，交谈会变得越来越远，所以我害怕
所以我说一句极其悲伤的话
喜鹊鸣在自己的巢中
水下有不知名的鱼在游泳
那些七条舌头的鹦鹉
那些你分泌出的幸福
这些我都记得
又仿佛遗忘

9

感谢那些不爱我的人，感谢你们不爱我，我可以选择去爱更多的人
感谢五条河流，七重山，它分割着我们
感谢此刻我们还在路上
我们活着感谢地图上的每一个人，当然每一个人也包括你

10

我想凝视你，像空气的睡眠冻结在空气中

我之前总喜欢单独旅行，因为那样我或许能抵达你最早，我还可以感受到你的等待，所以我习惯了已知的或未知的什么

那样我就可以去凝视你，和我们以往的所有故事

11

我喜欢你从一个不是很遥远的地方来看我

我喜欢你给着我最爱吃的橘子，我会把它们掰成一瓣一瓣的，那些三角形的渴，那些三角形的我们：嗯，此刻我是裸露的，那么你呢

我不能不去想象，我身上的一个具体的疼：想你

12

你不在这儿，你在那边

我依然记得那些幻觉，如同我现在希望你的出现，在我手上一封信墨迹没有干的时辰

如果我指向一个窗口：我臆想你会探出你的头来，那些关于我们的思考，那些同样是关于人类的思考，却始终像一个谜团缠着我，如同你在我字里行间里阅读到文字的灰烬

13

我不止一次地去欲望，一首唯一的传记

你说刮着很大的风，请你也还给我

还给我，你给我的那些莫名的声音

返回：你可以听到我嘴上的话，它来自不远的远方

注脚：我想你，如同此刻不断增长的空虚

大风吹皱的祁连

梅里·雪

大风吹皱的祁连

丝绸裹紧乌鞘岭的身子，风一直抽着岭下一段长城。

边关迢迢，西去的苍鹰推开无边的——蓝。

骑在马上的人，孤月伴行，清霜凝成马蹄下安静的词语，一个人的疼痛和孤寂。西风不理会。

走在风中的女人，顺着城墙根赶一群羊。是想避开蚀骨的冷风。

女人和半截长城都像一条草绳，快要被岁月之风剥蚀、吹散。

一群乌鸦又带来一阵风，它们盘旋、低落，划破天空的寥廓。

驯马的汉子，骑着岔口驿马，与长城并行驰骋，从汉长城一侧出发，又从明长城一侧返回，往返数趟，英武得像一个苍茫的王。

他要青稞酒，要马饲料，要牛粪火，要盐，要干牛肉，像极了夯筑城墙的瓷土——粗粝，硬朗，再大的风也掀不走他内心的桀骜。

穿越乌鞘岭直入河西走廊的人，一不小心，遇上六月飞雪。

荒凉的心走在路上。

过了垭口，大风会送你一管羌笛、一杯葡萄美酒、一杯黄沙、一册汉简。

一匹丝绸上褶皱连绵的——祁连。

祁连飞雪

雪季很长。一年里半年落雪期。

塞外雪，狂乱、暴烈。

也有轻柔、明亮的时候，有着塞外人一样的脾性。

倔强的雪，日日坐稳祁连山脉，把太阳高举头顶，像时间隐者，但你不能说光阴那么苍白。风声早将胡人、汉人、吐蕃人、西夏人、蒙古人从远古培育的青稞、玉米、洋芋种进了耕耘的山坡。

山下。牧雪而归的羊倌，松明子点灯，火塘边温酒，他把内心的雪捧给了牛粪火。

岁月幽深，一个人的孤独正如荒原里顶雪的芨芨草。被风吹着。

青春寂静地落。

人们说，收割时间的刀子一茬葱茏，一茬荒凉。一半冷凛，一半温热。

一条叫杂木的大河记录着牧人的一生，秋雪，冬雪，春雪，太阳雪，风搅雪，大雪，小雪。

明早，请允许我把牧人掩藏在黑发中的白雪撒在祁连草原。

我要把飞雪爱成鲜花，祁连，就是青藏边缘上摇曳的一瓣雪莲。

马帮的铃声

听到马帮的铃声就听到了生活的新鲜与美好。

铃声从夏天一直爬到冬天，才把一座雪山垭口翻越，噌凌、噌凌的清脆消融了几个时代的积雪。

马锅头失血的面庞，藏起几代人生活的疼。

让岁月安宁的是经卷，祁连山脉的汉人、藏人、满人、蒙古人共读一卷经，你翻过九九八十一页就读到盛唐。

盛唐长安的安与安远驿的安血脉相亲，共享一轮月，共品一片雪。

青铜和牛角的歌声里有大明宫的音律。有凉州词的韵味。服饰上的挂件都有胡人的元素。

现在，马帮的铃声丢在路上，商贾与官差的马蹄声连绵、悠远，像微暗的咏叹。

古道沉默。背夫沉默，刀柄沉默，西风沉默。

马帮的疾蹄在岁月里一直找寻骑手。

正午的祁连山

一个人游荡雪山，缺氧。

像沟谷半山坡生长的绿燕麦，荡漾绿波，蔓延风势，偶尔挺直绿腰的身子，大口喘气。

这是初秋，挥镰的人，割的是血汗，收的是牛羊入冬的命根子。

正午时分，田野清美。

草丛里紧密的虫声叽叽吱吱，像这片草原上曾经驰骋的将士踏马而过。

植物的灵息漫漶在少女卓玛挂着珊瑚、玛瑙的十六根长辫子间。

香气氤氲。新烙的饼子，新窝的酸奶。新鲜的奶茶。

田埂边就地可摘的野草莓——

所有的温暖都诱惑着我的胃。

幽默的阿卡班玛大叔像个游吟诗人。他说他把城门洞当成了家里的炕洞门，那么大。而城里的亲家母把羊粪蛋当枣子，把青稞当蒜苗。

你笑，他笑，雪山笑，格桑的花枝颤成起伏的山峰。

新割的草捆子上，鸟群起起落落。

阳光暖照着山河，土塔河像一条哈达，悄无声息。它要把祁连山下陡峭的甘苦悄悄带向远方。

风吹凉州

风从雪山来，风从西域来。

胡风、汉风、多民族风、铁马秋风交汇处形成凉州风。

凉王们扛着大旗你来我往，这座城池的名称更迭频繁——前凉，后凉，南凉，北凉，西凉。

不管刮多大的风，百姓们互通姻亲，互通语言，小日子在风中接纳、包容、挣扎着过。

让一切安静下来的是经卷。拈花一笑，让更多狂野和悲伤的刀剑变得柔软。

风吹熄了时代的杀伐。一册山河开始放下屠刀立地成佛。

西域驮来的经文，凉州是第一站。

佛被请入凉州天梯山，开中国石窟鼻祖先河，西藏也在“凉州会盟”后列入中国版图。

世代的风经年地吹，曾经征战的旷野上，血脉融合了的百姓种下桑麻，种下众生平等，种下和平吉祥。

风吹远了铁骑、狂野、戈壁、黄沙。

风吹远了马灯、箭矢、矛枪、雉堞。

凉州在大风里挺起腰身，以城头月为明灯，以大雪山为律动，酿一杯葡萄酒，养一匹汗血马，足够跨越光阴。

西行祁连

不要以为风一吹沙就跑。

风已将沙砾钉实在戈壁上。其实，风一吹就跑的是藏羚羊和白臀黄羊。也有跑不动的，被大戈壁风干的骨架沉埋进沙里。

鸣沙替它们呜咽。

苍茫祁连，谁在黄昏的落日下追赶马不停蹄的忧伤？

寺院里抄写般若波罗蜜多经的人刚从敦煌回来。

他说，神放养的羊群踩着祁连飞雪游荡到鹰落峡了。

丢失的一只，落在凉州大云寺的钟上，像西夏王腰间的佩饰，温润，飘逸。

有飞翔的姿势。

走进一片绿洲，田野上许多野花开了。仿佛湿润的语言抚慰了灵魂的干渴。

村庄像花朵一样在芨芨草遮掩的深处摇曳，青稞已灌浆，女人们在等待收获秋果。

不管你进不进巴丹吉林沙漠，白云都会载着午后的时光去一条河里汲水。

它渴啊。嘘，不要惊扰喝水的动物们。

红珊瑚（外二章）

李长空

一尾尾鱼悠悠游近她的躯体，触及生命骨骼构建伟岸瑰丽。

在盐水里浸泡的玉树琼枝，你试图开出苦咸之外的一种美丽。亿万年的海底阴暗而冷，你以一树冰凌的姿态伸展心事，以不媚不俗不腐的惊艳亮相，见证沧桑岁月。

潮起潮落的日子，伸出海面的心思烙下一抹阳光的血色，把世世代代贮存的遗传密码破译出一种浓浓的相思，冰晶的骨骼就红艳起来。照亮了海底阴冷的世界。

一尾尾鱼悠悠游近她的躯体，触及生命骨骼构建伟岸瑰丽。

躺在暖暖的阳光铺展、海风吹拂的沙滩上，天地间一个小小的我，纵然建构不起庞大而伟岸的风景，也可结晶一粒不朽的骨骼。

蓬　蒿

蓬勃茁壮的草木，你是海滩上不死的精灵么？

当你高举着被海风染成猩红的旌帜，你顽强的生命力渲染了海滩的粗犷与雄浑。那如火的旌旗干枯、挺拔，又成为一道独特的风景。

海鸥扑扇着翅膀飞来了，环匝兜圈，呀呀的鸣叫，更显出海滩的空旷与寂寥。多情的海风在你周遭低吟浅唱，忽而仰天长啸，掠过你的身躯将籽粒抛向远方。

你遂热烈地欢歌、起舞，为再生而欢呼，不再留恋那葱茏岁月。

那时，我躺在海滩上，流着泪目睹了这一切。

海　燕

以千古的胆识和傲气，飞翔在苍茫的海面之上。

倘若生命，注定要镌刻在海洋，它永远是血；倘若灵魂，注定要经受暴风雨洗礼，它永远是剑。它飞翔、搏击、歌唱，一面骨骼的旗帜猎猎作响。

无限的激情，永生的愿望，与滚滚的风浪融为一体。

和一个孩子说春天（外一章）

高 坚

我不问地名，我手里握着的，是一个蛙声里的村庄。

风不大，孩子，你不会迷眼睛。

菜地里，捉一只菜青虫，你就玩弄出一个欢乐的世界。

看到你的目光，在追逐一对翩飞的蝴蝶，你手里握着的，正是蝴蝶的前世。

孩子，树林里，一棵杨树上刻有你母亲的名字，那是你父亲的杰作。而你，是他们的杰作。多么温暖，你喃喃地，念着你母亲的名字，正是你母亲的名字。

树林里的绿都是你的，孩子，你被绿包围了，那么多纯洁的、新鲜的空气是你的。孩子，你也是，纯洁的、新鲜的。

那么多的花，你认出了蒲公英，苜蓿，紫花地丁。那么多的花，也认出了你，它们叫着你的名字。孩子，你不知道，因为你，在回家的时候，拾捡的枯枝，燃烧在母亲的灶膛里，分娩了母亲心里的春天。

蛙声里的村庄

堤岸上的风醒了，它一直在摇晃车前子的梦；蛙声里，稻苗也醒了，它站直了身子，倾听自己拔节的声音。季节，被六月装帧得有声有色。

夜深了，奶奶戴着铜顶针，纳着细细密密的岁月，窗外，一条崎岖的路，伸向远方。

爷爷，一袋接一袋地，吸着老旱烟，或明或暗的烟火里，点燃的只是叹息。

蛙声里，村庄也醒了，比启明星还早。

巷口，父亲的背影，在摇转古井上的辘轳，嘎吱，嘎吱，扁担声在咳嗽声里，更加沉重。

灶台边烧饭的母亲，轻哼着忧伤的小调，我的泪，就是清晨的一场小雨。

我怀念了。我不问地名，我手里握着的，是一个蛙声里的村庄。

时光的阵痛

拾谷雨

季节的病症

当第一片叶子落下来，我发现，我已经拥有秋天一样的孤独。

仿若雨滴打在一颗幼小的心脏上，果实朴素地向下，在高粱喂养的节气中落座。

乌鸦在麦田里涂鸦，槐树林灌满风，青蛙嗅了嗅参差不齐的夜，就跳进了草丛中，它在想象一双翅膀。

从此，你不言，我不语，只是用麦黄的颜色，去守护体内这种静如黑夜的蕴藏。

把山梁上的翅膀打开，我就能给你身体，向上是星辰，向下是土壤，或者是水体般的爱情。

嗅着你的体味，我携带墨点般的暮雨，借一只草筐眺望，秋色无边，我的身体开始空旷，你在我体内，喂养着一只即将蜕变的蛹。

我是一只降落在草垛上的爱情，我抚摸你，你就能发现，它的来处。

我沿着你的身体向上，海水般的疼痛，更像秋水的骨骼在给土地针灸，站在八月的土丘上打望，季风夹裹着潮湿，淹没我的周身。

秋天的静默

从茯苓中提取的养分，我给你，治疗树木的顽疾，秋夜八千里，重峦瞻仰暮色，树与树之间，隔着下一个世界的静默。

那星朵沉降的穹顶，是草木含情的动机，野罂粟给你肉体，给你一个陈旧的秋天。

在一张纸页上睡着马头琴般的忧思，植物的咒语和天空的支离破碎，树枝上散发出炊烟的体香，词汇吹着你走，你的枝繁叶茂，在土壤中接受审判。

俯瞰花朵贫瘠的根骨，腐烂成为重生的可能。

落红如胭脂，种子被晚霞催眠。

捕捉匍匐在体内的虫唱，秋野蜿蜒在琥珀色的小镇，我给你指纹和按语，去抚摸我身体的阵痛，我不回忆，我将老去。转过身，蜜蜂褪去遮掩羞涩的裙子，给蒲公英寻找播种的契机。

摇落满树的黄金，供你裁剪衣裳，天空的本性，是让雨水得到最初生长的根须。

八月末

八月末，我的指针朝向你，向北，给黑杜鹃吻痕，我衔着，款冬花的启示，在季节里给植物素描。

喉咙引发的苍老，藏在腐朽的树洞，向风，借助啄木鸟的羽毛，我找到关于秋天的表达。

兵器被缓慢的节气喊出。

天空擎住你的泪水和飞翔，攀爬，然后是孤独的降落。

我种下胭脂，躬耕困在土埂上的酡红，你暮光的幽深把我裹缚，从身体到语言。

八月末，水知道井蛙和夏虫的焦虑，你的目光触及我，我的身体就陷入隐秘的旋涡，不断地凹下去，逐渐成为秋天的一件旧棉袄。

新石村的傍晚

细小的花瓣无声地寂静了，就在西边，蚂蚁排成队搬运着遗留的粮食，夕阳像一只大花骨朵一样趴在山头。

这时的碾麦场，承载着我所有的疲惫，和舅爷七十年的背影，从七月到八月，一直是这片碾麦场，在记录着牲口和人的汗水与疼痛。

黑夜就要降临了，麻雀前来觅食，炊烟开始向着夕阳的方向蠕动。

舅爷用酒精清洗被镰刀刮伤的伤口，多年的老毛病也不请自来了，岁月的伤口就这样越积越深，已经和柴米油盐一样成了习惯。

尺　素

写下这一行诗，秋天就近了，我们的沉默，低到泥土里，让旧时的马蹄一次次敲击，岁月就这般扶着岁月，从少年走向迟暮。即使疼，也该与记忆无关。

繁华的另一半，扯下来，也不过是一个人的形单影只。

一场雨，能否把整个夏天淋湿，不在于雨的大小，而在于夏天的厚度。

过往的日子已折进树叶，被飞去的燕子带往秋天。

曙色濡湿在低低的呼唤里，夜晚和早晨交换着孤独。

夏虫不可以语冰，是西风吹来了秋水的呜咽。

晚归的蝴蝶在你眼角低徊，季节的纹路铺在树上，一首诗该有多么孤独，才能在寂寥如泥的秋日里扎下根基。

九月末

旧瓦房上的雨水，打入九月末的农耕，大风衔来土壤的养料，一条黑棕色的纹路，在旷野里呈现夜的章节，星群斜过白桦林，黄莺和草药一起并入秋天的叙述。

冷色调的气候带着苦味的处方，猫的眼睛用来给黑夜解毒。

矢车菊一样的光点，在花蜜般的夜里复活，你挖来秋熟的良药，用以祛风止痛。

性温，味苦。这是你家传的质地。你解开衣襟，用月色去刮骨疗伤，然后你死去，厚厚的一层黄土，掩盖住你薄薄的肉身。

那些路过的雨，使你留在雨季里。

直到季节缓和，青鸟才抖落她自身的雨点，去吞咽暮色。

你放走偷食的松鼠，再把粮仓打开，多少故事，从此压低脚步，秋天深了，风衔住口琴的音色。

用歌声擦亮这个夜晚，大地开始在一只石头上明亮，你打磨的玉器，是命运的根基。

雁阵词

有些怀念寄居在体内，无法被谢幕的时间打理，暮色叼着落红的尾巴，夜风，把雁阵吹散。

秋天该如何回忆，才能使寒流静默如玉。在堆积的叶子上打坐，你依旧痴心不改，孤霞枕着暗月，你试图从拆散的肋骨中寻找花开的证据。

泪水延伸为尘埃里的支流，井蛙开始语海时，鱼群喊出秋天的词汇。

我合拢你掌心战栗的温暖，十月紧贴着西风的足跟，即使花开，我也会老去。

在一朵含露的花上将记忆重走一遍，秋色画入眉梢，与枯虫同眠。

筑 巢

把路留给筑巢的人。

一只幻想的蝴蝶，啃食你出逃的梦境。

秘制的景色，属于中秋前的昆虫，直到八月底，你的喘息依然像一口管琴，我打马而过的月色，躺在尘埃下的陶罐里，你是我秘制的秋天。

秋天是我的企图，语言一旦重复，你就是盘曲在我枝干上的小银蛇，冷却的速度孱弱在树洞里，泥土的思想，攀爬着翻过山冈，星星落下来，你就能抚摸到，一只蚂蚁的体温。

而我还在，筑巢的途中。

黑夜如静

欲望照着门槛，碎银子般的月亮就会变成一只白鹿，在夜里飞，踏雪而过的胭脂，成为火山来过的物证。

铁一般的寒意，从你的身体掠过，像惊鸿掠过潮湿的丛林，你感知着风声，从琴键上飞入笛孔。

夜深人静孵化一支曲子，听众是失眠者和夜色。

山脉延续着一些矿藏，地下水和植物的卵，延续着你身体的温度。

水滴穿石，青蛙在聆听，水的筋骨和皮肉切割的美。

万木将枯，月亮像一把凶器，蠢蠢欲动，在你的唇边游弋。

青花被夜莺倒叙，兵器的冷，暖开紧闭的花蕾，沿着腰部割取记忆，你拒绝依附在你体内的树叶和天空。

在冬天想起秋天

我用月光触及你的眼神，冬天的马背上落满秋天的良心。

返回睡眠的中心，秋天被闪烁的星群注满，水滴一样的夜晚。

从手指开始的旅行，在一只小鹿的眼睛里沦陷。

野菊花打开隐瞒的秩序，用夜色赶马，给榕树诊断，某个善良的路口，气候吹起一只口风琴。

甜蜜的味道来自骨节深处的复仇，或者某个秋日的傍晚；那么多形迹可疑的果实被放入箩筐，袒露出身体的盲点。

野葵花开始在春天的琴键上舞蹈，橘子树完成晚唱，一些温暖，在野枣核的归途里得到反哺。

季候风携来迟暮的归期，你怀中的秋天被赶回圈中，我不忍你二月的玉体再生疮痛，我试图熨平那些时间的褶皱，把雁阵还给天空。

回　归

一些被时光踩落的种子洒落在地上，泥土节外生枝，放出瘦弱的想念。

你的枝丫醒来，我的身体也跟着醒来，某一处冰凉，某一处温热，都被一一侦测。

秋天维持原判，把落日送上刑场，某个黄昏，适宜岑寂。

太多诉说过于贫瘠，不语，用一颗心去收割季节的心。

就在天空上面，时令关押着一阵风。

时间的血得到谅解，一根雨一样的骨头，在缓慢成形，宽恕两只身体，让它们属于夜晚的笛孔。

我们被命运选中，在一个逗号中不安，寻找着逃离的句点。

灵魂的雕像被一再抚摸，肉体的罂粟依旧在生产种子。

孤独像审判场，切开虚构的内部，每一只身体都有一粒种子。

呼吸，合拢。与一些隐秘的事物对峙，修补陈旧的星辰。

如此长途跋涉，终究要返回自己空朽的躯壳。

骑着云朵去旅行（六章）

施　云

骑着云朵去旅行

云朵收起奔跑的蹄子，像个巨大的雪球在天蓝色的盆中滚动。

我骑着云朵旅行的心，像团火苗，燃烧着来自云朵内部的柴火，以及思想之外的文字。空旷的天空如同我的内心挤满山峦，左突右破的云朵像聚集在一起取暖的绵羊梦见了小草抽芽的春天。

在云南，我的目光几乎每天都在放牧成群结队的羊群般的云朵，但我没有爷爷用木叶收拢一群羊的绝技。

在接近草山的地方，阳光变得有些绵软，它们躺在牛毛草上的柔光，显得有点儿慵懒。而此时，我最喜欢的云朵像撒在空中的雪花，或者棉花，它们怀抱的冷，或者温暖，都是我记忆里的生词。我更喜欢它们在天空中爆炸的形态，那是一种乌蒙之力的象征。它们蘑菇一样的肉体里布满水分，我更习惯认可那是身体里的血液，就像我更习惯把它们视为乌蒙汉子。

我不知道云南是不是“腾云驾雾”的诞生地，这不重要。在云南的高原上，让心，骑着云朵去旅行，这就够了！轻盈，或者沉重；雪白，或者暗黑。这样的结果是梦醒后遗落在清晨的星斗，我更在乎梦境般星光闪闪的过程。

像放牧羊群一样放牧云南的云，我忘记了自己一直生活在乌蒙山中，而唯一不曾忘记的是那颗心，还一直骑在云朵上。

人生的行程并没有那么匆忙。

山路经过的某处

在乌蒙，阳光的手掌拍打着岁月之水的波痕，生命的水花四处飞扬，像环形山露出锋利的牙齿，咬噬着陷落下来的干净的天空。

在乌蒙，山路经过的某处，脚印堆积而出的路途被山峦和沟壑拧成一段蜿蜒。还在一路跳动的音符，延续成寂寥，无声无息地扩张着。像深秋的落叶，覆盖着蠕动的潮湿。斑斓的花纹像条蛇露在晨光中的脊背。鳞甲般的战栗，布满了谁的眼睛？

脚印秘密一样消失在时光中，像木炭火，深隐在微温的灰烬里，等待复燃，或者彻底熄灭。我不想妄作断定，像鉴定一件来自古代的宝贝。我的眼里布满瓷的光芒和日渐暗淡的青花。

山峦在剧烈膨胀成丰满的乳房，我在加剧萎缩成一颗微小的痣。

山路经过的某处，一场雪，像件不透光的白衣，把我与山的秘密温暖般收在衣肤之间。

白马跑过翠色的草原

是百匹？还是千匹？一群白马，像白色的浪花在风鞭的催促下漫卷海洋，它们奔跑在翠色欲滴的草原上，每一朵被震动的小花，都是我急促而布满恐惧的心跳。踏浪而奔的白马群，在我的臆想里齐鸣。它们的嘶叫如同打开一道久违的门扉，让我的耳朵里装满草原的辽阔。

白马跑过翠色的草原。隆起的山峦，是它们的蹄痕。扬起的鬃毛，是它们的旗帜。广阔的草原，是它们的舞台。它们前冲后撞，它们万马奔腾，以浪推浪地奔涌，使草原布满骏秀。

没有人为白马命名。或许它们的名字就叫白马。像白色的布匹舞出山峦的起伏，奔腾的白马卷着浪的咆哮，蹄踏得山峦颤抖。低矮的山丘，遮掩不住它们高昂的头颅。草原上白浪涌动，像云卷云舒。是百匹？还是千匹？白马群踏着我的思绪在草原上飞。

画面如此巨大。底色如此青翠。白马跑过翠色的草原，它们将抵达另一个梦境，像草原丰富着粗犷的歌声。这云做的马匹，在画框里奔跑成我一生追逐的图腾。

水墨的冰

像在一盏盏莲花灯下雕刻一朵朵美丽的莲花，在一张洁白的纸上我写下水墨的乌蒙，让与水和墨都不相关的文字，以水墨的方式去打扰受众的眼睛。像乌蒙冬天的冷，以凛凛的寒包裹我的心事，以冰的晶莹呈现出乌蒙的高洁，纯净着每一颗植秆的心。不用画，乌蒙的寒冷是现成的。

在阳光的照耀下，明媚起来的心情布满了玉的高洁。站在高处，身处寒冷的我开始揣度寒冷，像阅读一首没有文字的诗，韵脚是清一色的冰。我陷入了另一种意象里，像山野的风，陷入了水的冰质。在乌蒙，仿佛所有的美都可以被冰定格，只有你，水样年华般跑出了我的视野，站立成朵朵绽放的花，以莹洁，诉说着另一种语言无法抵达的高洁。

我只能以想象的水墨在思绪的纸张上画冰，像坠落在梦的深渊里，以飞翔的方式飞过飞翔，以自己的深埋葬深渊的深。冰像一朵水墨哲学，开在我抵达不了的山峦之上。拽着冰抛来的目光之绳，我仿佛走上了康庄大道。在梦醒的一瞬，我离冰只有咫尺之遥。在那个冰清玉洁的世界，我的目光多么浑浊，仿佛含着一颗思想的核在沉睡。

想象的飞翔使翅膀的扇动异常轻盈。有一片羽毛飘下来，插在乌蒙的冰面上像插在一页圣洁的纸上。借着风的指引，我画下我空无如风的心情，并借着乌蒙的冷，慢慢将它们固化成水墨的冰。从此，乌蒙就又多了一颗晶莹的心脏在剔透中跳跃。而那个留下心脏的人，从此游离在无形的想象里，游离在有形的乌蒙的山峦间，独自拄着文字的拐杖缓慢前行在另一幅水墨里。

沿着一条冰河逆行

沿着一条冰河逆行，像沿着梦的涟漪潜入岁月深隐的深处。荡开的倒影，像鱼群簇拥着诱饵，食欲的驱使，使奋力的运动接近缓慢；像接近岸的轻浪，把梦一般的微涟反弹回来。在另一些构想里，成为岁月的碎叶。

狭窄的冰域上，路在四处逃窜。在阳光明媚，一些清澈被另一些清澈淹没。我的影子，在涟漪里洗着我的思想。从看得见的虚弱到看不见的结实，所有的丰满都源于一条装满冰的河流和我的逆行。

让虚幻丰盈，让丰腴干瘪。像坐在比喻的强烈反差里，我常常觉得丰满的河流是我的前生，涛声是我诉说不尽的苦难，涟漪是我布满龟裂的肌肤，卵石是我排不出体外的结石……然而，我却不是这条冰河的来世。

沿着一条冰河逆行，我只想在越来越小的河流深处，找回一些强大力量的根源。像追溯光阴的出处。那是一程向上的路，像向着“金字塔”的顶部行进，我的逆行布满光影，像山峦的头顶布满了雾。只有站在明亮之处，我才能远离朦胧。波涛渐弱，涟漪渐小，石头渐少，仿佛我的痛苦在随着流域的一尺尺增高而一寸寸减少。

沿着一条冰河逆行，我正离岁月的根部越来越近，离流域越来越远。

穿越虚静的山林

月光皎洁，山林青黛，在乌蒙的虚静中，蝈蝈纠魂的嘶鸣此起彼伏，仿佛在进行着一场颂静的比赛。我步履匆匆，快速穿越蝈蝈鸣叫的恐惧之林。皎洁的月光，仿佛披着山风在奔跑。它们在山林中摇来晃去，仿佛也充满了恐惧。

很少有人在夏秋之夜的月光中穿越乌蒙虚静的山林。在乌蒙，山峦遍布传说，而所有的传说都布满了恐惧。比如鬼火。比如迷魂草。比如家喻户晓的老虔婆……我的童年和少年，都是在“怕”的故事中度过的，因此，我对夜总是充满恐惧。对乌蒙山中的夜，更是充满鬼的恐惧。林荫里，仿佛所有的传说都已复生。

虚静的山林，在蝈蝈你落我起的鸣叫里，更显得恐惧丛生。仿佛什么事都有可能发生，所有的传说都会在月光皎洁的山林里再次上演。在那样的场景中，我宁愿相信有鬼出没，也不愿企盼有神灵会驾临护佑。穿越虚静的山林，虚静的夜让我更加心虚。

快步穿越。只有快步穿越，才能逃过所有可能的遇见，而我疾走的足音，更加剧了恐惧，仿佛有追赶的脚步即将超越我……许多臆想的鬼神，突然间有了怪石嶙峋的狰狞面容。在乌蒙虚静的山林中，我被风声中的月影击伤，我浑身布满了不可告人的躁动。

穿越虚静的山林，其实是在经历了一种布满恐惧的成长。穿越虚静的山林，我学会了在乌蒙的虚静中，把月光，想象成阳光；把蝈鸣，想象成自己的歌唱。

中国籁声

富英勋

笛

骨子里的呼啸，在新石器时代的篝火边扭舞。粘着猎物的香馨，牵来飞禽的嘀咕；竹节中的高亢，从轩辕氏的黄河畔缠绕蔓延，旋升百世青山，拽止千年流云。

天辽地远，笛声凝滞其间，随灵指轻叩便旋舞起来，跃成一道亘古清亮的虹；古道迢递，风声洞穿其上，溅起扶疏花木波波惊赞，拢为一缕轻烟直上长空。

霭色飘飞里，谁的笛声如此干净悠长？如禅里风，似月下溪，沿着青岫，攀升。

那禅风，从心境里袅娜而出，吹动一带绢丝。绝境。

那月溪，于屏息间涓涓细淌，不染一丝纤尘。绵净。

穿云裂石。

当夕阳照在阡陌，拉起斜影长长；当牧童蜷伏牛背，唱得炊烟袅袅，这澄旷静美中似乎还欠缺一丝流韵。

且听天外一曲笛音。悠扬的长鞭驱赶着大批的圣灵赴向天边，一只无形的手舒缓地勾勒着视野，蕴藏的时光从地下找到了出口，挑飞一条长长的思绪。

鼓

咚——咚咚，咚——咚咚。

王立于苍莽大野，舒展胸怀。

轰响。根在地下九丈滋长，山崩地裂，谷壑如何能居？直入九霄，大云何以能屯？

奔雷便在天地之间炸开。

力量充盈，热血奔放，野性涌荡！

王的手高擎，长风兜满衣袖，乾坤倏然掸落，鬼神在袍中翻滚，惊潮于额头缓洄。

咚——厮杀后的阵地被退却的潮卷回。雄沉裂开。支流蔓延。

问天地。还有比大鼓更雄武更震慑更威风八方的音吗？

是否，它披挂的皮囊吸纳了混沌初蒙？

是否，它劲霸的鼓槌蕴藏了日月神辉？

世界，蒙在鼓里，千军万马，披挂静候。只等王的一声呐喊。冲锋！陷阵！

瑟

无论如何，我也抽不出骨髓里的柔情，踏歌而行。庖羲氏的糙手轻轻一划，我的骨节就捣碎了年轻的张狂和幼稚的剔透。山水尚记：我的老骨头饱满结实，一声低吟，江河啸起，岩崖龇裂。

抱怀青山，我看到了太多的沧桑，大批的翠郁和鲜艳在我的脚下纷纷倒塌、退却；纵览高风，我听到了太多的铿锵，那些缠绵和清亮都躲进石头里睡熟、冻僵。

谁的襟怀兜满罡风？谁的大音迷天浸月？

“君子无故不去琴瑟。孔门之瑟，今则绝响。”想当初，孔夫子鼓瑟而歌，起风云而来玄鹤，匡正人心，酣也！

“锦瑟无端五十弦，一弦一柱思华年。”是的，我伤怀那马嘶戈鸣的年代，帷帐之后，我酣饮酒魂，铮鸣一曲月白人稀。怅哉！

我的肌腱涂满千年前古铜的月光，我的胸腔装载过天崩的轰鸣，我的眼泪噙着海啸的磅礴，我的耳廓灌满亲人的呐喊。

所以，我空出自己，仔细摆好每一根铮铮的骨头，让它敲响整个天空。让思念的雨从遥远处赶赴而来。

编　钟

这些历史的骨头，从三千多年的土壤中拔出来，依然雄劲。商朝的风刀，镂刻出飞龙落凤；战国的黑云，依然缠绕抹画。

这些武士，他们等待得太久，浇灌在身躯里的声音，生长了几千年，只待一泻而出。

青铜中积蕴的商韵楚觞，大山的气势和泥土的沉寂，一旦揮落，所有的声音哑然。

雄沉，撼天动地；纯净，泉泄玉瓦；清透，风吹金箔。

行云流水，融合韵致，大乐从天外来，与天地共和。轻柔随和，和谐相生，汲雾岚清韵，纫秋兰佩声，高贵温存。

临风把酒，听一曲编钟，犹水溯石间，恰松风灌壑。这时，那阙千年明月，正幽幽赶来，低回在额头，月韵浸入身体，把我托升起来。

笙

摇竹高于落日，细风高于摇竹，殿堂高于细风，一曲笙歌正穿盈殿堂，我高高地沉醉着。扶摇。天空的蓝一片一片渡入我体内，干净，透彻。

我肉身中羽化的感觉，蠢蠢欲动。

那被我咽下的几缕舒缓的笙调，又徐徐打开，慢慢渗出头颅，缓缓地飘。

不，更确切地说，是流。如一道溪流。在天空悬浮、流淌，不张扬，也不知流向何方。

行于熏风里。

飘忽云水间。

欢畅的锦鸡跃起，空气流冲击着它的彩翅，高歌的欲望，旋而蹈。明丽的雨虹攀升，紫霞缭绕，凤鸣翩飞，一场绚烂，等待收割。

于高殿之上，看云卷云舒，独享一支笙曲，无须酒，必有风。

帝王不过如此。

村居杂记

陈于晓

与一头老牛对视

不知是谁家的老牛，在村口的原野上，和我邂逅。这是杏花村的老牛吧，依然长着唐诗中的模样。现在，那个骑在牛背上吹笛的少年，已进城去了。

当年的私塾，早已被时光弄丢。只有祖上出过进士的那户人家，老房子还在，“耕读传家”的字迹，依稀可辨。

风吹过，老房子咳嗽了一下。

老牛仿佛也咳嗽了一下。很多年前，老牛就把耕作的事情，交给了“铁牛”。现在，我估摸着老牛，只是农家乐的一名演员了。

春天来了，田园依旧荒芜着。老牛独自站在空旷中，不低头吃草，也不仰头“哞”一声。

靠近，与一头老牛对视，老牛的眼光，有些茫然。我不知道在老牛的眼睛里，是否还可以找到我童年的影子。

村庄，已安静在唐诗之外。

听风吹过

午后的阳光，很懒。尤其是夏日，日头一直悬在村庄上空，只给房屋和草木，很矮的影子。这矮矮的影子，捉襟见肘地，遮不住阴凉。

枝头的蝉，伏着，是一滴火，鸣着，则是一大朵燃烧了。青草池塘，滚烫的水面，荷叶也耷拉着。几朵荷香，也像阳光翻卷出的火苗，滚烫，但由此，空气香醇。风吹动水，吹动荷叶，一丝丝热乎乎的凉。

帘，不动；亭上的风铃，仿佛响了一下；心，动了一下。

竹林中，忽地闪过一袭红，是邻家女孩，抑或是传说中的狐？

时光不流，像绕村而过的小河，静着，止着。远处田间，晃过一顶金黄的草帽，这草帽，是去年的稻草编织的。草帽下的人儿，一晃一晃，入了郁郁葱葱。

今年春上，入了菜花的蝴蝶，已不见了。去年秋天，栩栩了稻香的草帽，还能找到吗？

长夏悠悠，我只听风吹过。

老去的凉亭

村口的凉亭，卧在路中央。在道路拓宽以后，依旧被保留下来。原想修旧如旧，修了之后，新不新，旧不旧了。

前不着村，后不挨寨，不仅行人，可以在凉亭休息避雨，村民在田头劳作，逢雨也可以躲雨，逢烈日还可以纳凉。

但这都是从前的事了。如今，只有空荡荡的风，吹着空荡荡的凉亭了。

一些年之后，不知凉亭还在不在？

像曾经的牌坊，如今，只留存在老辈人的讲述中了。当然，在泛黄的家谱中，也记载着牌坊的故事。一年中的某个节日，还会有人去翻动老牌坊的光与影子，以及光与影子中老牌坊的沧桑和荣耀。

三两燕子，似曾相识，旧时落在牌坊和凉亭上，如今只落在凉亭上，再过些年，这些燕子，又将落在哪儿呢？

白云无事，去了又来。一村庄的往事，藏在风中。

戏台边的脚印

村上的戏台，自然是旧年的。旧年的青石板铺成的路，还在。戏台前的空地，是近些年用水泥浇筑的。

水泥地上，凹着一双脚印，大约是在水泥还柔软的时候，踩上去的。没有人问，这是谁的脚印，我也不问。

但脚印很醒目，让你不得不留意。

恍惚间，从前演戏的人，仿佛还在戏台上晃动着；看戏的人，仿佛还在戏台下热闹着。

谁是戏中人，谁是戏外人，谁是戏中的戏外人，谁是戏外的戏中人。

风一吹，全不见了，只有戏台，空旷着。

祖上的荣耀，挂在祠堂里；祖上的故事，已被演成一台戏。

戏台后面，有一小池，蹲着数只青蛙。我不知道这些说了稻香的蛙，还在说些什么，但我知道今晚的虫声，是被蛙鸣吞没的。

那双水泥地上的脚印，在朗朗的蛙鸣中，忽地动了一下。暮色浓时，它仿佛正在走向灯火隐隐处的人家。

海滨书简

聂文虎

一

带着一路风尘，向你走来，接近另一种纬度，放慢一路抒情的速度。

海拔3500米的高度，极地之外的北纬与东经，伴着呼吸，在我的词语里任意起伏。

飞鸟倒映在镜中，朵朵白云仅仅是为了梳妆而来，却又为那份晴天匆匆牵引而去。

高原的任何季节，总是花事繁茂。

我用青睐的目光，解读饱满的大地，充满激情的雪色曼舞，荡起岁月的浪潮，掠过一片片花朵，飞扬雪域的光芒。

二

一座海滨花园，在高原的掌心弥漫成浩荡柔情！

总是期待，有豪情的江舟渡我到达彼岸，在另一种丰饶的纯粹里拨亮暗夜。

隐忍的光芒在腐泥和衰草的气息中，纷纷褪去光鲜的睡袍，绽放楚楚动人的意境，以边塞辞赋的盎然和风范，验证德谟克利特的哲学。

落英已经缤纷，内心溢满清辉。

我依旧立身红尘门外，收藏时间与历史的耳语，收藏生命里所有过往最生动的韵脚与意象。

三

一滴水，一世界；一江水，一乾坤。

滴水成海，滴水藏海。一个内心的一片波澜，足以浩瀚成一片汪洋。

雪莲花开，谁在捻动又甜又涩的念珠与鹰翅般速闪的往事？

我临湖，但我不是大师！我是钟情雪域的歌手，我是语言的针尖，遗落在幽居者的花园。浩渺世界，每个人都有自己的定格。

行走海滨，纯净的骨质归附心灵的海，灵魂的呓语随山脊游走，丢掉现实的幻想，寻找孤傲与生活，每一次有角度的寻觅，揭示生命的尊严与庄重。

贡格尔草原（外一章）

康立春

贡格尔草原盛产悠扬的牧歌。顺着贡格尔河飘洒，经世致用的相思，一年四季在达里诺尔湖周围牵来游去。

那些动中寓静的鸟群，每一只都显得十分潦草，每一双翅膀都会滑动美妙的弧线。

万物灵动，幼畜出生，经过彩虹门，天鹅赶场而来。

多少年了，我们把贡格尔草原缩小在相册里，无论走多远，在我们心里，虚拟的马鞭，总会抽打轮回的仪态万方。

多少更迭的气象，浸染在我们血管里。每一片草浪，定然延伸另外的含义。

多少审时度势，顺其自然的景观，井然有序地演绎。

牛羊一抬头，就瞧见蓝色的原生态慈悲。

所谓天马行空，天空的定情物，十分遥远，此起彼伏的嘶鸣，也算一种应答。

反过来，小草一样多的蚂蚱，假装抒情浪漫，互相吟诗对峙，草稿上尽是滑稽的填词。

如此浩大的风景，砌出自下而上的通天和禅意。

黑暗里。笼罩天边的萤火虫，成为光明的集束炸弹，缤纷蜻蜓的寂寞。

无数跳鼠顶着星辰，翻动三千宠爱于一身，被夜归的勒勒车追赶。

原来，蒲公英的韵，露珠的律，蒙古包的绝，蛐蛐的句，准保平仄经风雨的大美。

哦，贡格尔草原，马头琴不夭折，广袤的佛堂颐养千年，所有泼墨的草体，无限放大博爱。

多少年了，我们与沉默的植被融为一体。

我们得承认，我们草民，我们草莽，在辽阔的苍茫里，也会有许多忧愁。

古樟子松时态

每次进入海拉尔古樟子松林带，就会有愉悦，绣在我澎湃的胸口，印鉴出水木清华的痕迹，所有疲惫就会在尘世中转弯，眼神幸福地与一抹抹久远的优雅对峙，挑高沧桑的跨度，阐释凝结的痂处。

尤其喜欢，在树龄五百年上下的樟子松间，逗留、徘徊。它们朝雾夕岚，在一种笃实的禅意里，潜移默化，交错缠绕。

每一道年轮都是岁月的筋骨，每一块伤疤都是历史的符号。

谛听啄木鸟声声，会有松叶和松塔落地，描绘历程生动的章节。

古樟子松，铜颜铁骨，根深叶茂，四季常青。

有的树皮龟裂，树根纵横，千姿百态，意趣盎然。于其中，一片宁静，韵味悠长，经过雷电袭扰，我和它们历久弥新，一起楚楚动人，矗立着凛然的风姿。撑天拄地。

我以不同的曲线，接洽它们，置身遒劲和乾坤，地支和玄学，发出般若之声，把我锤炼得更智慧吧。

这林带，充满精诚，布置坚韧，尽管不结果，看它们养根，包含一种熟悉的曲折、境界，还有仰视的崇敬。

每次触及这片土地，我就拼命地汲取养分，去抵御生活的陡峭。时常来疗伤，不留一言，唯有沉默和执拗，借助风的刀刃，切割思想的巧妙。攀附沙山，如拜祭王朝，带上一半励志，一半荟萃，把往日的锦绣留存枝头。

其实，我只是一首感伤的诗，休闲状态，很多时候浸染人格，浪漫人生刻度。

古樟子松，吸天地精华，欺霜傲雪，栉风沐雨，玉砌粉琢，沐日月灵气，延伸道义气场，相比较，我启明的渺小事物，多么脆弱而不堪一击。

河流与船

隐　子

1

看见一条河，看见河里的船，看见船上的人影，我都会想起父亲。

父亲依然赤着脚。

赤着脚，才能咬住他的船。

在船头站定，长篙入水，在水里落根。父亲身体山一样稳住。

他的船任由一双赤脚丈量。赤脚丈量到船尾的时候，船，丈量着河流。

长篙从水里抽出来，把篙上的水还给水。父亲在船舷把他的船再丈量一次，把自己还给船头。

父亲的船舷到底有多长哦？需要用几十年的时光来计量。

2

背着纤索的那个人渐行渐远……

但我懂得了父亲沉默的原因。

他必须把嘴唇咬紧。力量不能从嘴里漏出来半点。

他扯住那根索。索扯住那条船。船扯住那条河。

3

船夫的世界是船，船的世界是水，水的世界是世界。

4

对于父亲而言，河岸近乎神圣。河岸约束着水，规定着船只的方向。父亲的一生，唯独在河岸鞠躬。平时他都挺直腰身。

5

从来没有向我交出他的长篙和纤索。他只把血液交给我。他在沉默中选择沉默，让他的儿子，在遗忘中选择遗忘。

6

正如纤索消失于河岸，父亲的身影，父亲相依为命的那条船，我再也无法寻找。

天堂相距有多远，是一层黄土的距离？是此案望不到彼岸的距离？还是深怀着思念，用我此生的时间才能走够的距离？

我承接父亲的沉默，用来积蓄力气，用来对世界做出最恰如其分的回答。

离一些事物远去。

向一些事物靠近。

在吐鲁番（组章）

梁北雁

在吐鲁番在吐鲁番，云朵的额头，依然是绽放的佛性。

1

吐鲁番一条孤独街道上，无名的潮湿，瞬间被感冒发热的阳光蒸发在高昌古城的幽幽记忆深处。

葡萄籽的声音，打破寂静的冬月。

一个夜晚，没有蝴蝶的歌舞，没有泪水的精髓，没有纯粹的思绪——

爱，只是一种存在的方式。

随意行走，空灵的尘埃，以王者身份，一次又一次拒绝我回家的脚步。

祭拜的念头，成为春天以后的草地。

疯狂地停留在生命的肌肤里，苍白的血液，蔓延在天山之上。

一朵花，是艰难的过程。

不想回头。不想看到狼烟的姿容。

临近神魔的呼吸中，聆听岸边的风。聆听苏公塔每一寸凄然的往事，诸多圣贤，一路走来。

自始至终，看不清真实面目。

2

年年岁岁，枯影飘移。渴望崭新的旷野滋生西去的欲望——

抑或是皈依的灵魂，痴情于伊犁河飞扬的水雾。

喀拉峻大草原痴迷的影子，像是一个女孩子的梦。

蓓蕾憔悴，一定是苦痛的回眸，凝聚在吐鲁番一条孤独街道上，吞噬着黎明的浅蓝。

这一片土质，显得格外禅理。

在吐鲁番，云朵的额头，依然是绽放的佛性。

千年一日，斑斑痕迹，透亮着时间的轮回。

更多的视觉，只是无法掩饰小鸟的断翅。一棵树，孱弱的躯体，充满血腥味。

飞翔的果汁，成为大海的漂浮物。

枯萎的竹雕，粉墨登场，无法阻止季节的呻吟。

她们哭着，没有泪水，一直走不出去。

3

初夏的风铃，延续着苍天的童话。

遥远的吐鲁番，融入尘沙茫茫的日子。

古典的坟墓，亦无贪婪的双手。

随意站在落寞角落，就是一处风景的延续。

一个人，翘首期盼大山以外的情节，那个女孩子，回家了吗？

在没有雪的寒冬里（外一章）

敖靖雯

（一）

静静地，周围也静静地。时光像凝固了一般，将这片土地缝合在了我的眼眸中……

（二）

几滴新绿，探出了一个个小脑瓜子，些许忐忑，些许紧张。它们望着满野的蜡黄，我似乎瞧见了，那几点寒冬里的羞娇。田坎小道上的绿苔不知不觉中已生根发芽，像颗颗璀璨的绿琥珀，冒出的几株短草，点缀成琥珀中的层层纹理。我想，那纹理中藏着的定然是寒冬的故事。我却十分好奇，这该是什么样的故事，才让石头绿出了声音，绿出了尘埃独生的痕迹？

新叶曼妙的身姿，和着不远处的热闹，谱成了一曲摇篮；枯叶躺在地上睡着了，定是被这曲给催眠的——轻轻地，不想止步更深的欲望，却也不忍惊醒它这短暂而又美好的梦乡。它酣睡的容颜，好似睫尾轻喘一息，影子，便会跳到了我的心尖儿上。

（三）

套上那件棉制的外衣后，敞着，才不会困住灵魂。看着这淤泥上厚厚的鞋底印子，夹杂谁来过的气息——我想在阳光上起舞，书上自己的鞋底印子，带着月光的气息。

许是看了别处去，不小心和那泥土的清香相撞，散碎在胸口的一点温柔，在空中飘啊飘，便彳亍地消失在冬的尾音中去了。我赶忙追去，却自己也消失在了这尾音中。

（四）

一团暖阳在冰冷的土上跳来跳去，最后缓缓漾开，化为柔光，安抚着每一寸、每一寸的疯狂。

这没有雪的寒冬，恰如一幅已印上章，却还未完成的山水画，这么一幅带有少许残缺美的画。

沉醉在这画境外，恍惚间，草也无声地绽放了。此时的我，但也无声。无声与无声，构成有声。而我，和着风声，看见寒冬执笔，描绘人生。我该得意它这大半个人生，仅是我的一部分人生？

（五）

我对小草说："我想我们是朋友吧，因为彼此带给了彼此愉悦，但如果你们是以年为单位的感情厚度，那我只能摇头，点缀这时间的不公，学着大人的脚步离开。"

风扯了扯我的衣角，拉住我："大人的模样不是这样的。"我苦笑了笑。

——可我终有一天会成为大人的模样的。

（六）

天色逐渐暗了下来，暗得看不见白云，看不见蓝天。而夜的眸子，却是那样的蓝，蓝得我又看见了白云，看见了蓝天。

我睡在这黑夜里的白云蓝天中……

入了梦，梦见自己成了一只骆驼，驮着高楼，在沙漠中踟蹰。却想象着自己是一只像骆驼的饕餮，吐出昨日的垢水，虎咽狼吞着餐盘上的美食，还有寒冬里的小溪流。

（七）

如若不是亲见，我断不敢相信，这冷得刺骨的寒冬里，没有雪的痕迹，反倒是生机一片。

瞧，这树上挂着的金色蜜果，宛如仙子掉落人间的簪花，碎成一波一波不染尘世的苦行僧，修炼的前世今生。岁月不一，万物纵有千般姿态，在不同的季节里归去、重生，又归去……

老 树

记忆中有一棵树，一棵会笑，但不会哭的树。

这棵树已经有些年头了，一身历尽沧桑的外壳，已皱成坚硬的铠。拨开少许皴裂的皮，里面却是流淌着不息汁液的年轻血肉。肉里的条条脉络，描绘出通往心肌的路。我试着走过这条脉络，逆着导向他的深处，却始终寻不到始口，走不到尽头。他的深处，是我未曾深入的迷途。

老树总是待在那片土地上，生根发芽，落叶过后，又复苏新生，俨然不染尘世的儒雅。当黄昏晕出一圈一圈的暖光，成了绕到天边的爬山虎，便会遮了它的耳朵、鼻子、眼睛……这时，他的笑便散开了。

喜欢迈步田野，仿佛自己就是那没有束缚的兔子。就因我似兔子，所以与日夜陪伴的父母相比，反而是扎根于田野的他，和我有着些许共鸣，那是一种熟悉的交集。可我却不曾记得陪伴的样子，仿佛彼此陌生，偶尔点头微笑，偶尔又随着空气的凝固而沉默。而他总是默默地看着我，任我肆意宣泄那所谓的不快，他不会责怪，只将一片叶子轻轻放入我的手心。

回到家中，我便吞下这片叶，让它在心里发酵，酝成一坛陈年老酿。

有一年，老树没有长新芽，而是在慢慢发黄，黄得很深，让我看得心怕。我不敢再靠近它的枝丫，即使没有虫蚜。它们都骂我没心，我不说话，心里却发了芽。那段日子，他偶尔会低头，像在喃喃说着什么。

我无法忘却那日凌晨，那撕心裂肺的哭喊，给了我最后短暂安心一枪。我在迷糊中听见，他们说，还有救；他们说，没用了；他们说，好吧。我在睡梦中睁眼，他向我再见……

当我最后一次看见他时，他躺着，不再挺立。

如果他的心还跳着！如果他还活着——我这样想着——

我疯狂地剜开那具树身，掏啊拨啊——一切阻碍我寻找的东西。我确信，他是有心。但，什么都没有。那只是一具没有灵魂的躯壳罢了！我不甘！我不甘我本是他的宝物，却成了眼看他死去却无能为力的废物，甚至从未看见他心的蠢物。

不久后，收到一件包裹，来自从未去过的远方。里面是一颗心，心上长着一苗枝芽，它认识我，我也认识它。我开始和它曝于光明，错过黑暗，又将白日遮住，锁进黑夜。直到我感觉心痛，却发现了心口和它一样的枝芽。

母亲说，你在天堂迷了路，我等到现在，我只想把那蜿蜒的路，扯直，跟您一起上路……谁知道，我已在慢慢中成了……

蘑　菇（外四章）

无非初晴

草地间，星星般的白蘑菇，一转眼就萎了。

我还见过小巧的黄蘑菇，长在花盆里，夜晚像小伞一样张开，清晨就收了。

就像一盏灯，

夜晚的开，与白天的熄，表面上互为关联，可一瞬间，就断了恩怨！

写意播放器

不知疲倦，吟唱的播放器。

它的兴奋点，不为人所知。擅自滥情。

需要泼一盆冷水，

像一个不通事理的人，脑子里堆满空想。

“美美的”，只是一个理想国。

我的沉默，与它格格不入，却需要借其之力，不囿于安静。

稀释心中漫漶的刀光剑影！

变

一切将步入正轨。

太阳将照常升起，红光镀染大地。

所有错误都会归位，仿若什么都没有发生。
欲望安静。记忆恍若隔世。
曾经的言行，须臾变得苍白。的确偏离了分寸。
命无修辞，切不可在悔恨中流连。羞于示人！

雨　落

很多雨，同时打落到身上，
感到委屈。叶片用自己的方式抒情，
听到有一滴滑落的水，对我说：冷。
看无数的透明，坠入洼壑，
完成动词与名词的结合，
这蓄谋已久或出其不意的相逢，瞬间终结，
交付给光阴，被记忆稀释。

倒春寒

冷雨扑面。我在一滴水中参禅。
一群失足的叶与数片新开的芽，都得了理般，
在纠结成圈的水晕中静默。
倒春寒，不会因为错认了一朵花，而妄自菲薄。
恶战。搜刮最后一丝暖。
磨刀霍霍，刚冒出头的那茬春意正被收割。
不是所有枯荣，都能走完一季。
隔着这样的滂沱，我所能做的，
仅是打破灵魂的结节，将得失定义为同一种概念。

零散的思绪（五章）

卯旭峰

母亲的借口

神龛上的灰尘还没打扫干净，菜园的篱笆破洞还没堵上，猪圈门还没上锁，几只母鸡还没有着落……

搬进小区数天了，母亲还盘桓在乡下老家。

每次电话催促，她总有各种借口，各种不来的理由。

母亲放不下的，太多。

她放不下堂屋里供奉的神灵、宗祖。放不下居住过几代人的老屋。放不下菜香萦绕的灶台。放不下生蛋的那几只母鸡。放不下忠心耿耿的花狗。放不下菜园里的菜苗、葱蒜。放不下鸡鸣犬吠的院子。放不下炊烟袅袅的村庄。

几十年来，母亲在她的村庄，劳苦惯了，忍受惯了。她担心适应不了新的生活。

逗留老家的那些日子里，母亲在梳理自己过去的岁月。

这一生，不堪回首。忆旧感伤的泪水，濡湿了菜园。

那个家，经历了太多的苦——贫穷，歧视，白眼，冷遇、欺凌、屈辱。一个个不忍回顾的画面，清晰地浮现。

淡淡忧郁，覆盖了母亲的脸庞。

她怕坐吃山空，怕收入低微的儿子，承担不了生活的重负。

她还顾虑，城里那个相逢如陌路、对门不相识的冷漠小区，邻里关系如何相处。

然而，无论有多少个借口，终归要妥协。

毕竟，借口，抵不过残酷的现实，

也改变不了风雨飘摇的人生。

对不起一条狗

狗比人更懂感情。

我家那条花狗，从来就不会狗眼看人低，狗仗人势，狗盗鸡鸣。

作为一条八岁的老狗，它与我们家结下了深深的感情。

逢年过节，祭祀过宗祖，喂过花狗，我们才能进食。狗不会说虚情假意的奉承话，心里却记下了恩情。

八年如一日，默默守候在房前屋后，守护着一家人恬适的梦境。

花狗弄不明白，我们一家为何离它而去。偌大一个县城，竟然容不下一条狗。

人去屋空，房门上锁。小院里，只留下一盆煮熟的土豆，以及鸟语声声。

一条老狗，静卧在屋檐下，默默地等待。

日升月落，时光流转。

吃完那些冰冷的土豆，它爬过篱笆，到二叔家蹭猪食，囫囵几口，又回到小院中，哪里也不去。

我不知道，老狗如何度过那些漫长的白天和黑夜。

每次回老家，它都卧在屋檐下。疲惫地站起身来，继而精神焕发，摇动着绒毛稀疏的尾巴，像一个撒娇的孩子，围在我们身边打转。

每次离开，老狗总是神情忧郁地目送我们走远。

挽留的目光，拽不住远走的脚步。渐行渐远的步伐，踩碎了一地的失望。

也许，狗也会伤心绝望——漫长的等待，遥遥无期的归期。

花狗进食日少，绒毛渐稀。

初一那天，母亲回老家敬神。她看到的，只是一团杂乱的尸体。

一群苍蝇，嘤嘤嗡嗡地飞舞。

母亲挖一个土坑，算是把花狗厚葬。

一铲又一铲厚重的黄土，掩埋了花狗的忠诚，掩埋了花狗的一生。

却无法掩盖我们的无情，以及愧疚。

清明，跪在外公的坟前

没有纷飞细雨，没有欲断魂的路上行人。

一轮红日高悬。遍野山花争艳，满山林木苍翠。

这是三十多年来，我第一次跪在外公的坟前。

面对一个陈年的土堆，作揖叩头，焚香烧纸，奠酒敬茶。

外公二十出头就病逝，长眠于地下。那时，他年幼的女儿，还不知道爸爸这个称谓。

如果外公的时光能定格在六十余年前，他还没有我今天的年岁。我就可以与他对饮山野，共话人世的苍凉。

对他叙说，或给予他谴责。就着一壶土酒，讲述我失怙的母亲坎坷曲折的人生。

一个土堆，掩埋了外公作为人父的责任。一个孩子冷凉的际遇，却从此开始。

跪在外公的坟前，似有千言万语，可我一句话也说不出来。

静静地看着纸钱一张张化为灰烬，看缕缕青烟袅袅升腾。

年届花甲的母亲，内心已然安静了。不再诉说外公离世后，她所经历的艰辛，所遭受的生活磨难。

这么多年来，外公背靠青山，看四围苍松吐翠，看山花争妍，看云霞变幻，看鹰在苍穹上孤独地盘旋。

或许，亘古寂静中的外公，应该还有期待，等每年一度的清明，等他流淌于人世的血脉。

多年过去，在这个黄昏，我才走到了外公的坟前。

我想跟外公握手，想和他拥抱，想在他的怀里，大哭一场。

伸出双臂，碰触到的，只有坟头冰凉的石头。

想和外公说说话，却不知从何说起。启齿无言，只充塞着满腹的愧疚。

说什么都显苍白，我来得太晚。

再多的话语，也将如坟前的灰烬，晚风一吹，四处飘散，渺无踪影。

在外公的坟前，只能静静地跪着，跪着。让外公听听，他的血液，在我体内汹涌澎湃的声音。

一堆荒冢静默在枯草中。

说不清这是那一代祖人。

一个小小的土堆，被枯干的杂草淹没。

周围遍布牲畜粪便，荆棘丛生。

每年清明，散居在四方的后裔，都来荒冢前祭奠。

多数人，都不知道荒草下面，长眠的是哪一位祖先。

匆匆焚香烧纸，匆匆敬献果酒，匆匆作揖叩头，匆匆抬足离去。当然，难免为祖人的尴尬处境唏嘘一番。

荒冢周边，异姓的豪碑林立，奢华大气。

集资立碑，是每年清明不变的话题。

多年过去了，荒冢依旧，口若悬河依旧，夸夸其词的宏大梦想依旧。

有些困苦的家庭，承担不起无谓的奢华。

那一块小小的墓碑，刻不下太多想不朽的名字。

也容纳不了太多的功德。

世故的白菜

一辆板车一棵树，一堆白菜一老翁。

坡道陡峭，白菜沉重。

老者把板车停靠在路边，喘气，抽旱烟。

夏日的阳光，火辣辣。把从未谋面的人，撵到了一起。

聊收成、价格、市场。以及，白菜从青变黄，从黄变青。

依靠白菜养家糊口，得设法满足顾客的需求。颜色，只不过是一瓶农药的事。

可怜的白菜。价格高的时候，送人一棵，还想要两棵；价格低了，送两棵，一片菜叶都不想收下。

老者的叙说，伴随烟子从浓密的胡须间冒出来。

啪！老者一泡浓痰砸在地上。

激荡起一片灰尘，几缕尘嚣。

黄昏，山村即景

等人，在一个陌生的山村黄昏。

山陌生，水陌生，一张张匆忙而过的面孔，陌生。

这个黄昏，我只熟悉自己，熟悉拂过脸庞的那一缕微风。一切都在黄昏里匆忙着。只有我，安静地坐在车里，打量着陌生的村庄。

对面那一户人家，并不知道我正在挡风玻璃后面，静静地看他们。

男人在井边打水。

大女儿身着校服，洗菜。

老二蹲在屋檐下，背靠墙，把本子放在膝盖上写作业。

黑脸老三追赶花脸老四，农家小院里，洒落一地天真的欢笑。

老五蹲在门前，用尿水和泥，揉捏童趣。

老六在女人怀里哺乳。光着小脚，不停踢蹬。一双小手，抱着那一只饱满、颤悠悠、源远流长的乳房。

半遮半掩的肚腹里，难道，老七也在踢蹬？

夜幕降临。那一户人家，房门关闭，灯光亮起。一群小孩儿，叽叽喳喳。

身旁的竹林里，一群小鸟也入巢了，啾啾啾啾。

一天，就这样结束了。

明天，竹林中的小鸟，不知将飞向何处。

小孩们将走向哪里？

那栋房子里，也将只留下严重超载、体力透支、被压榨干的，两副躯壳。

时光里散碎的镜像（九章）

冯　琳

朴素的微笑

从内心的那一份真实之上，花儿一般自然的绽放。
没有一丝因矫揉才有的尴尬，没有半抹在风间飘忽的目光。
涟漪似的情怀，用朴素的微笑，叩开半掩的心窗，交融阳光的话语。
那一瞬暗溢的幽香，仿佛甘洌的清泉，抚慰冷寂的荒原。
一道柔美的风景，让人怀想生命中的可爱。

关于古老

借一件似乎未改的外衣，一个单调的词语，将内涵表露。
时光积存的履痕，在那些年轮和绿苔之上，重现过往的光阴。
沧桑的故事，穿过日月书写的历史，流淌成家国的传奇。
无数的身影，匆匆来去，演绎着世代的悲欢离合。
山水的容颜，亿万年不老，冷眼旁观所有的世事变迁。
风，消逝在雨里，披一身蓑笠，已寻不见远去的琴韵。

关于故乡

一抔抔黄土，浓缩着祖辈走过的时光。

每一个家祭的时刻，后人总会沿着族谱，再次梳理祖先的名字，垂钓一些关于他们的传说。

一个以姓氏命名的村庄，一个依旧生活着我的族人的地方，是我记忆里苍白的故乡。

久远的，植根之地。依稀，寻不到自己的身影。

浮游的足迹，迷糊了他乡，故乡。

回首处，故乡恍若陈旧的书籍，陌生，却又让我真的很想去细细翻阅。

关于怀念

错过了一缕芬芳，总在怀想那个季节。

手中的星月掉落，才惊觉它们曾与自己何等亲近。

捡拾着新的落花，看到的却是旧年的故事。

岁月的河岸，时常在不经意间，飘来久远的乐音，唤醒记忆。

坐在无边的往事里，看云烟导演的情节，熟悉而遥远。

品一壶剪不断的情怀，如茶，似酒，任身苍老。

叶　语

生命的萌生，是绽放的一朵尘缘。

从神秘中来，在不为人知的奥妙里，鲜活为一种形象。

即使柔弱，也拥有着天地的恩泽。

每一个生命，都来之不易；每一段行程，都少不了风雨。

尊重，珍惜。咀嚼着苦涩，也守护好那颗感恩之心。

没有不朽，岁月的尽处，无憾，更无恨。

光阴意象

明月，清风，凝时光为露。

聚散间，往复着朝朝与暮暮。

重拾的花香，淘洗一些思绪，明白去年，今年。

最新的影像，被旧日的记忆浸渍，生发几缕感慨。

风云变幻，漂泊的文字未凋，遗落成历史。

生命的走向

点亮一盏灯，光照自己的行程。

跨越的步履，写下人生。
一双眼，看古人今人的足迹，也看着自己的路。
直直曲曲，苦或乐，流水一般起伏的滋味。
将分秒踏碎，揉捏成季节和年岁，在面庞记录光阴。
生命的刻度，在缘起缘灭中描画铺展着它的内涵与外延。
一面旗，高扬，朝着无尘的。

春　晖

春天，还在。只是我，不经意便忽视春的温暖和恩德。
被我忽视的，还有那生养了我的朴实的土地。
尘世缭乱的烟云，让我的心性，恍如浮萍随波。
记得一滴露的亲近，却冷落了滋润生命的雨水。
珍视偶尔收获的一瓣花香，却淡忘了春和土地的付出。
春的容颜，渐渐苍老。我们的足音，何尝不是让春老去的缘由？
猛回首，多少汗颜？
重温一首唐诗的深情，感念，感恩。

峭岩灌木

一种偶然，一份尘缘，让生命扎根于峭岩。
远离娇贵，远离呵护，却活在了自由与拼搏里。
裸露的根须，在绝壁之上，高擎坚强的灵魂。
从不抱怨生存的环境，也不在风雨中自怜哀叹。
磨砺，锻就不屈和巍然。真的勇士，唯在艰险中显现。
活着，不只是一道风景，更是一种精神。

朝着故乡的方向

应忆航

带着纸上月亮行走

是谁为你穿上精心设计的嫁衣？一纸晕开的月亮，浸透人间清香，走在含蓄的意境中。

从李白的韵脚扶床而起，一地白霜怅然；在苏轼的琼楼玉宇，伫立长叹；再登临李清照的月满西楼……

“花自飘零水自流”，一句泪婆娑，一叹影成双。

当月光辗转千年，依然是离情难索、别恨难消，静静流入张爱玲的窗棂，苍凉又孤傲：“这看月亮的次数，比看世界的所有人还多。”

纸上的月亮，写尽曲折的爱恨情仇；幽微的心事，深埋在诗句无人能解。

一盏灯熄灭了，一片月光升起。

驿外枯树的瘦月，醉卧花间的冷月，城堞门楼的悬月，荒冢野坡的孤月，晓风清寒的残月，边关大漠的明月……

每个人的天空，都有一枚忧伤的月亮，拥一床温暖的踏花被。

离开故土的人，是带着故乡明月在他乡行走的人，一挥袖、一回眸、一惆怅，一湾海峡、一脉河山……浪迹天涯的游子，怎能躲开一枚日夜钻心的思念？

一个丢失月亮的人，是走在黑暗的人。他的灵魂将无法回家！

一叶为家的船

水泥船用力地吃进水里，贴着运河巨大腹部前行。

汽笛、飞鸟、歌谣、柳枝、行人及绰约的灯火，转动两岸模糊的背景，如一首水乡的诗在风中飘逸。

这些仿佛都与他们无关。

大地如树，小船为叶，自飘落河面就再也上不了岸。每天、每月、每年，一对年近六旬的夫妻，白天擎一张帆，夜晚点一盏灯，沿着水流去的方向，把一船船黄沙、矿石等建筑材料运送到远方。

用完了简单晚餐，夜色就涌进舱里，便摊开被子倒在船板上沉沉睡去。

船缓缓地漂着，蹲在风中的白色鱼鸟，用小小脚趾紧紧抓住船舷，变成一团黑影。多么像他们生命中携带的行李，简陋又有主人。现在却抛妻别儿，成了一群飞离的候鸟，与土地厮磨相守的身板，背着漂泊与艰辛走了出来。

一支越拉越长的队伍。

家家有出门的心，户户有送别的人；山里山外，长亭短亭，村口村尾，坝上船边，清晨黄昏……他们以自己的方式，向亲人告别。

爽快地看男人搭上汽车，扔一句“去吧”，抱着孩子转身走了；含蓄的一路无言，还采上一束小花，仿佛说：家乡的花，在好季节默默开着呢？

也有不送的，手里棒槌邦邦地敲着，却不知衣服早已漂远了。

春天汹涌到来的季节，村子里空了。

一群留守女人，陷在空荡荡的岁月里。从此，柔似水，刚如石，默默地守望，守望着寂寞、艰辛及清寂的家园，幻想有一天光芒出现，把村里黑夜照亮。

一枝倦意的花朵在奔跑

突然有呼啸的长风进入，又戛然而止。

车门打开，将一群群人吐出来，湿漉漉的花朵在黑色枝条绽放，如庞德诗中那些疲倦、苍白的脸闪烁而过。

有多少不期而遇在路上。

是握紧扶手的那朵，还是电梯相视的那朵？是站台擦肩的那朵，还是蜷坐墙角的那朵？被一根无形的时光捆绑，推入或拽出，下沉或上升。

播音员用温柔的声音报着前方站名。一群前行的梦，如鸽子的眼在旅程闪烁，眨下红，又眨下绿，变幻之际，道路沉寂，车轮滚动，贴紧着呼啸、押韵的生活，以固有的节奏向未来飞奔。

一趟无法停下来的地铁呵。

孩子在背公式中长大，女孩在私语中恋爱，打工者在漂泊里怀念，老人困于流水线上加速衰老……

相同的方向，不同的悲喜；亲密的相依，孑然的孤寂；熟悉的表情，陌生的图景；混淆、嘈杂且沉默着，无法听见彼此心跳。

多么倦意又漫长的毗邻啊！一路喧闹花开，却仿若置身旷野。

多想携带一把火柴，把我们行进中温暖的目光点亮！

到对面林子里去

渡过这条河，到对面林子里去，到对面干净的林子里去。

把最后一程脚印留在那里，留在一个蓝色童话里。一朵花，一堆火，一只小松鼠，使用朴素的柴火，支起锅架，煮沸满天星星。

到对面林子里去，远离一片伤亡，一地狼藉以及心智迷乱的时光。渡过这条横陈的河，哪怕绕过纠结难解的记忆，绕过大半个世界，也要到对面的林子里去。

返回年轻时光，坐在露水清澈的林地，过滤仅剩的一段岁月，再次仰望天空，与走来的流星凝神、对视，把那些干净的物品一一摆出来。

美丽的东西，没有理由死在我们身上，它是大家的共同财富！

让死亡之神平静地走来。

吻别渐渐褪下红润的唇，取走最后一句话，关上门，然后带走钥匙。

那是日落的地方，晚霞为我们准备好了换洗衣裳。如果死了，一定会有幸福的睡眠。

枫香辞（外一章）

雪雁鸣

举杯宴秋秋不醉，滴酒湿透诗心。

满满一山秋，藏也藏不住，把秋的衣衫撑破，普度众生，蔓延到冬。

那矗立秋水之湄的孤枫，有多少渔舟从它身边驶过，有多少商旅从它枝叶下穿过？雨滴湖边，如琴谈心。从青枫到红枫，一段情感的历练，与君醉；一种出世的高度，与君齐。经过了万重雨，熏陶了百载光阴，乡情依旧，古道热肠。

我问秋，你几时来，几时走？一片嫩芽，是你的告白；灿若红霞，是你的宣言；悠然飘下，是你的告别；静卧在地，是你的安眠。

远秋难及。望一眼满目斑斓，用心收拢，成一本枕边册子，梦中穿行。

秋在眼前。扶秋的腰肢，捧秋的脸庞，举杯宴秋秋不醉，滴酒湿透诗心。

稻谷颂

满畈金黄，满垄稻香，梯田发亮，映现秋天丰收的景象。

乡村是最美的稻城，父亲最喜在这里运行，环环相扣，周而复始。

家园米书，何止万言。母亲捧着刚碾出的米粒，轻轻吹飞糠秕，白花花的新米让母亲眉开眼笑，又是一季秋风醉！谷米千担，寄情无限；掌米济世，恩重如山；米粒如珠，米味甜香；米酒何醉，米线何长；米镶北斗，米义高扬；米花如灿，米德如纲；米福齐天，米权如皇。米诗如韵，米运天长；千军未动，米粮先行；世间有米，万日无慌。米字敦和，如椽斗方；米帖无边，张颠草狂。

种子发芽，雨润禾壮；命运腾飞，就在故乡。

四处药香弥漫。一个人病了，不敢抬头，半空中的翅膀都疯了，山冈上的树都疯了。

镜中探出一枝桃花，没有半点遮掩：“心中编织的一个梦，就是春天的脸。”

一个病了的人记起最清晰的一节，但又在刚刚开始的正午之中，变得幸福而又恍惚。

时光散记

阎晓林

1

一些人在路上走着，后来只剩下一个人了。他觉得以前的路，是被大伙分担了，那时是路在接纳这些人，而现在却是一个人接纳着路。

2

为了省下一根火柴，祖母跪在灶前，她从灶膛的灰烬里，拨出一粒火星，把它放在柴草上，一口一口地用力吹燃。现在，我从乳白的炊烟里，取出一根火柴，就看见了祖母低矮的墓碑。

3

一个农夫，蹲下身来，把脸轻轻地贴在妻子隆起的腹部。他听见了孩子清晰的胎动；当一个孩子，在田埂暗下来的这头，听见父亲迈着蹒跚的步子，从那一头走来——父亲，你听见了我的小，我听见了你的老。

4

在一幢高楼的墙根下面，挤出一株细瘦的灰灰菜，它在为一粒孤独的泥土代言。

5

一棵树，被雷击成了半棵树，它却还站在那里，让伤痕也有了高度。

它不想掩饰过去，它以树的名义，向人们展示着生命的另一面。

6

一个农夫，他先是记住了玉米齐腰深的一刻，然后又记住了玉米没过头顶的瞬间。他站在土地上的高度，被玉米的两次成长记录下来。

7

一条河干枯了，你不要说那是大地的泪痕。其实，那是大地用失去的完整，宽恕着我们。

8

让一朵花，退回到它开着的一半，然后停下来，等待着一个人带着她的月光赶来，我这样想着，却已度过了自己的大半生。

9

一辈子，只有落在掌心里的月光，才会让你知道它有多轻，轻得让你知道它属于所有人。

10

槐花总是从村庄外围，进入到它的内部。就像母亲取下那方白毛巾，把槐花的清香，放到我们的生活里。每一年的槐花，都没有错过自己，我们才有了这安身立命的村庄，才会更深地想念槐花又白了的故乡。

11

一炷香的简单在于，它把最小的光亮，在风中安静地延续下去，并成为佛的火把。

12

在夜色里，无我，但我还在，且比最深的夜色，还深一些。

13

风吹落花，就像一个人骑着马跑远了一些，然后回转过身来看自己谢幕。哪里都是归宿，都是我土。

14

一条河分开，成为两条河。它们中间的空白，被细小的沙粒堆积和扩大，呈现着荒凉，后来它们又流到了一起。在它的流域，有多少炊烟模仿着河水流淌的姿势。

15

草的绿已用尽，只剩下骨头一样的白，在北风里，折断几截月光。

16

把生命的每一寸都喊出声音的是蝉，把生命的每一寸都喊哑的是蝉。在一只蝉蜕里，我看见一只蝉的静和虚。

17

把命压低在一根田垄上的是牛，反过来又是一根田垄，给了一头牛沿着土地向前延伸的哞叫。

18

在鸟鸣的第一声和第二声之间，是山地里劳作的父亲，他直起腰来，晨曦映照在他左侧额头淌下来的一滴汗水上面。当第二声鸟鸣出现的时候，它和汗水发出一样的光亮。

19

泪水擦去了，泪痕却流下来，有时我们用雨水来掩盖它，直到让自己相信这是真的。

20

光的影子，永远站在想踩着它的脚上。

21

一根农夫的裤带，扎了大半辈子。它的好几处裂伤，都被加固过。它懂得在困苦的日子，把自己紧了又紧，它更懂得它是怎么替代了一根草绳，它现在扭曲得已变了形，可它还流传在民间，一个被举过头顶的土块，是它虔诚的收藏者。

22

那些大寒的喇嘛，还在寺庙向阳的一面，把藏传佛教抵近天空的湛蓝。再从雪峰之巅，把眉宇之间的释然，做阳光般地纷射。多少次的面无表情，才是一部发黄的经卷。

重回祁连山（四章）

胡绍珍

八宝河

站在冷飕飕的桥上，看滔滔河水如被风鼓动的一匹黄缎。

站一个时辰，又站一个时辰，九月打着寒战，雪山像一只只放大的天鹅，蹲在高原上，我的记忆里全是它们的影像。

地球的雪山都跑到青海来了，世界的阳光都积攒到祁连雪山上了。

八宝河水，祁连山用融化的冰雪收藏自己的倒影。

河水看久了，眩晕，眩晕。我有些把持不住自己。

冷风击打我，三十年前滔滔的八宝河向我奔涌而来。

一朵蘑菇冒出地面，那是我年轻时的影子。

那些日子，八宝河从祁连军营的脚下流过。

河岸的柳林，五月开始吐绿。八宝河蹚着浑浊的雪水，湍急的脚步追赶，加速运送祁连山的夏天。

站在八宝河桥头，回想第一次来祁连。

爱人从西宁来祁连值班。我的腹中，时不时有幼小生命蹦跳，把未出世的儿子带到祁连山，我幼稚得不知他有没有高原反应。感知儿子早已爱上父亲驻扎的祁连山。

我相信他看到了河水，看到了终年不化的祁连雪山。我眩晕，他也眩晕。

我相信他看到了高原上明媚的阳光，看到了父亲当兵的军营。

夏天山风的味道，野花绿树的味道，蘑菇的味道，雪水的味道，雪山草原的味道，向我簇拥。

二炮部队的军营里，偌大的篮球场，被围在高大挺拔的白杨树下，奔跑着年轻的战士。排排整齐有序的营房背后，是覆盖的丹霞地貌。

军营望过去，望见祁连县城背后的风景画，终年不化的雪山。

雪山的雪水流下来，汇聚在八宝河。八宝河从祁连县城流过，带着高原的圣洁流淌，滋养草原牛羊军营。

八宝河，祁连县城因你而美丽，你把祁连山的秀丽风光带到黑水河。站在八宝河桥头，军营里的故事一幕幕地浮现出来。

八宝河，二炮部队的兵曾经守着你，守着和平年代。

茶卡盐湖

味道先于感官出场，牛羊还未出窝，马兰花还未打开全部的花蕾。

太阳还未爬上正午的位置，风还未褪掉单薄的衣装，高原就飘来浓浓的盐香。

远处的雪山，聚集成吨的雪花，层层堆积覆盖，然后慢慢嬗变移动。

我的生长变化是秘密的，从不泄露生长的进程和青春期的嬗变。我只是把你当作雪，借雪的光亮熠熠闪烁。

时间的晶体秘密地转化成盐，盐的晶体秘密地堆积成湖泊。

青海，用盐塑造出一尊尊雪山的佛像，我们坐在盐湖的寺院打坐。

青稞在生长，青海在生长，雪山草原玛尼石藏传佛教在生长。

青海溢出花香草香奶香盐香藏香。咸咸的风挟带这奇异的香在你身边缭绕。

雪山从云层里钻出来，矗立在高原的童话中，她在加速蒸干水分涅槃和你一起结晶。

水是一层金子，云是一层金子，盐是一层金子。月光把你们搅匀挤压变形，这高原就剩盐和雪浩阔的白了。

牛羊是蠕动的雪山，沱沱河是大地牵出的情思。

青海用盐传递信息，用盐写诗，唱歌，卓玛姑娘的羊鞭上飘着咸咸的盐味，把青海赶到世界出产诗歌的湖泊中。盐做了青海的名牌，做了诗歌的名牌。

浩荡的历史，风干往事，沉淀下来的晶体，就是茶卡盐湖。

青海用日月山文成公主马兰花抒写茶卡盐湖，那些结晶的盐把世界漂得更加洁白了。

祁连松

青海，为我准备了天下最大的草原雪山盐湖。

青海为我准备了三江之源，准备了最肥的牛羊以及最饱满的青稞，最大的太阳和月亮。

青海像牧民一样放牧着地球上最圣洁的雪山，雪山像牛羊一样出没在肥滚滚的高原。牛羊放大之后，就是雪山；雪山缩小之后，就是奔跑的羊群。

儿子的出生地在军营，爱在这里绵延不绝。

军人的后代，我的儿子就落在你们的襁褓中，那融化的雪水，给了他最圣洁的营养；丰盈的时间，一粒海水中结实的石头，融入一堆玛尼石中，垫高了青海的海拔。

祁连，准备了一轮最大的银盘，迎接一个新生命的降生。

祁连，把所有的雪花冻在山顶，给了我最厚实的温暖。

祁连，长出翅膀，迎接一个幼小的生命，让他来到高原的雪山。

儿子调皮，黄昏启程，紧赶慢赶，直到凌晨三点三十五分才降落到人间。出世之路那么遥远，那么漫长。那夜，我经历了怎样的煎熬？

雪山又长高了几米，刚刚露出圆圆的粉脸，顺着明亮的灯火，儿子望见窗外的雪山。

太阳出来，暖暖的。儿子是有福之人，出生时就看到高原雪山草地。刚刚冒出地面的祁连红松，有些胆怯怕冷，祁连山紧紧地把他搂在怀里。

儿子咯咯地笑，每逢看到雪山草原牛羊八宝河水和那些兵。

当我第二次第三次来到青海西宁，那些小战士，带着我和儿子去山中采蘑菇，晒太阳，看天空飞翔的鹰。

青海长，他也长，这个小家伙，睁眼就看到雪山上的祁连松。是祁连松让他储存了男子汉的气质。爱运动，儿子曾一度想当足球运动员。

儿子说他有足球天赋，如果不回四川，他会成为优秀的足球运动员。

他常常埋怨，青海那么美，问我为什么不留在大青海。

夜宿青海湖

你钻进蓝色云朵中，云朵钻进你的封地里。

水是流动的，云是流动的，她们是边境上不好管辖的爱情。

无人看管的星星，笼统地往青海湖的袍子里挤。

盈盈的月色，在青海湖拉起透明的帐篷，无可收留的夜色游弋在湖水里。

无眠的夜，在湖岸的帐篷里，我与青海湖翻卷往事的浪花。

一阵淅淅沥沥的小雨，打湿了心绪，打湿了无边的草地，那些牛羊过冬的草料堆积如山，它们被雨打湿，和青海湖湿在一起，和草原湿在一起。

夜色在湖边走着，草原没有围栏，青海湖没有围栏，它们锁不住我的想象。

在青海湖，我放牧牛羊一样放牧着自己的爱恋。

在青海湖，我用文字铺展你的波涛和浪花。

在青海湖，草是不用说话的，水是不用朝岸边扔出花浪，我就会醉的。醉是我的自然流露，是我的感动和泪水。

青海湖，我见证过江南的湖泊，见证过大海。但我初见于你，就当了俘虏，就与你的鱼群亲如兄弟。

在众多用鱼砌成的酒店里，我不吃鱼。因为青海湖，我舍不得吃它。

在青海湖，那么多鸟都藏匿起来。庆幸这个秋天，没有见到鸟岛上的鸟儿。因为，它们分辨不出我是猎手还是它们的朋友。

这片高原湖泊，装下高原的智慧。汽车沿湖奔跑一整天，青海最大的云朵，最大的雪山，与大才旦同卧在神的遗址上。

青海湖，虽然几次来青海，但我头一次见到你。

我其实是你湖中的水滴，你的翅膀一扇，就把我甩在了嘉陵江。这次，我来寻亲访祖。

青海湖，你是我最幸福的家园。

灵魂的符号

刘喜良

牵手的重量

在一个有落差的地方，牵你的手，你的轻盈像一段飘逸的舞蹈。

牵你的手，感觉比这个夏天的温度更高。尽管阳光的注目让人晕眩，尽管一只蜻蜓的飞翔让人心跳，但牵住你的手，越过生命中意外的河道，在坎坷中奔跑，这种交集比所有的语言都重要。

世界正在失去重量，土地也将淡隐，牵着你的手，已经成为这个季节的特写，瞬间的相握，具有感动一生的分量。

声音也能燃烧

相信吗，声音也能燃烧。你的声音，从一个坐标点升起，像一团火焰。倾听噼啪作响的节奏，会有另一个人的思想被点燃，在孤独的一隅，沉默是激情后的灰烬。

看见你声音的亮光了，在漆黑的原野上，陌生的风正挑战你的倔强。

一天又一天，当青春的能量不断消耗，声音的火焰将会改变跳跃的方式。但是，你声音的燃烧是永恒的，在一个人的心里。

一滴泪的亮度

你怎么哭，隔着阳光的指缝，你的泪晶莹，折射让人怦然心动的亮光。

哭是灵魂表达的必要方式吗？当一种情绪重叠在另一种情绪之上，噙泪的眼睛，将模糊心的方向。

以宽厚的力度，琴键般的手叩你的心房，听见回音了，你芬芳的呼吸，让一滴泪的亮光，在黑暗中频频闪烁。

草木一村

张道发

大皂荚树拖出的阴凉里

大皂荚树拖出的阴凉里。几个下晚学的孩子互相追逐打闹，冒着热气的头发上，有红蜻蜓飞过。

夕阳很远。

孩子们举起姜芽般的小手奔跑，脆生生的童音在地上滚动，四周的寂静散发野蒿的香气。

一地树影摇晃，孩童的足音一路轻扬。

这些刚刚长成青苗的孩子。拥有多么单纯自足的快乐，身边这个繁乱的世界跟他们无关。

整个黄昏，我在不远处的屋影中，望着皂荚树的阴影中玩耍的孩子们。多想成为其中的一个，甩动一双脏乎乎的小手，满脸尘土地欢跳着。

暂时忘却尘世上的痛苦，像轻风一样来去自由。

南　瓜

后院的土墙不高，伸手刚好够到顶。

墙下，母亲随手种了几眼南瓜，随后便将它们遗忘。

瓜藤粗粗实实地攀上墙，一簇簇粉黄的瓜花垂挂在院墙两边，风起的时候，仿佛整堵墙都在晃动。

南瓜叶阔大。倘若逢上阵雨，远远便能听见瓜叶们的嗓音，捎带着植物青涩的香气。

一两只蟾蜍顶着瓜叶，聆听远远近近的雷声，任闪电在眼眸里跳跃。

常常有过路的蜻蜓在瓜花上交尾，瓜花托住它们轻盈的爱情，地上恍惚的影子，一碰即化。

馋嘴的村人会摘去一些嫩瓜，用椒丝炒来吃，这是夏天一道很爽口的菜。

渐渐长大的南瓜睡在地上，又懒又胖的模样惹人喜爱。

秋天来了。瓜花依旧在开。

母亲将一只只长老的南瓜抱到床底下，蛐蛐一夜夜叫亮月光。

南瓜们一声不响陪着母亲，度过秋天和秋天后越来越寂寥的日子。

燕子飞走后，晾衣绳独自荡了好多年

中午，看见两只练习飞翔的燕子，歇在邻家的晾衣绳上，晾晒的小衣裳刚刚收走，年轻女人摇摆着腰身闪进院门。

小风拂过，燕子的叫声很新，羽毛上的阳光也很新。

我蓦然想起九年前的初夏，妻和我吵过架。一个人躲到晾衣绳下哭泣。

（娘家那么远，她诉苦的地方，只能是一棵树或树下的一节晾衣绳。）

一只燕子衔着泥巴歇在晾衣绳上，叫声轻柔。像是在跟她打招呼。

妻抬起头止住哭泣，燕子绕着妻飞了几圈，翅膀一次次碰在她的头发上。

后来，我们一起坐在树下望着这只小燕，妻又一次枕着我的膝盖哭了，劝也劝不住。

那只燕子飞走后，晾衣绳独自荡了好多年……

小鱼儿游过微漾的牛背

暮色重了。河边的女人牵一条长长的麻绳，河里只有一个牛头露在外面。

牛眼里有归鸟影子掠过，脊背上方的水波一起一伏。不时有小鱼儿游过微漾的牛背。

偶尔，女人扽直手中的麻绳，水牛懒懒地待在水中不愿起身。

牛鼻子很硬，麻绳上的水珠一溜溜滴落下来，一阵水响。

小鱼儿雀跃着银白的身子，水里的牛不动声色。水面上盘旋的牛蝇也急了。

第一颗晚星落在荷叶上，水牛才缓慢地跟在女人后面，细数小路上的野花和虫声，走回村庄去。

月亮骑在牛背上。

路两边的玉米叶很快将两个身影遮去，迟疑的牛蹄踢踢踏踏走在土路上。

盛月亮的竹篮

父亲坐在门口编织竹篮，侄女围着他喋喋不休地说话，粼粼夕阳中，他们的影子拖长在开满瓜花的藤叶上。

夜虫的鸣叫渐渐稠密，大朵的丝瓜花从房檐的藤蔓垂挂下来，随风撩痒小母牛长长的睫毛。

小母牛面前堆放着母亲割来的青草，尾巴下散落着鲜腥的牛粪。牛蝇夹在蚊虫中间嗡嗡地飞。

一弯小路从池塘边游回来。驮着两只小鹅和一只怀孕的母羊，它们的叫声互相照应。

暮云浓重，压着小村雀鸟叽喳的瓦顶。

一个青竹圆润的竹篮已经编成，正好盛下十六夜的圆月亮。

但凡家里来了客人

父母亲已经老了，妻常年不在家。

但凡家里来了客，我陪客人们说话，老父母就在厨房忙上忙下。

低矮的厨房烟熏火燎，掌勺的父亲不时会被青椒呛出咳嗽，喘声很重。

而母亲只顾埋头往灶里添柴，有时蹿出来的大火，烧焦了她额前的白发。

隔远听，厨房传出来各种繁杂的响声，仿佛一场小小的兵乱。

当老父亲一路小心着端来菜碟，我接过菜碟的当儿，手忍不住抖动了一下，不忍看他那双烟熏得泪汪汪的眼睛。

晚星鱼子一样多

晚饭后，一家人挪移桌边的凳子。稍远一点围坐着，说说闲话。

桌上的白瓷碗染一点夕阳光。

一只豆娘路过庭院，它迟疑地飞了一会儿，停歇在小女儿的木碗边上，尾尖稍稍倾斜。最后一丝晚霞在翅膀上闪烁，眸子泛出早来的月光。

小女儿已偎着母亲睡着了，婴儿肥的小脸蛋，留有蚊虫叮咬的痕迹。

风从河边吹来稻叶的青气，一家人说着说着就沉默下来。衣服上的露水，散出幽微的光。小枣树在墙角开花，晚星鱼子一样多。

喊父亲

母亲去县城陪读后，每天晚上起夜，我都要走到邻屋的窗下，喊几声父亲。直到他从黑暗中递过来那句沙哑的话：

“伢，不打紧的，你去睡吧。”

我才放心地回到床上歇息。

冬天的夜里，我踩着一地的寒霜走到窗下，里屋电视机的声音开得太大了，喊了他许久，耳背的父亲才回应。

回到床上，我将被子更紧地裹在身上，想想寒气揉皱的旧被子盖着父亲，他的双脚许久都暖不过来，泪不知不觉落在枕边。

我在心里小声地喊着父亲，霜在下，他听不见。

朝南的花墙

院中朝南的花墙被一只红蜻蜓轻易就驮起来，连同藤条上的瓜花瓜扭，还有虫子好听的叫声。

当红蜻蜓将花墙轻轻放下，找到一片幽凉的叶阴歇息，另一只红蜻蜓很快便寻过来。

两只蜻蜓将尾尖衔在一起，花叶便不住地颤动，整堵花墙发出幸福的娇喘。

路过的阳光那么轻盈，呵护住正午的寂静。

一两只蝉在远处的杂树林清好嗓子，开始唱歌。

朝南的花墙拾起它丢在地上的斑斓花影，任村野的风吹动它一身花衣裳。

女儿花（组章）

莫问天心

莫问天心

白桦林，就那么清晰在视线里，不，清晰在心底里。

没有鸽子在飞翔。一种颜色，浅红、艳黄和深蓝，从眼前，直铺到天边。

是谁在林中放歌？我看不见我的姑娘。

白桦树长满了眼睛，那么温驯而又深邃地看着我。它在轻轻地诉说着旧日的故事。谁，能听得到它的语言？

一条溪流从林中穿过。它从远方来，要到远方去。一路行来的时候，采撷了一路彩蝶纷飞的芳香。

迸发出几点晶莹，是它对溪畔青石的轻言细语，告诉它们，它来过，它还会再回来。一条小溪，以水的形态流过。再还原成水离子蒸发，在某一天又化为雨，重归小溪。

看不见它的源头，水亦如此，人亦如此。是谁沿时间的源头顺流而下？

天边燃烧着的颜色，悄然漫长了一个没有红草莓的季节。

天蓝蓝

天蓝，蓝得纯粹，蓝得清澈。水便一下子害羞了，扯过树影盖在了脸上。

云彩绽开满心的欣喜，停泊蓝天的细语。麻雀停在枝头，演奏一段明快的曲子，它们自有它们的愉悦。

有时会起微澜，偶尔也会捧起一串雨水。岁月那么急，时辰那么短，唯有天空每天都安详地投下目光。

亭外挂着季节，挂着长久的期盼。心意如风，在每一个日出日落的日子，听容颜变幻的声音。

有水，就有了灵性，使看风景的人和人看的风景都有了美丽的回忆。虽然这世间，并没有永恒。

亭不语，湖亦静默。谁在等待，某一天，一朵微笑不期而至？

岁　月

一股久远的气息缓缓地漫上来。思绪犹如柔软的水波漫延绵绵的情感。

儿时提着简易的灯笼走在乡间小路上的身影；兄弟姐妹间争抢着半熟不熟的苹果的情景；帮娘砸几瓣蒜，小小的手掌握着蒜槌……清脆的声音又回响在耳边。

曾背着简单的行囊，步履匆匆地穿行在熟悉又陌生的城市，路过一个个宽阔或狭窄的路口。但从来都没有忘记，留一个空间给感动。

生活的模样，或许落满陈锈斑斑。心灵，却永远像柿子一样鲜活。还记得吗？老父亲一声悠长的叮嘱："做人，要真诚、朴素，做一个有用的人。"

于是走过的每一段路程，都不敢有丝毫的懈怠。不知不觉，手中已握住了一串沉甸甸的成熟。漂泊的过程再艰难，年轻的太阳也不会沉沦，不会暗淡。

平淡也是一种洒脱，正如真诚也是一种生活态度。不去想未来有多苦多难，要有一颗诚挚善良的心。只要阳光还在，心灵就不会奔波无期。

坚信有一种真正的永恒。一如岁月，简单、深刻。

春天在唱歌

季节，将树木扮出最美丽的形象，茂盛、繁荣，充满了挺拔的力量。

而悠扬的曲调，蔓延成了清澈的小河。灿烂的阳光照亮了小河的脸，有阳光的地方，就充盈着快乐与梦想。

蓝天眯着眼睛，看着他目光中的和美乐园。跳跃的风，传播着明媚的消息，整个空间，都回荡着向往和期待。

阳光透过树的缝隙照进来，晶莹了叶子，也纯净了小河。与长满绿叶的树林一起品味生命的辉煌。

心如绿叶一样充满葱郁的诗意和向上的力量，与阳光一起飞扬。

在海边

清淡的阳光，语言是出水的莲。轻风挥动手臂，海韵遥遥而来。

在沙滩上观望，静静地嗅一种洁净，顺着距离想象。美丽的微笑洒了一地啊，如暖暖的阳光，充满了胸膛。

海，在我们面前展现着独特的浩瀚之美。大气、磅礴，是大海的气质；豪迈、宽厚，是我们的性格。

深远的大海，温暖的阳光，刚直的身影，成了天地间最美的风景。

只有善良的人，才能领略到大海的壮阔之美。只有奋发上进的人，才能体会到那份雄壮气魄。

让心灵，多一份海的从容，用海无言的深情，来爱这个世界。

简单的冬天

阳光是透明的。

越过天空，越过风，和煦地照在大地上。

于是整个世界都亮了起来。树木伸展了腰肢，与小河、小草，和睦地站在一起。

于是简单的图景，蕴含了深远的寓意，和谐、美好，宁静、安然。

飞扬了一秋的绚丽色彩卸下了彩妆，季节沉稳而素洁。空气是新鲜的，呼吸也那么美好。

简单的雪花也能把季节装扮成无声的华彩乐章，静静地诉说对春天的期待。

皑皑白雪下，藏着将要萌发的希望，空间充满了清幽的味道，生机勃勃的季节就要开始。

风　景

喜欢春天，不仅仅是她的温暖和百花灿烂，更因了她那积极向上、充满希望的喜悦。

春天的原野，充盈着碧绿的色彩，到处都遍布了成功与收获的希冀。青松不畏寒，春来更傲然。在晨曦中吐露青翠，在轻风中细语精彩的憧憬。

春的另一种盎然，流淌在小河的甜蜜里。阳光点点，提示我们珍惜春光，品味春意。岁月总是这样不紧不慢而又马不停蹄。昨天仿佛还是雪花飘零，转眼春色就浸染了世界。

是谁在时间的琴弦上，弹奏着流水似的光阴？又是谁停在枝头，细数春天的芬芳？心灵一下子就开阔了，在溪水叮咚的歌谣里。

一路的风流云转，偶然的经过和必然的美丽，都是生命的风景，也是看风景的心情。蓝天飘几朵云彩在风景里，蓝了许多记忆，不用篆刻在石头上，也不会随风远去。

在生命的轮回里，一些美丽必然永恒。

女儿花

花儿笑开了整个春天，满天满地都是阳光的气息。温暖了心灵，也温暖了世界。

花儿如世间最雅致的女子，温婉、灵秀，美丽的身姿婉转着所有最美好的字眼。你能给她一个合适的形容词吗？恐怕所有美好的字眼都不够。

而她那善良的心性又让她一如既往地开放，不论此前曾经历过怎样的风霜雨雪，美丽总会在时令到来时呈现。

总怀揣一颗善良之心，就像尘世中行走的人，不管是否承受着坎坷磨难，都会努力让生命开出美丽的花朵。

或许生命就是如此厚重。采集阳光、收取感动，让生命的轨迹端正、温暖。

心灵的呼唤

有些记忆还在我们的岁月中流连，沉淀在时光的空间，以一种隽永的姿态点燃风景。

青苔诉说的，是与树同行的沧桑和眷恋。倒下，又会有新生，这是一个永无休止的过程，才有了参天密林，震撼在眼前。

还好，人类的喧嚣还没打扰这片沉静和厚重，就让它永远在那里凝固不动，延续着远古的传说。过一次未朽的独木桥，掬一捧甜到骨子里的清洌泉水，才会更深地明了什么叫作真正的大自然。

纷扰的红尘，没有磨去心底深处的柔软触感。你听到，我也听到，深入心灵的清远的呼唤。你需要，我也需要，来自天籁的美丽。

有阳光透出来，照亮尘世的心灵，告诉我们，生活永远充满阳光，生长着希望。

独坐野码头

萧　敏

1

独坐野码头，怀抱一片冷风景：江湾、卵石、岩岸……

江风，漫不经心地从沙滩上掠过，那些船桅、水手、号子，那些无数与野码头有关的故事、传奇，乘着波浪而来，拍溅出远去的声音，久久在苍穹下回旋……

2

故事里的“野码头”是一个女人的绰号，是一个被玷污被损害被无数流言淹没的美丽女人的绰号。是她，竖起一面蓝色的酒旗，在野码头，风流了船夫们销魂夺魄的梦想。那些侠肝义胆的桅灯，那些拉江拽河的纤绳，那些摇山撼水的桨板，总爱把辛苦和疲惫停靠在这里，把温情和爱意播撒在这里，把滩吼浪啸、惊魂甫定的胆识和智慧留存在这里。

从此，这里声名远播，从此，这里让许多走水人、生意人怀念终生。

3

野码头吞吐过无数南来北往的货物，吞吐过许多波翻浪涌的船夫号子，吊脚楼上永远摆着大碗茶和老酒坛，永远是开怀畅饮、开心大笑。

那些粗鲁的调侃，那些酡红的酒意，那些长声吆喝，野味十足的情歌破空而来，打乱了江河水缓缓的节奏……

岁月如水，野码头消失了雄性的喉结，消失了块状的肌肉；消失了捣衣洗菜的女子和站成石头的女子；消失了满江澄澈的流淌和满眼绿莹莹的清凉。

野码头属于过去，野码头的名字、风景、传说一起被日子折叠成历史……

4

独坐野码头，江风呼呼如旧，灼人心扉的号子早已沉没江底，船笛高亢地长鸣，一阵阵撕裂心旌。看两岸霓虹闪烁，看满江灯火如星，眼底却翻卷着白色的泡沫和垃圾的涡旋……

推开时间，问一问过去和未来，谁在呻吟？谁在喊痛？

恍如隔世的预言，让我无法表述……

独坐野码头，灵魂出窍，却无法逃避，只在心里默祷：

愿所有的泥土都能填海，愿所有的岩石都能补天，轰轰烈烈之后重返自然与和谐。

与母书（外一章）

鲁绪刚

一边薅草，一边唱山歌。

音符连绵。

若老树上的新芽，在大地上争夺春天，绽放。是的，你在跌宕起伏的秦巴山荒凉地存在，背负着厚土与错综复杂的河流。仿若院边篱笆上的牵牛花，长到故乡之外的花朵，是你呼唤的阳光和新月。雪花不愿在你的头顶融化，面颊上淌着汗水和落满记忆的溪流。你攥在手心的地址，是你不愿放松的挂念。

在泥土与雨水之间，我嗅到了你身上清苦的草叶味。可我还想重新回到你的腹中，感受你分娩时的疼痛。以羊水的单纯，对抗人类的谎言、阴谋与欺诈。悬浮与混乱，无法从你的目光里偷走春天。

我违背了一棵树、一条小溪的诺言，像少年放飞的风筝，还漂泊在巨大的苍穹，仅有你在黑暗之中，把一盏油灯挑亮。

并以苍老而虚弱的手掌，捧出圣洁之水，修出仁爱之路，将秦巴山覆盖。

寂　静

虫鸣抢占了夜晚，月亮孤独地挤进来。

我躺在土炕上，悲伤就在内心和肉体发芽。是什么放逐了我的灵魂，甚至无可救赎。草木已经腐朽，天空像倒在身边的醉汉，发出跌宕的鼾声。无数双手从四面八方伸来，熟悉每一双手上的脉络与纹路。仿佛那些没有根的风，抓不住，撵着我奔跑。

尘世的麦芒，刺痛了梦，撵着我奔跑。

如果梦醒之后有破碎的声音，就让那些透明的碎片，填满我生命的残余和阴影。

我愿意。

耗尽我的灵魂，成为草叶上的一滴露珠，剥开夜色，焚毁着寻找活着的方式。

诞　生

吴投文

有了光之后，人类就从土地里慢慢出来了。

先是冒出了一绺头发，和草木混杂在一起，绿色的风灌满了天空。

接着额头长出来了，像一片新鲜的竹笋，一节节拔高，惊动了草丛中的昆虫。

出现了眉毛，像两片弯月，调皮地互相抖动，吸引了林中的兽物，使它们屏住了呼吸。

一双眼睛出现，从沉睡中缓缓睁开，充满了透亮的新奇，像宇宙泄露了它的秘密。这是一个丰富的世界，天上飞的、地上爬的、水里游的……各样植物绽放了茂密的五彩。一泓清澈的泉水穿过林丛，流向了远方。有时眼睛眨几下，就看见了天上斑斑点点的星星。

接着鼻子耳朵和嘴巴争先恐后地出现了，就有了气味、声音和语言。一朵花就有了芳香，林中就有了喧闹，也有了最初的命名。土地上的事物各归其位，拥有了内在的秩序。

脖子出现了，不安分地左右扭动，世界就变得更宽阔了。这时下了点小雨，林中的兽物享受清凉，都安静下来了。

雨水顺着胸脯流下来，经过了很久的等待，一对乳房出现了。饱满、圆润、清洁，在阳光下呈现出优美的弧度。这是自然赋予的尊严和生机，也是必须接受的赏赐，哺育就有了正当的理由。乳汁溢出了新鲜和芬芳，林中的兽物都露出了渴望的目光。

接下来是更漫长的等待，土地上的事物似乎停止了生长的速度，然而，肚脐出现了。这个从身体里冒出来的旋涡，充满了自然的幻影。它从不流泪，却流出了山水的神圣。

接着是一双手提前出来了。慢慢地举起，有十个手指，在阳光下活动自如。林中的兽物骇然四奔，躲在远处窥视，却见这双手摘下了一片树叶，遮住了肚脐下面的部分。

这片树叶还带着清晨的雨露，在阳光下闪烁着奇异的光彩。从春天到夏天，从秋天到冬天，这片树叶始终没有落下，风和雨，雪和雷电都没有掀开这片树叶。

然后是大腿和膝盖出来了。赤裸的，有如光洁的岩石，充满了力量。

一双脚终于出现。先是犹豫着迈开了一步，接着迈开了另一步，迎着远方的日出跑去了。一个影子拖在后面，带着时间的启示。

这时，土地上有了更多的动物和植物，它们载歌载舞，到处是一派欢乐的光景。在自然的乐园里，它们都有属于自己的快乐。

这就是诞生。土地上有了人类，万物的秩序充满了神秘，同时恢复了真相。

入　门（七章）

任俊国

孔庙的门很多。每次经过，都是心智的重新入门……

——题记

仰圣门或快乐启蒙

下午的阳光并不匆忙，与我们一起走在曲阜整洁的街面上。在槐树虬枝上，歇着积雪，歇着人间的素雅洁净的光芒。

柳树的精神还是那么饱满，以冬的绿意表示春天的崇高。

我们走向仰圣门，走向崇高。

此时，万仞宫墙上的青砖把阳光分成很多小方块。我想到《论语》。是的，夫子的每一句智慧言语都是青砖，建筑着我们思想文化的基础。

此时，仰圣门之于我的意义是学而第一，是心智重新启蒙，是远方重新启蒙。是快乐重新启蒙。

我抬起岑静的目光，看到宫墙之上和宫墙之外的万仞空间。

阳光穿过城堞。那里，一场雪刚刚完成人间温暖的对白。

牌坊或思无邪

我们怀着对诗歌的敬畏，走进孔庙，站在2500年时空外问《诗》。我们做不到“每事问”，谦卑又不及夫子。

所以，诗在远方。

所以，我们还在路上。

穿过金声玉振石坊，我听见风中的余音，如玉。

泮水桥后，棂星门拉高后来者的仰望。

我对高大的古柏肃然起敬，它们用更多的时间俯瞰大地，重视苍翠的示范作用和对环境的潜移默化。夫子也是一棵高大的古柏，我们的思想里流淌着他的思想。

站在至圣庙坊前，回顾太和元气坊所指引的精神境界和哲学方向，我不得不承认离登堂入室还有很远的距离。

眼前，一边是道冠古今坊，一边是德侔天地坊。在道德中间，我更多地想起论语中关于君子的诠释。仁，化为君子的人格，如同阳光化为万物的灵魂。

孔子论《诗》，曰："思无邪。"

时间已过午后，而我们的诗歌正在经历清晨。

诗与思，无邪而清澈。

我，感受到下午三点半时光的美好。

圣时门或蹈仁

孟子说"孔子，圣之时者也"。除了事关民族大义外，我们认为识时务者是积极的人生态度，是入世，是努力创造人间美好。

走过杏黄门洞，豁然开朗。过壁水桥，心有清幽。按从前的规矩，我们只能从仰高门进来。这一次，我们从圣时门中央穿越冬天，用平等的目光观察历史对夫子的敬仰。

时序，抢先一步认识了时务。

而我，选择重新从仰高门走过。我必须让仰之弥高留在心底，必须蹈仁，让仁成为内心坚定的信仰。一只鸟儿从眼前飞过，它所穿越的时光不在我的理解范围内。

古柏树干上的雪，贴紧在几百年的生命脉动之上。

而茂叶上的雪，将融化，将洗涤新的时间和仁德智慧。

弘道门或有朋自远方来

在弘道门的拱坡上，我们合影留念。

我们把身体靠近，也把心中的诗靠拢，阻挡岁末的寒冷。对于诗歌，我们有一箪食、一瓢饮、于陋巷不改其乐的态度。此时，阳光柔和，正化雪，也化心性。明天之后我们又各奔东西，保存这张合影就保存了一种温度。

诗的温度。

有朋自远方来的温度。

一群来自西蜀、西蜀以西，塞北、塞北以北，江南、江南以南，山东、山东以东的不同方言，保持同一种笑容的温度。

地上的苔藓，将无数次把这种温度返青。

夫子说，人能弘道。我们说，可以以诗的温度和方式启迪人心。

光阴从青瓦上，从柏树的翠绿上流淌下来，和我们一起走过弘道门。

于道中，我们寻道。

杏坛或闻道

未到杏花开时。

黄色琉璃瓦上的积雪悄然化了，浇灌杏坛周围的柏树、桧树、杏树和我们有些干渴的目光。站在2500年的门外，掀开雪水的帘。我们站着，而心早已坐下，与子路、颜回、曾点、子贡、子张……同席。

我看见夫子的沉思顺着雪水的线索，深入到杏树根里。

顺着夫子的思路，我们正努力以一树杏花的方式呼唤春天。在来杏坛的路上，走着商人、教授、医生、学生、军人、蓝领、白领……走着一场雪，正在洁净着空气、泥土，洁净着我们的呼吸；走着太阳的温暖，走着月亮的皎洁，走着被重新开启的心智。

在时间深处，我听见杏坛弦歌，如清风。

而时间，也正在赶来。

古柏或从心所欲

孔庙是人文之庙，更是思想之庙。

在崇高之地，必须怀着崇高。只有心灵在场，才有潜移默化。

此时，我想说的是自然之庙，由眼前森森古柏修建，净化着我们的环境和心境。它们所提供的氧气和负离子已进入我们的血液和情愫中。不言说而让人心安理得，是自然的崇高。

每一棵古柏，都是一扇自然之门。

正如夫子七十而从心所欲一样，百岁以上的柏树才有一种坚定和从容。人与自然，可以在同一个平台的交流，但都需要经年的入门修心。

有时，我们也需要以百年树木的耐心，不怨天，不尤人。还树木以森林，还精神以自由。

我不愿过多地提到古柏上的瘿木，尽管它们以龙凤的形式呈现，尽管它们契合了我们某种心理企求。

瘿木是病灶。我更多看到的是古柏更加强大的体魄和心智。

见贤思齐，古柏打开了另一扇门。

桧或言志

一棵桧树，撑开黄昏。高过大成门。

这是先师手植桧，不到 300 百年的树身，是从 2000 多年的老根上生发出的新枝。时间不老，大地不老，老的只是生命过往。我向往桧树下曾经的岁月和理想，“暮春者，春服既成，冠者五六人，童子六七人，浴乎沂，风乎舞雩，咏而归。”

夫子喟然叹的，也是我要喟而叹的理想。

桧木桃红色，有香气，这是人类理想的象征。

暮色四合，先师手植桧不再接受仰望，把我们目光指向更大的星空。

我想，宇宙种植一颗星星，仿若人间种植一颗桧籽。

十二行者（十二章）

苏建平

司马迁：在层层叠叠的图书馆里

从床上滚下来的那一刻，从刀下滑出来的那一刻，他做了一个决定：他要缩小，尽可能地缩小。

这来自于对宇宙的观察：星星们挂在天空，只是一个个小点。

在这一刻，他看清了自己的身体，看清了身体所来与所去的地方：大地。

所以，他选择了尘埃的命运。或者，尘埃的命运终于把他等到了。

在时间上，他走进了黑夜。他缩小为一个影子。这影子令他欣喜。

在空间上，他走进了一个坟墓：埋葬书的地方。现在他打算用这些书来埋葬自己。

他开始闻：竹简的味道，刀笔的味道，绳索的味道。新鲜的与腐烂的，各种味道交织在一起。

生与死的味道：他的粮食，他的血液，他的空气。

借助于它们，他忘却尘根。肉体的尘根。

可是他伸出手去，高及星辰，或远至天边，抓住了另一条勃动的巨大的根。

山川皆在胸中，人物皆在奔跑，事件正在重演。而文字和书籍，正在等待着更新。

寂静的时刻，神秘的启示跳进他的心，语言的潮水涨起。

他这样告诉自己：

他们习惯于灭根。灭根无损于他。他要自己创造出一条巨大的根来，给无根的历史续上。

他把这条巨大的根命名为：太史公。

这一刻，他成功地缩小了自己：躲进了太史公的影子里，化成了一个个细小的文字。

这些文字一直在人间游荡。

杜甫：在动荡又动荡里

他写过剑术，那伟大的公孙大娘，“一舞剑器动四方”，从形到声，剑都在昭示着功业。可是，那剑从不曾来到他的手中。

他写过策论，“致君尧舜上，再使风俗淳”，可是，宫廷仿佛海市蜃楼，那道门槛却不可逾越，它以人间的“低”否定了诗人的“高”。

他写过山河，“国破山河在，城春草木深”，可是，一切都跟那只鸟的眼睛一样，破碎的在加速破碎，使他的视网膜受到重压。

他写过白骨，“眼枯即见骨，天地终无情”，他否定这乱世，不仅钱币如纸，更是命贱如纸。他以“有情”唱这“无情”。

当然——

他写过黄鹂和白鹭，美好的小生灵，精灵般的小生灵，它们是如此无知，如此自在，如此地给了诗人一个宁静的时刻，尽管那么短。

他写过无边的落木和不尽的长江，时光简洁，枯荣也是简洁，像他翻过的一页页书，上面写着百年的多病，和多病的乡愁。

他写过伟大的李龟年，那时光，在相聚时藏起了面孔，一旦沧海桑田，便露出了时光的牙齿。诗人，或者音乐家，他们和万物一同衰老。

他写过草堂，在草堂，他渴望让脚停下来，可是，那脚走过的地方始终埋在他心中，没有停下过离乱动荡的脚步。他深知：那些苦楚，要加倍高于他自身的痛苦。

这所有的一切化成了他毕生的真理：

经历什么，便承担什么。

于是，他在人间种植诗歌，种植文字，甚至种植巨大的沉默。

正如无中含有，他的沉默中包含了所有的声音。

包括无声者发出的更为沉默的声音。

甚至这声音主要由它们构成。

兰陵笑笑生：在无名的存在里

他戴上了面具。

这恰到好处：隔着一道玻璃，他透视的事物无可遁逃。更为重要的是，他站在了人性的底线上。那是一条地平线，可是，像最稀有的东西，竟无人能识。

他走的路，是在深山。深山寂寞红。

其实，他的凡胎肉体，随便地浪掷在城市中，浪掷在曲柳小巷里。

浪掷的生涯，诗书在胸腹中，但他知道，他在等待它们结晶成钻石。而结晶，等同于炼金术。

他精通食，于是他在食中炼金，几吊几文，既轻又重，人间主要由它来衡量和称重。

他精通色，由色而金，他看到眼睛中、血管中、话语中、风雨中流淌着的梦想，这些梦想，在一些人是丝，在另一些人是麻，有时甚至是草。

城镇、街道、客栈、酒馆、府邸、民居、谣言、俗语、钱币、刀、酒、狗、猫、鸡、他、他们、她、她们：

——过来受命，

——变成了诗。

这伟业，是拆除众人面具的伟业，对众人而言，没有退路，不留情面。

于是，他简洁地戴上了面具，

化作无名。

在闹市中，他走在深山里。

他深知：唯有借助这无名，他才能放开歌喉，歌唱这人间的曲折，歌唱人间这不能言说的谜。

王羲之：在最优美的笔画里

风恒吹。光恒亮。水恒流。俗世的笔画，本就简单。生活令人安之若素，一天一夜，等同于一生一世。

在那个属于酒神的时刻：

他独自创造了新的世界。

张择端：在众生里

他用一生的时间，来表达一个时刻。

那个时刻，是一个表情的时刻，是一个动作的时刻，是一个想象的时刻，也是一个定格的时刻。

在这个时刻，他布局，他描摹，他勾画，他刻镂。

在这个时刻，他安排众多的声音，他隐藏众多的声音，藉此，他寻找更多的声音。

众声之中，饮酒者自饮，吆喝者自吆，哀愁者自哀，歌者自歌，笑者自笑，怒者自怒，而无声者永无声。

车声隆隆。雷声隆隆。万声隆隆。

这一切，在星空下，在大地上，在桥上，在路上，在心中，在不知所来与不知所去之上。

这些人，生活在所有的时间里。

尽管每个人经历的时间是那样的短。

这些人，这么多人，所站的地方，使自身发出了光。

众神众态均在胸中。他也把自己画了进去，画进了宇宙之镜之中。唯此，他使易于磨损的事物不再磨损。

他是多么小心翼翼：

聚集万千的目光，他描述了一个海。

冯梦龙：在卑微者中间

他拥有那么多的命运。

动与静的命运。夭折与存续的命运。被堵住的命运。行走在大地上的命运。被大地吞没的命运。被其他命运遗忘了的命运。总之，往低走的命运，在低处的命运。

这样，他把自己变成了嘴巴。不是一张嘴巴，而是复数的嘴巴，说着复调的声音。

那嘴巴讲故事，钢嘴铁牙，或花拳绣腿。有些沉于水，有些埋于墓地，有些流失在左右心房的空洞之中。

那嘴巴唱民歌，他的舌头千树万树，孢子飞扬，弥天漫地，抑扬顿挫。街头有一缕阳光，深山也有一缕阳光。这阳光加速着它们的繁殖。

那嘴巴说他们，用下里巴人来说，用深街小巷来说，用路途而穷来说，用低音和更低音来说，甚至有时用无声来说。

说成为他唯一的命运。这命运也是一种欣喜。

他站在旷野里。

白天，他用尽视力寻找躲在黑暗里的一切。

深夜，他层层剥开好让它们发出明亮的光。

关汉卿：在人间的扮演里

少年是一种伤痛。身份也是一种伤痛。早年他受到的教导是：人在屋檐下，不得不低头。

那是说：盐就该撒在伤口上。

伤口：溃烂，新生。从一个极端，到另一个极端。万物的辩证法在他胸中萌芽，滋长。

所以，勾栏瓦肆，梨园角落，恰好是呼天抢地的所在。

在这之前，他精于描脸的颜色，精于描眉的颜色，更精于描鬼的颜色。那来自于他的胆量，酒的胆量，高音的胆量，

以及欲什么无什么的胆量（注：欲哭无泪）。

他一生所有的灵感来自于这样的时刻：

六月，

飞雪。

他深知自己的才华，尽全力扮演一个矛盾的角色：

他把对人世间所能有的无限柔情，

全都塞进了一颗硬邦邦的铜豌豆。

陶渊明：在寂静的南山

美好的山。美好的水。

美好的老爷子。美好的老太婆。美好的孩子。美好的男女。美好的鸡鸭。美好的猪狗。美好的酒食。美好的小偷。美好的待偷之物。美好的村庄。美好的白天。美好的黑夜。美好的朝霞和夕阳。

美好的朋友。

美好的陌生人。

美好的菊。美好的秋天的菊。美好的眼中的菊。美好的南山前的菊。美好的注定要凋谢的菊。美好的诗歌中的菊。

美好的生长中的菊。

这美好的花。

还有这美好的桃花源，在纸上建成。

那几乎是一个秘密。

来自天上的秘密。由他偷来。

他歌颂这美好的一切，除了他否定的一切。

在这世上，他只否定了一样的东西：

网。

庄子：在哲学的故事里

死亡降临。可是他有手，有盆，有歌。他编织在云端的曲子。

人间太小，不能解释。

虫蚁太大，宇宙差不多尽在其中。

变色龙、枯叶蝶善于隐藏自己。从它们出发，他一给林中的树木下了定义。那定义如此简单，人世的嘴和手却够不着。

这样，他出了谜题，又带走了所有的谜底。

关于他自己，他只设谜题，没有谜底：

一只在所有季节、所有地方、所有梦境、所有虚构、所有语言里翩翩飞舞的蝴蝶，在神经质地飞翔，优美地飞翔。

苏轼：在球形的人生里

明月降临。山高月小，水落石出。

妻子死去，他把歌唱变得神圣。与僧同游，那酒通达天地，那船像一尾活的游鱼。

而英雄们，被他写在了水上。

甚至他把所有人的骨骼拆开，重新组装笔画和画笔，祭以寒食。

在别人加一分的地方，他减一分。在别人减一分的地方，他又加一分。加减成为他毕生的使命。

如此沉重，他便化成鹤，在球形天才的舞蹈中，以轻驭重。

于是，他稀罕地掌握了那唯一的黄金分割律：

万物所来，即万物所去。

曹雪芹：在未完成的路上

太多易逝的事物：像一条河，流动着又吞没着一切。包括正在生长的花草，凋落的叶子，腐烂的果子，甚至那一双双追逐它们的眼睛。

金子也会腐朽。银子也会腐朽。

那用金子和银子算计的日子，更易腐朽。

他开始编织一个舞台。他编织舞台上的一张网。他编织网中的一只只蜘蛛。他编织善良的蜘蛛。他编织恶毒的蜘蛛。他编织走投无路的蜘蛛。在这个舞台上，几乎所有的蜘蛛都走投无路。

他编织蜘蛛走投无路时的合唱。

而这，仍不能抵御生活的腐朽。

在京城，一个黑脸胖子酒渴若狂。他曾凭借风筝的手艺赚取银两。他的黑夜过早来临：

人心不过是石头。

石头却可以幻化出柔软的生命。

他把最后一件雕刻的手艺命名为“石头”。一颗未及完成的珍珠。

一如世上太多的生命，他在未完成中完成了时间。

鲁迅：在无物之阵之中

先生，您是否寂寞？——比寂寞更深。

那一定是孤独。——孤独还不够。

那究竟是什么？——这个世界太吵了。

您是说世界的声音太多？——事实上又太安静了。

这是您发现的矛盾？——世间总是词不达意。

什么东西令您厌恶？——也许没有。

您喜欢什么？——那比没有还要少。

可是您写了那么多事。——只是一块块黑夜。

您还写了那么多人。——那是一个个无物。

您的读者在不断增加。——但愿无中生有。

留守，湿透诗笺（组章）

春　霸

村庄，草草木木

蒲公英飘走了，碎落满地花萼，倾斜浑浊的眼睛。疲倦耕牛没有卸下牛梭，趴卧畦田里，是反刍？还是无奈？

缺水花瓣，蜷缩骨瘦枝干，比云，比梦更妄想。我饱噙两汪泪，空中缺少一片云。

抑扬顿挫的小桥流水人家，被海市蜃楼抽走芬芳和颜色。似雾，似烟，无觅处游荡。

一卷村庄随风跌宕。老茧双手，搬不动霓虹映楼榭，无法剪断，土屋绵绵细雨。

落花流水，无力奈何。陈旧窗户纸，焉能抵御恶风敲打老墙。谁的一阕词，渐渐蓄满泪水，洇湿了韵脚？留不住的一瓦朝晖，渡劫凄凉。

诗行斑斑，疯狂推助山岚酝酿风霜。留守，是被柴草烧黑的锅底。村庄，也有血；老墙，也有情；萋萋田垄，也蓄藏洪荒之力。不知道一牵愁丝何时能休止，满把胡麻也醉染橘柚。

柳笛，吹皱春意

不想拧成柳笛，那是扒皮的疼。

春梢柳笛一响，乡村静了。昙花一现的年三十，如飘落的柳絮，拉起坠腚的皮箱又被客车吞掉。

山没动，小池塘没动，还有村庄也没动。

田坡。背着书包或嗷嗷待哺的稻草人，如榨去绿色素的禾苗，战栗。

田野里狂草无约束地生长，多像留守的孩子，时光里荒芜明天的阳光。

除草人呢？浇灌人呢？玉米棵都知道，紧紧地搂抱自己萌发乳牙的娃娃。

春雨，冲得沟壑纵横，都挂在孩子的脸上。风吹落的绿叶，散乱的风中起舞，我想起了孩子们的衣裳，更想起迷茫的目光。

春泥，只有春泥，落下此时的幻想。春意皱褶的声音，蜷缩在衣缝里，越来越低微。

紫花地丁、空心莲子草、拉拉秧，淹没了弯弯曲曲的乡间膝盖。

乌鸦在树杈鸣叫，我知道，它叼衔一只迷路的童鞋。

乡间，那花朵

田野里花朵幸福，就是寻觅一个有阳光的高坡，盛开一辈子。

青藤攀缘篱笆墙上，花骨朵从娇柔，一夜之间变成骨骼。没有月色和阳光。留守村庄，风霜雪雨就是上了弦的表针，只管走，别停顿。

花瓣，插上门闩孤独，拉开门闩也是孤独。别处流淌诗意，此处流淌水渠。

拍打了拍打“囍”字灰尘，都在民谣或者记忆里。辘轳、家畜，还有刚扎三颗乳牙的孩子，才是看得见，摸得着的梦呓。

留下来，留下来的红、黄、蓝、白、紫，总是缺斤少两。隐忍村庄的干瘪，难隐忍毒蛇和蜈蚣疯狂。

花，一朵花，两朵花，三朵花，散漫地点缀田垄里，似脱去羽毛，待炖的凤凰。

芬芳和颜色，流淌在镰刀的锋刃上。

夏天，爱情的第四段落

潘丽萍

1

清晨，从一场梦的冷暖开始。

鼻尖翕动着凉凉的气息，吹散了睫毛上未干的晶莹。心事犹豫着，敲了敲门，又继而退向远处。

窗外的芙蓉树上吟咏着昨天的记忆，粉红色的诗句，赤裸裸在树梢上，虚拟地摇摆。

藏匿着的心事，被风剥落了衣衫，吹落到了地上。

谁捡起了断线的故事，在那片葱茏而起的浮绿上，清了清嗓子，从新的一章开始。

2

做梦是女人的天性，男人的梦都太真实。

爱与不爱之间，边缘模糊不清，如同江南水乡的小楼，应有的黑白分明，却因着水汽的氤氲，恍惚了界限，惊艳了水彩画里那半纸的淋漓。

光怪陆离的小径中，少了鸟的嘈杂，连每天蹦来蹦去的松鼠都潜起了行踪。人都不见了，影子却在，彼此说这话，谈着事，拉着手，并着肩，铺在落满松针的路上，摇摇晃晃。

突然，一个惊雷，树叶和尖叫一起跌落在了地上。他的手，拂过你的手，透明着远去了。

岁月如歌，此刻，却蜗居在一个乐盲的心里，渐渐老去。

3

雨没下，天阴着，乌云排列着队形，天空如此狭小。

几只麻雀，躲在了心里。空旷着的窗台上，落了几粒种子，春天走了，夏天还没来，风徘徊着，不知道从哪个方向进来。

往事狡黠，汹汹地绿满了台阶。垂挂着的帘栊，隔断了叙事的节奏。你来了，远远地，繁盛的桃花遮住了你的脸颊，如同静夜里点燃了一支红烛，光芒藏住了暗影，只留你一人在那首诗的边缘徘徊。

静看，旧城里，人往人来。

4

身边放着一本书，上面的字符，是你的笔迹。

横横竖竖间，你终于想起了从前，偏又忘记了自己，拼命找到了出口，却又再次回头。

不见了的爱，你要怎么带走？

风吹来，一切喧嚣都化为尘埃。半空中飘摇着的，是最珍贵的记忆。那星星点点的爱意，在时光中回眸一笑，瞬息皆无。

书翻开着，第一段的甜蜜不见了，第二段的誓言不见了，第三段的相守不见了，你疯狂地翻犁着所有的幸福，落英缤纷的纸上，一片空白。

只这第四段落真实地存在着，纠结着的疼痛，狠狠地血刃着那已海市蜃楼般的现实，看得见，摸不着，堆积在文字里，用血把来时的记忆一点一滴渗透。

夏天，风雨茂盛，遮住了空洞的眼神。

爱情，第四段落，碎了一地，疼痛难忍。

纸上光阴（组章）

李秀英

老树枝头绽梨花

唤醒一棵老树并不比唤醒一块石头更容易。

一株老树，面目僵硬而又丑陋。

当它眺望夕阳时，它觉得自己已日薄西山。

当它聆听北风的呼啸时，它觉得自己已轻如鸿毛。

当它看到身边的花红草绿，它想起了自己繁花满枝的青春时节，想起了自己硕果累累的中年时光。

但是，它现在老了，心力交瘁，只等生命的汁水一点点风干，只等最后的轰然倒塌。

偏偏有暖的春风！

春神撮口呼，撮口呼，好像在不厌其烦地说——亲爱的，你可以重新来过！完全可以！

一株老树，终于抽出了新芽。到了开花时节，枝头居然开满雪白的梨花……

貌似简单，其实几近挣扎——若非春风度，颜色何人夸？

安置一朵木槿花

首先要给你配备一个祖国。

祖国于你，就是一片土地，可以面积不大，但不可以没有自由的空气和深厚的土壤。

把你安置在菜园的栅栏边，你就是田园派的隐士高人。

把你安置在边关沙漠，你就是点燃将士们思念的野火。

准备好浅褐色的枝干，点上几个斑点。没有真实的支撑，美丽就是一派谎言。

准备好绿叶的陪衬。风，使它们的正反面得以区分，但正面不抢镜，反面不背叛。

然后，让木槿花开在枝端。或许，每一片娇艳的花瓣上，还要准备几条柔韧的筋脉，花瓣的边缘或许破碎，或许褶皱，让一朵木槿花来阐释生活的辩证法。

不要说，一朵浪漫主义的花遭遇了现实主义的风霜，恰恰是这风霜，成就了这朵花的真实命运。

生命就是这样获得了尊严，也获得了人们的敬仰。

一朵孤独的荷花

这朵孤独的荷花！

没有“一风荷举”的盛况，也没有蜻蜓立于小荷尖角的情趣，没有鱼戏莲叶间的热闹，这里，荒凉的沟渠里只有它自己。

一朵荷花要忍耐的不仅仅是脚下的污泥，更多的是辽阔的孤独和无人能与诉说的寂寞。

秋风渐紧，大片的荒凉正赶往生命的舞台。

然而，它依然不慌不忙地打开花苞，让粉色的花瓣妖娆无比，嫩绿的莲蓬孕育着莲子，让花香弥漫。花事里需要什么，它就一丝不苟地献出什么。

它不屑于更多的人来围观。它靠孤独养活自己。

等风来

四月。榆树摇曳着沉甸甸的枝头，让大片的绿在艳阳中闪亮。

有些瘦弱的花草树木在嫉妒她——那大串大串的翡翠呀！有些鸟雀在赞美她——那曾经以之果腹的岁月呀！连同路经此地的人们，也在她的树荫下停一停，看一看，让童年的回忆像潮水一样漫过脑海。

然而，榆树微笑着，摇摇头。她在等待一阵更强烈的风席卷而来。

她从容，坦然，像天下所有饱经沧桑的母亲，任时光一点一点地漂去容颜的美丽。果然，那曾经的翡翠褪色了，变得枯黄，甚至灰白，而内里的种子却越发饱满了。

“呼——呼——”那阵风终于呼啸着来了。他是那么强悍有力，像父亲的臂膊，眨眼之间就把树上所有的榆钱掳掠殆尽。

她流着欢喜的眼泪，笑了。她的每个孩子挥动着小小的翅膀，乘着劲风飞向了远方，开始了一次美妙之旅。

乱　码

初春时节，绿油油的小檗丛中竟然夹杂着一两片橘红的叶子！细看，还有许多小檗的叶缘，变成了灰烬的颜色，已开始走向死亡。

时光的河川，总有些逆流行走的生命，它们握有自己的生命密码，别人无可奈何。

我迷惑的是，在宇宙的铁律面前，生命可以抱持一种怎样的信念才可以规划自己的生死荣枯。

当隔夜的荠菜在一夜之间开出菲薄的白花；

当十一月的紫荆，抱着小小的紫色花蕊，凛然开放于树端；

像金秋十月，一阵冰雹突然袭来；

当生活中一些人“宁可枝头抱香死，不随落叶舞西风”……

是了，他们以一种新的秩序观来颠覆经验主义者的世界。

启　悟（外四章）

马东旭

不忘初心即是返回生命的源头。

生命的源头是什么？

什么也不是。

是虚无，是一种无息的清净。比如我的源头是申家沟，它清静又无为。天蓝得可以用来裁衣，水清得可以用来供养菩萨。我能感知每一类物种活得都有尊严。比如草长莺飞，牛羊按时归栏。当我荒莽时，我可以奔赴青岗寺，我相信举头三尺有神明，我双手合十，在敬畏中回到原初。

回到朴素的真理。

我们消逝了，真理永恒。

此　刻

此刻万籁俱寂。

悲伤是体内的殿，孤独是另一个殿。

在托格拉艾日克，我有滚烫的汗水，双手长满茧花。它们痛苦地盛开。

我最眷恋申家沟，和申家沟的十字架，及其上面的白鸽。父亲在三月的故园，把日子过成一株艾草，即苦涩，又苦痛。有时把日子过成一束光，是因其礼拜时洁净的恩泽。我依稀看到大风吹过东平原，一只蚂蚁，犹如父亲更紧更紧地抱着枝头悲喜。

槐花不落。

但我们不能遗忘。

我们都是黄金经卷中不可涂抹的一页。

想念父亲

父亲，土地是你恩宠的一部分。

我和母亲是你恩宠的另一部分。六月的申家沟，田畴开始吐出绿玉杖。哦，那是一根根绿色的骨头支撑故土的屋宇。

此刻，静默的穹庐。

就是我的孤独。

它突然裂开，长出更多的孤独。

在黑夜与白昼之间的全部时辰，我迷恋远方，并阅尽远方的苍寂。但不能忘记埋首土里的父亲——他蜷缩的人生的平凡与伟大。我多想借着央塔贝克什的风，吹去其脸颊上的尘土。

泛着黑色和黑色。

申家沟，与神最接近的地方

拥槐花的清香入怀。在人间四月。

但我们身陷泥淖，像浸泡于农药中的果蔬。身子还能开出自在之花吗？唯有手持经卷，将一颗素简之心融入清净的圣乐。

我们追赶孤独的神，与神絮语，并拽紧神的美丽的璎珞。

我们在精神的圣地东平原，日日耕作。悲伤的深潭，高于麦田苍寂，但低于神祇。所有的涓流匍匐成祈祷的姿势。

草木，了无挂碍。

牛羊，怡然清净。

穿过雨幕

我看见了树上的神。

我看见烟火是静谧乡村的一部分。我看见摇曳的果实闪现在苹果树的枝头。穿过雨幕，我仿佛穿过清晰的伊甸园，谛听圣乐。此时，雨水在草缮的屋顶歌唱。我不讨论粗鄙的屋顶，我只赞叹我们活在神的庇佑里。在恩泽的土地上，播种麦子，是一种至真的欢愉。

隐于东平原，更多的时候我练习禅定。

但不关心人类。

因人类是人类自己多余的渣滓。

酒杯斟满夜色（外三章）

谭清友

潜伏的思想，开始露出水面。

由于一点、两点、三点灯火的诱惑，我正把伤痛掩埋；由于纯净的酒香，我不得不紧紧地抱住夜晚。

一杯酒，装下瞬间的宁静，也装下人生无尽的感慨。每一滴酒中，都看得见人的正面与背面，看得见笑容在眼角拉长的虚线，看得见愁苦的犁沟，在额头深深浅浅。

今夜我情不自禁地把酒杯斟满，因为今夜，月在天空，自由自在的圆；那些不摇不晃的树，每一片叶子捧着月光，相互诉说着爱。近处，高高低低的楼房，远处，高高低低的山。夜啊，这是谁的创意与安排，让我在这一刻，抚摸幸福。

体会珍贵来得如此简单。

夜色在酒杯里涌动，我却端坐，端坐成永恒的禅。

秋雨未停

秋雨不停地下，使得万物，都剩下一种忧愁的表情。

街道空空荡荡，偶尔驶过一辆汽车，仿佛也像潜逃一样，去向不明。

我翻开一本诗集，字里行间，也全是一片雨声，湿了的不仅是作者的感情，而且还有仅有的宁静。

我合上书，闭上眼睛，任乱箭似的雨，射穿时间。我不会疼痛与呻吟，许多遭遇，让我读懂了人生。在雨天，你要耐心等待晴朗；在炎热，你要寻找一片绿荫。而承受的煎熬，就如你正在穿越一段艰难的路程。

秋雨未停，面对嘀嗒的雨声，我不再焦愁，我收回了看雨时，那双惊慌的眼睛。

空巢老人

咳嗽声使夜晚又多了一个洞。

炊烟很短，夜晚很长。

大门打开，像张嘴，嘴里空洞地衔着坐在门槛上抽烟的老人。

半夜常常惊坐而起，呼唤着儿女的乳名。

捡起秋天的一行雁叫，把一个个日子，掐成指节上，深深的伤痕。

望着一个方向，望疼的，是一个假想的身影。

风，吹起来

由于草木的摇晃，我知道，风吹起来。风，吹起来，很多尘埃和落叶的惊慌，也扰乱了视线。我行走在风中，知道很多时候，宁静很短暂。于是，开始忘记风，开始思考，整理凌乱的记忆，猜测道路该在哪里拐弯。

是的，有时的风会掀起河里的波澜，会把树枝折断，仿佛不可一世，但风也有被大山撞碎，连碎片也看不见；但风也吹不进内心，内心依然山青水蓝，碧空一片。

风，吹起来的时候，我们需要镇定，镇定得如一块巨石，任风只擦过表面，而心灵仍旧是自己的世界，仍旧燃烧着自己的火焰。

风，吹起来，我没在风中，我安然在风之外。

尘世物语

徐金秋

一棵树

都想做一棵树，你做到了吗？想想这一辈子。

它就是一棵树。这样的树还真不少，路边、原野、坟地和你眼睛之外的。至于，古树、风景树、名贵树、悬崖上的树，太多的人提，我就不提。我只提像我们一样平凡的树。

我不想说一棵树有多大的胸志。不开花，或不结果，行吗？少一点行，一辈子不要，难。很难上“青天”。西方人喜享受过程，中国人喜看结果。春天来时，你在做什么，秋天来时，你又在做什么？属于你的那些时间都去哪了？

用“顶天立地”形容过分吗？阴天、晴天、雨天，它都在擎。还要坚持每天向前伸一点。手伸向苍旷的上空，脚扎向坚硬的土地。那些微不足道的进步，那些细小而平凡的时光，你看到了吗？

雷电来前，风扯着大嗓门喊痛；洪流来后，某些岸堤溃败得一塌糊涂。一棵树铁钉似的钉在那里。

都在忙呀，奔跑，汽车、房屋、马路、金钱、空气、表情。站在大路旁，路就在你脚下，为何不跑？老是站在那里一动不动，碍人眼了，就要招砍，被车撞了，你不烦，人家还烦。

满世界在跑，就一棵树不跑。它念着老屋、村庄、土地的旧情。这个世上，你不念别人，别人会念着你吗？你一留下来，等待、守望、怀念，不再是虚怀。

雪来之前，是一棵树必然的欢呼与狂舞。挽着北风。它对雪说，抱紧我，抱紧我，我早就不想看时间的狞笑。雪就这样与一棵树单纯地热恋，纠缠。其实，真爱就是这样开始，哪怕只在一暮一朝。

长成高高的大树？究竟有多高大？这不是一棵树的最终目标。它要攀越死亡后的再次升华。可以这样说，一棵树的死亡秘笈是成功。成功的幸福指数是一艘船，一张床，一把椅，一只盆……

终于不需分分秒秒都站着。可以展开洁白的翅膀飞一次，或安下心来躺一次，坐一次，蹲一次……

一次足矣，就是不喊疼。

种　子

——都说我不会老去，我的心永远是零岁。

暴虐再一次袭来，不留一丝退路。

它抱紧春天，又硌痛了冬天。这柔软又坚硬的身躯一粒小小的种子。

不论高矮、胖瘦、美丑，或残缺，都要把自己真真实实地展现出来，从不遮掩。是肥沃还是贫瘠，是高山还是低谷，都要同在一片蓝天下接纳阳光雨露，或干枯寒冷、坚硬漫长的黑。

我们多么需要一颗种子的心！

种子是植物的心。心统领着整个世界。心坏了就不再发芽了。

秋天来时。风吹着植物们，摇曳着种子的小铃铛，互相叮嘱，相互祝福。一定要好好的，明年还会再见，相牵或相爱。呵呵。

秋天要走了，所有的痛都由种子来承担。眼睁睁地看着叶子落下，果子被人摘走，藤蔓枯萎死去，有的被连根拔起。种子忍住悲伤，承接前辈们没有走完的路。

蒲公英被风吹散了，它的心还在，依然完好。有谁将丢出了的还能够完整无缺的收回？当然是种子。

春风吹，满粮仓是驿动的心。它们早有计划，枕着春的梦开始窃窃私语，说出各自的理想。有的是一棵参天大树。有的是一株小草。有的是一朵花。有的心甘情愿做一坨丑陋的小疙瘩。能长什么就长什么。是什么血统就是什么血统。该是梨子是梨子。该是桃子是桃子。意志清醒，决不混沌。变异的全是人类所为。

它们觉得只要有土地、雨水、阳光就是幸福。比待在温暖的室内要幸福。无论境况如何，一定要抱负理想。远走他乡，或被遗落沙砾和屋檐下，即便是装到袋里的蒜瓣照样发芽！

自己解开自己的束缚。自己做自己的主人。所以一站出来就是一个人。

有大大的头颅，直直的腰杆。然后不断向人伸展。最先伸出两只手掌。这手一定有寓意。要生存，要顶天立地，就靠自己的双手。有了手，没有什么不可及。勇敢地伸出手，世界就无限大。

这手其实就是平凡得不能再平凡而又聚满阳光雨露的两片叶瓣。叶瓣还会长出更多的叶子，还会长出健壮的枝干，开花、结果，再结子、子生子、子生万代。大地无比繁荣昌盛。

大地上那些红的、绿的、白的、黄的、紫的都是种子描绘出来的。描绘高山、田野、村庄，总之都是祖国大好河山、美丽生动的景象。那些画家们都是借鉴它们才有了艺术灵感。种子却谦虚地说，其实，都是阳光的作用。这个世界没有阳光，哪有生命和色彩，分明就是一片黑暗。

种子不仅会描绘，还懂得折叠和收藏。

折叠日子和天空。冬天来时，大地的美景都被它们收藏起。那些春风，那些色彩，那些火焰，都去哪了？其中的玄妙就在一粒小小的种子里。是春天打开了种子，还是种子打开了春天，很难说。没有色彩和灵动绝不是春天。

一粒小小的种子就是这样，能大能小，能伸能屈。

一粒小小的种子，好大的世界啊！

种子是爱做梦的，做了一季又一季，它知道有梦比无梦好。梨的种子梦见最初的那场大雪。南瓜子梦见在炎热的夏天面临肆无忌惮的赤腰蜂吹着大喇叭。石榴子梦见美丽的少女。葵花子梦见太阳。草子梦见绿的海洋。无名子梦见自己穿春天的花裙载歌载舞。它们知道有梦就不会轻易老去。冬天老了，它们不会老。它们整个整个冬天在做梦。是关于春天的梦。

酒

酒，从五谷杂粮精心酝酿出鲜醇度的那一刻就注定会用来表达某种情感、礼仪、文化的高度。尤其在中国，酒文化最显丰富。

一种红葡萄酒。就因无人调试出它诱惑的醇红和余味无穷的口感才会流传世界。尤其受女性青睐。女性喜欢它的浪漫、神秘、高贵、典雅和韵味。它是散发着女性温度的酒。

那种能调试出女人韵味的永远只属红葡萄酒的一种。

一种本无颜色的低度酒。也是一种叫不出名的酒。它只有站立在一种酒吧柜台上任调酒师尽情挥洒，才能摇曳出五彩缤纷和各种好听名字的心愫酒。它最能抒发城市人内心世界，是高度文明的标志。什么风情夜话的场合，哪也不想去，就让一颗寂寞的灵魂，氤氲在轻缓的音乐和那有色彩的孤独，对白一种斑驳不堪的忧伤。

一种极具男子汉血性方刚的烧酒。此种酒向配与血性男儿对答。掌握它的雄心尺度，不会烧人。只有人烧人。武松连喝十八碗只身将恶虎拿下。李白拿烧酒当歌饮出诗心一泻千里。项羽向以此酒助兴力拔山河气盖世。三国三兄弟借酒誓言桃园结义挥洒豪气名传千古。

一种原汁原味的酒。原汁得散发稻谷香，还有泥土香。父亲常用暴突青筋的手端出它，乐呵呵地招待他的父老乡亲，自己是不舍喝的。村里人也一样，除了红白喜事端出敬奉客人，其余时间是将之密封起。村里人喝此种酒从不喝它的价位，只喝它的醇度和诚度。边喝边聊边啧嘴，不舍滴漏丁点。喝了两杯此情此景的酒，明日就可称兄道弟，“你放心，有什么困难只管说一声，只要我能做得到的”。

一种昂贵的酒。很多时候无法用价钱来衡量昂贵。因此它常被端坐能容珠宝的匣盒子里。它很少能放下架子见人，可是却有很多人想见它。倘若见了人，也许一夜私话就会泄密。含蓄、谨慎、高贵，好像都与它有关。此酒，向来是被束之高阁的贵族。

叶　子

一生只说一句话。尽管贮有满腹的话。如春天的，夏天的。

每片叶子都是美丽的词语。水样柔软丰盈纯真。希望样疯长向上延伸。可丰富干瘦的枝丫，填满整座森林。

它就是不说。它让花说，果说，小鸟说……

直到涨到满脸绯红，才敢大胆拥抱向大地：我是多么爱你啊！

一生只爱穿一种色彩的衣服。军色的。是站如松行如风的军人的风采。风雨来时宁可折损自己，也不改军人的本色。此本色一旦注入生命，一个人就守住了一生一世的誓言。鸟和花喜欢此种颜色，多彩的城市同样喜欢。

当哪天发现穿的不是自己的衣服，它会以生命来相许当初的誓言。纷纷死去以求获得重生。

一生只守一个家。春光满园。仿佛一夜之间将爱的绿意一起喊出来。然后各自长着自己的模样，仰着，侧着，反着，正着，互相谦让，谁也不挤掉谁。然后又同时喊出：伞字，心字，圆字。暴风骤雨来临，它们又一起喊出：一，二，三……一只手，两只手，三只手，千千万万只手，手牵手，一起伸出。守住。

叶子，绿色的叶子。生归一，死归一。这一生，喊得最疼的字是根！

狗尾草

一辈子背着故乡与童年的名字。在乡土的气息里摇曳。

许多年过去，仍然听到它喊我的乳名，讲一个乡旮旯里老头的故事。

乡风吹醒，乡土喂养。它只会长着乡村狗尾巴的模样。就像一个人一辈子改不了自己的国籍。

多么富有情感的尾巴！轻轻摇了摇，和隔壁慈祥的阿婆打了个招呼，再摇了摇，亲昵地撒着娇，摇啊摇，领着乡村的孩子捉蝈蝈。

乡村大片大片的狗尾草，那么多动情的狗尾巴！

躲在荒芜中卑微的生命，没有花开，没有秋实，比其他草儿多伸出个大大的头颅，只为争得一个狗尾巴的名！

深秋一场猝不及防的秋霜，它和其他的杂草一样有逃不过的宿命。一夜白了头。

村庄的狗还在汪汪地叫着，它只会佝偻着身子向大地鞠躬。

村后的坡地

任　蒙

这片坡地，是我乡下小村背后的山野。

这里的每块田垄，每座池塘，都曾经被我翻耕过，刨挖过。每个冬季，我回到小村，都要到这里漫步良久。

枯草，秃枝，寒冷的北风轻轻地从冈上吹过。

只有菜地是绿色的。

春节前的小村孕育着每年例行到来的喜庆气氛，但孤寂的坡地却毫无所知，好像距离村落千万里之遥。

一年又一年，这景象从未变化过。

每年，我准时来到这里。

每年，寒冷枯败的坡地也总是以这种景象，准时地在这几天迎接我。

可我知道，地上发黄的草丛不是往年的，那半塘半塘的池水也肯定不是往年的。

但是，那三五只喜鹊和灌木中突然飞出的山鸡，还是我去年见过的么？

小村早就起楼了，太阳能热水器也架到楼顶了，可小村老了。

坡地也老了，整个山野好像也在变老。

这就是我们不抱希望，却又寄予无限希望的这片土地。

当年只有两三户人家的小村，走出过农学院院长、国企高官、医科教授，也有我，一个下岗的干部、却不肯退休的作家，还有十来个高校学子。

我们，他们，都不会回到小村来了。

只有在每年这个时候，相聚在这里。

然而，年逾八旬的老父老母还在小村坚守着，还有一起坚守的喜鹊和老槐伴着他们。

每年，他们期盼着我们归来，给小村带来欢声笑语。

还有许多的野雀，聚集在枯枝上，像枯死而未落的树叶。你还没有靠近，它们就哄然散开。

哦，它们期待的不是我们，而是春季的到来，期待春风吹回到这里的坡地，吹回到这里的山野。

凤凰花及其他

步　缘

一

凤凰花，犹如我童年的苦楝花。

我回到童年时代，父亲赶着牛车，将整个中午和阳光装在车斗里，而我，坐在洋溢汗臭味、牛粪味的物什上，赶往流淌着乡村汗腺的山坡。

那长满绿意的庄稼，换来的银两，成为我继续捧书夜读的机会。

父亲将苦楝树的芬芳，带到地里，正如我将父亲的汗味带到学校一样。

二十五年，我和父亲坐在城市的臂膀，与凤凰花对视，父亲喊我的乳名。我差点喊出小黄牛的昵称。

城市多么像农村。

相隔二十五年，我和父亲，从农村到城市，顺着乡路的崎岖，我们给那远去的家乡，留下了永不磨灭的脚印。

父亲说，那凤凰花多么像老家原来那几只公鸡的鸡冠。他说那香喷喷的白切鸡，总让人想到夏日的午后，有雷剧的传唱，也有知了的弹奏。

尘土飞扬的粤西，因白切鸡的鲜美，显得更加讨人喜爱。

二

我陪他找寻简陋而富有乡情的农贸市场。我们穿过一排排工厂，看到许多乡亲似的面孔，正挥汗劳作。那刺眼的白炽灯，如乡下的烈日，炙烤着庄稼，也照射着父亲的脸。

父亲沉默着，一切都安静下来。

我在沉默中，又看到几棵凤凰木正将鲜花顶在头上，如父亲二十年前，用宽阔的肩膀扛着番薯和大米。

父亲常常这样扛着大米，跋涉在二十五公里的镇上，为我换来粮票。我在中学校园，看到父亲的脸上，常挂着汗珠。从乡下带来的大米，和汗珠如此相似。乡下的气息，凝聚成米粒，在乡镇中学，令人感到亲切。

于是，我想到少年的春天。他带我向前，奔波。每天，乡野上，都有他劳作的身影。周末，也常有我的小小脚印，嵌在田埂上，顺着小黄牛行走的方向。

三

我们在铁棚旁停下，父亲惊喜地发现乡下的猪肉、牛肉，还有悦耳的乡音。

五月的阳光开始变热。

父亲操着方言与肉贩拉起家常。

他似乎在乡下赶集，兴奋地向微笑的肉贩逐个打起招呼。

他问起盐场老乡，也问到那里的天气和粮食。

又有凤凰花，射出火红的光芒，激发我的联想。

四

父亲拎着牛肉、排骨，像一位赶集的农民，更像从田间收割瓜菜的农民。

他微笑着，说以前这个时间，该在地里耕种，该在地里的树下乘凉，然后与庄稼唠叨天气。

我们往回赶。

又一次奔跑在路上。

我告诉他，那一幢五层高的厂房，曾是我追梦的地方。那里的无数个午夜，我曾写下一沓青春的诗行。

父亲说，家里人奋斗过的地方，总很眼熟，像田地一样充满想象。

我想，这又是因为凤凰花的缘故。花开，告诉我们又一季节的到来。

我们驱车回家，我轻踏油门，如父亲鞭打黄牛赶路。我猛然想起，父亲在猛打黄牛时，牛车上的父亲多么像电影中的英雄。

聆听一粒阳光的呼吸

李朝晖

聆听一粒阳光的呼吸

蜂飞蝶舞，聆听一粒阳光的呼吸。

谁来抒情纸上春秋？唤醒呓语，手握丁香花开的幽静，与季节对饮一杯，醉眼看风霜雪雨后，凤凰涅槃。蓝天下，云在聚散间逍遥。

一粒粒尘堆砌起山的高度，一滴滴水汇聚成海的辽阔。

一个个日子的节拍，迎合编钟的清脆。白帆点燃起曾经搁浅的豪情，眼眸里有雪的浪漫，折射岁月光线，五彩斑斓。

思绪走过记忆路口，箭头的指向清晰。词牌如水般诵念画外音。

翘首的诺言以简朴的方式，放飞一枚纸鸢的梦想。

三两声鸟语婉转，吟唱迷人的花香。

一幅青葱的画卷顺势展开，弹奏生命乐章，与你我和鸣。

且来一次心灵的旅行，褪去虚饰与浮华，以青铜的质地与月华对坐，回归最初的自然。

让一枚字词的雀跃捡拾起梦想，阅读的视线，审视重叠的时光。

而破茧的故事装点语言背后的风景，在心跳的律动里，听懂了风里蝉鸣。三月桃花，四月梨花，五月的玫瑰与六月的荷莲，触摸美妙笛音。

于是会心地一笑，光明的轨迹延伸向四面八方，消融了体内的寒冷。人间烟火渡我步入情景，清纯寻觅的从容。

于是打点起行囊，晾干被晨雾淋湿的激情，再一次启程。

歌舞里完成自我救赎。

远方，已有一朵格桑花的微笑。在为波澜留白。

瘦小的村庄

从记忆深处爬出的，是日见消瘦的村庄，在时光里颠覆昨日的平静。

而随目光塌陷的老屋，空留下门楣瑟瑟于风。

山水纠缠失落的身影，谁来聆听夜色的呼唤？时间的隐喻碰碎了文字的修辞。

先于岁月沉寂下来的日子。撩拨故事的情节。

透过树杈的光斑收藏起想象，一声叹息淘洗文字的惆怅。

雨已落下。寂寞掺杂孤独，在一滴水里晶莹过往。

没有结局的结局饮尽醉意。

梦境的主角

是谁点燃了记忆的引线，让月色在午夜如此的温柔？

风吹过远方之源，带来昨日的影像。随流水泛起波澜的一枝桃花，与季节无关。

曾经被雪掩埋的草子，已在春风里摇曳绿色的焰火。

七月的荷塘，轻嗅荷香，醉了凝望的眼。

我可是过客？

场景合上帷幕，观众散去。

散落一地的兀自收拢着一个个字词。想象停靠在港湾，卸下的风帆，等待张扬的时刻。

尘起尘落，驻守最后的澄明，谁将成为我今夜梦境的主角？

午夜碎语

让梦境在夜色里接受最初的洗礼，画一个十字，延伸的视角走出孤独。

时光掠过烟花的繁盛。

时隐时现的独白，镶嵌进昨日的承诺。季节一张一弛，素描步履的抒情。

星辉掬起丁香的幽静。

解开故事的暗锁。添加日子的偏旁与部首。抵达彼岸的潮音，将与谁的相思共鸣？

随手画出一圈圈年轮。山居秋暝里逸出的月色，醉了今夜的缠绵。

卸下面具，卸下浓妆。

灯火的阑珊与一滴雨对话。执起词语的召集令，为一场膜拜找寻归处。

花已开，花已落。怀念的旧梦漫过庭院，蛊惑记忆的彻骨和销魂。

岁月的栅栏不堪一击。

且给流云一个停靠的理由，托起想象。暗香泄露出太多的天机。

泅渡月色

风的柔情在月色下似一泓池水泛起涟漪，如发垂柳在荷花的幽香里沉睡。

细碎的脚步，惊扰了一声蛙鸣。

你在五月泅渡月色，牵引我的视线，来到江南，完成前世约定。一个日子的音符开始在素洁的宣纸上描摹。

洇染今夜的氤氲，清淡的笔触，勾画一生相拥，接触阳光的温暖。尘封俗世的烟雨，梦境的视角。看破茧成蝶的飞翔。

臆想一个邂逅的场景，听蝉鸣的旁白。

一些汉字开始组成诗行，韵脚指向时光深处，那是你的所在。

一声呼吸的平仄，清点醉意的缥缈。星辰静谧的微光，聚焦记忆的空间。

一个童话的故事定格意念的旖旎。

今夜，我不是过客，我是你梦中的王子。

萤　火

叶青才

1

你一点一点地越飞越高了。

越过几代人的头顶，在夏夜清凉的夜空中成为一颗亮点，直到如今，季节依然因你而生动。

飞翔的童话，纯净的游戏，在孩子心中闪耀，并寻找它曾经的乐土。

2

故乡的门楣在老朽，一盏灯就是一枝栀子花。

萤火初照的夜晚，蛙声渐起，整个乡村在送一个人。

一些人在夜晚离去，一些人在夜晚走来，萤火照着他们生前或身后的路。

微不足道的亮点是心灵本身的光。

3

沿河边走。

水声泠泠，菖蒲茵茵。

弦月在上，萤火在下。

这时候，自己跟自己说话，思绪纷纭，人却清冷得像一颗卵石。

行走的人只能在水里照一照自己的身影，如同流萤只能打开尾灯，它一辈子不准备把灯拿到眼皮底下或头顶之上。

良言的灯火首先照亮别人。

4

如囊萤，如映雪，千古佳话，现在却没有了生命力。哪个孩子的眼前也都不缺一盏灯，万家灯火里，好些电子游戏在诞生，好些历史故事在死去。

夜空已经被缩小得跟一只鼠标差不多大，许多思想的小鱼都罩在同一个网里。

5

我爱过的人，你是我的一盏灯，可是我一辈子也没有抓住为你添油给你充电的机会。你越飞越高的时候，天已经凉了，那时我正在寒露的尽头，我归乡的路上没有一盏灯火。因此，仰望成为我一辈子忏悔的理由，而回家我必须脚踏实地。

6

其实，我们偶尔产生的一点小小的想法，一些叫自己激动的意念，都是我们头顶上昙花一现的萤火。并不是由于距离的关系，别人就看不见，也不是这点萤火微不足道，而是我们自己随手摁灭了它们的开关，我们都急于朝着光辉灿烂的去处奔跑，谁，还在乎一颗汗珠上折射出来的光亮呢！

7

“孩子，那叫萤火。”若干年后，我们指着唯一的一点萤火告诉孩子。“可是，它有什么用呀？”一个孩子问道。“它是谁家的？”另一个孩子接着问道。

8

我一直觉得那都是我们生命里的小数点，它拉出那么小一截光线，分明就是我们歌唱天地人的小节线。我们现在的生活方式有许多存在的理由，唯一理屈词穷的，就是心灵不能把自己周围一小片地方照亮。

9

我有一个精致的笔记本，专门记录夏夜的见闻和感受，现在我把它弄丢了，就像丢了儿时用来盛装萤火虫的小玻璃瓶一样难舍。人有时候会变得莫名其妙，连自己也摸不清自己的习性。我始终弄不明白孩提时为什么要爬上那么高的树去捕捉一只发光的萤火虫，然后把它装进瓶子里，然后又亲手把它放掉……

你能对你的所作所为，一一解释清楚吗？

10

让我回到萤火阑珊处，在一棵桑叶的旁边，或者一朵南瓜花下，那儿生长着无公害的原汁原味的田园诗，生长着童谣、故事和对天河的畅想。七月七的夜晚，坐在韭菜地里，头顶一把筛子，透过筛眼，就可以看到南天门被打开，你可以虔诚地朝着那儿许一个愿，一个一辈子受用的愿望。

我记不清楚当年我曾经许过一个什么愿了，也许跟萤火有关，希望自己能飞起来吧。

太容易实现的愿望，仿佛不是真正的愿望。

草木春秋（组章）

郭　辉

火　棘

饿了，食山之土。渴了，饮山之泉。困了，枕一溪的星光，一山的明月。

于人间的背阴处，自顾自地生长着，不羡富贵与荣华。

有耳胎生。喜欢听风朝南，听水朝东，听阳雀子们，一忽儿东一忽儿西一忽儿近一忽儿远，唱自度曲和过山谣。

却早就在自己的宿命里，锁定了神谕！

一门心思——让血汁，流向高高低低的枝头。

晨光，夕光，星光和雨露，这些来自天庭的祝福，都是多么的内敛。沿着一条暗道，直通深埋的根系，交融于脉，交汇于心。

催发一树树花蕾，点燃一盏盏灵性之灯。

大红，深红，野性的红，甜一样透亮，苦一样凝重。

山上的活珍珠。

大地之母的乳头。

有情有义的吉祥果。

在那些一回回把米桶刮穿的日子里，吞咽下去，抗饥，抵饿，饱肚，救命，暖魂灵！

蒲公英

她细密的秀发，刚刚盘起。

生性是迷恋的，会用头骨，举起命里黄金般的重量。

是捧给绿草地的一个个初吻。

是钉住了无边春色的一排排铜扣。

是那些飘来荡去的翠鸟啼，摇头晃脑的和声。

并且给丝丝清风，线线溪水，一山坡一山坡的枫树林子杨树林子桉树林子，不间断地打卡，打入——看不见摸不着的淡淡清香。

属于她的日子是短暂的。从金子般的年轻，到白雪满头，也就是十几个昼夜。

但这又何妨！

她生过，爱过，灿烂过，轰轰烈烈过。况且，度过此生，还有来世！

死亡之神的长指甲，潜入阳光下的阴影，伸过来了，步步紧逼。刮出来一身的疼，一身催命的绝响。

就要脱离，就要放下爱恨情仇，就要御风远走，就要告别这一个季节，等待下一个轮回。

天命不违，大地永生！

呵，她的飞扬，她的死去，她的执念，多么轻盈，多么重！

黑木耳

树棵越大，活得越久，那些风声雨声半夜更声红白喜事的锣鼓声爆竹声，还有尘世的嘈杂之声，就听得越多，越真切。

砍翻了，截断了，干枯了，死寂了——

魂却不散！

汲取雨水，借助地气，长出无数的耳朵来。像一群青衣小矮人，隐身多年，终于露了头。

又像大地锦绣华章中，蠕动着的一个个黑体字。

这些充满了野趣的探子，风来了听风，雨来了听雨，听得最多的，是阳光，是月色，是它们黄金般的轰鸣，白银般的呓语。

身子在长，好奇心也见长，是野生世界里不老的顽童。最喜欢——

听布谷唱歌——割麦插禾，割麦插禾！

听青蛙打鼓——一湖水碧，十里风荷。

听雁鸣长天——稻浪如金，枫林似火。

听雪落山河——洁白的轻音乐，多么温馨，多么宁静……

母体倒下了，对黑土地的眷恋还在；向上的志向复归于无，感恩的心还在；视觉消失了，听力还在。

在三寸再生之地，凝神屏气，竖起来，一面面卑微而又自恋的小黑旗，一份份单纯而又外向的小灵性。

听生活之轮，循环往复，嗡嗡声不绝于耳。

听人间，那些隐藏的小秘密……

红果子

深夜，月黑风高。老得没有一粒牙齿的舅母，丢下一屋儿孙，突然驾鹤西归，去了另一个世界。

山角落里，那一株舅母也叫不上名字的小灌木，一下子耷拉了。

分明能听到，它坐拥空山的哭泣。

自打小灌木，带着一身的野性，从泥土中探出头来，舅母就瞄上了它。培土，浇水，施肥，仿佛它就是自己的风水宝地里，一棵至亲至爱的庄稼。

几多年，天天施之以抚爱，浇之以琼浆。昨日早上，还喂了它一盆酽酽的淘米水。

点点滴滴，入心入肺。

怪不怪，舅母直起身子，正准备离开时，手里端着的粗陶瓦盆，竟然毫无先兆地破了，碎了。舅母一愣，一苦笑，转身返回了家门。

是夜，她就撒手人寰，顾自走了。

小灌木说不出有多么懊丧，多么伤心！

舅母呵，没有给它留下一句话，一个手势，甚至一个细微的眼神。

一树的酸果子，只三个时辰，就都哭肿了眼睛，哭失了魂！像被一竿无形的竹竿，敲着，打着，抽着，噼里啪啦，一齐掉落了下来。

一颗一颗，那么红，那么红，那么红！

是不是它，用鲜血——

酿制的泪滴？

申家滩的阔叶杨

一截没入田土，一截高出田土，多么像立体的象形的大写的申字。

申家滩上，这排列有序的树，这齐齐整整的申家军，就那么绿意盈盈，接受着春天的检阅。

一株株，分明是身着青黛长裙的女子，袅袅婷婷，待月迎风。

雾气萦环，挥之不去，仿佛一袭袭洁白的纱巾，应是天使所赠，应为神明所赐，系着了多少的鲜媚与清雅。

窈窕在江南水乡美不胜收的核心之处，随时都欲羽化成仙。

身在，魂在，风韵在。

其实，更像是一首首有灵性的诗。让自己骨子里脱俗去尘的意境，扎根厚土，高出尘寰，以遗世独立的圣洁大写真。

——完美成篇。

桂花香

风也好雨也好霜也好雪也好，三月里不安分的阳光也好，八月间凉沁沁的月色也好，都是从满山满岭的桂花树上出发的。

一出发就是一年。

一年里金秋要来，一年里桂花要开，开得洁白如雪，开得芬芳四溢。

有时是浅香，浅得像没有斑点的微风一样，像没有皱纹的静水一样。

有时是深香。深得像干柴烈火般的姑娘小伙谈情说爱一样。

有时深中有浅，浅中有深，像那些在花海中游来游去，三魂丢了两魄的人。

桂花香了，稻菽黄了，果子熟了，桂花树下，就敲锣打鼓摆开桂花宴了。

女人一盏两盏桂花醇，喝得一脸酡红。男人九杯十杯桂花酒，喝得天摇地晃。一个村子开怀畅饮，风的步子醉了，狗的叫声醉了，鸟的翅膀醉了，土地庙前的石狮子，水碾坊里的石磙子，还有溪头的麻石桥，醉得骨头都酥软了。

桂花树是桂花村的神树。

桂花香是桂花村命中的香。

沾了桂花的光，桂花村成了桂花的故乡。风叫桂花风，雨叫桂花雨，水叫桂花水，山叫桂花山。人有魂，花草树木飞禽走兽皆有魂，都叫桂花魂。

新嫁女八月怀孕，叫桂花胎。

新生儿八月落地，叫桂花崽。

三棵说话的榆叶梅

它们天天站在一起。肯定有话要说。

就开花，有的浅红有的淡紫有的粉白，运用这种植物之间绚烂的常用语，坦陈心迹。

它们的发声，是从早春时节开始的。

满枝丫乳头似的花蕾，是掩了面的羞羞答答，捂着嘴的吞吞吐吐，你望着我，我望着你，不知道是说好，还是不说好。

到得南风徐来，催开一怀的情愫，就放胆了。

启动一张张白里透红的嘴唇，讨论天底下什么最时尚；述说爱与爱的关系，要胆子大，要心眼儿细；还常常争来争去，身体里的春江水，为什么总是无风不起浪。

嘟嘟囔囔一说，就是一个花季。

待到慢慢谢落的时候，就静了心思，紧一句慢一句，有一句没一句，回忆起那些开开心心的小日子。

并会怀想那只会唱歌的惜春鸟，讲好了再来，却至今

还没有来……

樱花雨

不需要雷鸣，不需要闪电，不需要乌云排兵布阵，也不在乎天空低矮不低矮。

该下了就下，酝酿够了就下。

有风也下，无风也下，有太阳也下，无太阳也下。

白日里下，下得光明正大，黑夜里下，下得神龙不见首尾。

缤纷过了，绚烂过了，就走该走的路，行该行的道。不恋旧，不强求，沿着一条条飘飘忽忽的下行线，划出一道道归去来兮的轨迹。

下下来了，草叶不沾，地皮不湿。

下下来了，没有重量，却有分量。

下下来了，是一片又一片灵香吻。

下下来了，是千种风情万点芳魂，醉了昨夜梦中人。

香樟叶

在细雨中，在阴霾中，在难得的从云缝里偷跑出来的阳光中，悉心等待着——从母体的枝丫上，抽出骨髓和血脉。

脱尽自己旧年份形而上的姿态。

这一个春天仿佛崴了脚，走得太缓慢，走得力不从心。

那些渐渐显露出了属相的生之灵，由绿慢慢转黄，就要出窍了。

但该来的还没有来。

在最后的需要呼唤的日子里，还是要抱成团，一门心思，去团购阳春三月。

一只长尾巴的鸟儿，在枝丫间惊诧了一声——

今年香似去年香，却一片片换了新的况味。

苇　岸

张传海

谁谓河广？一苇杭之。

——《诗经·河广》

一

岸，苍水之南的苇岸。

秋风飒飒，穿越苇荡，掠江而过。秋的序言从风开始、从苇叶间的白露开始、从怒放的芦花开始；那如霜似雪的飞絮，在尘风中零落、又在秋风中扬起；秋的思绪，在水天一色中绽放，那一如霜天的白发，尽染水湄。而风扬起的芦花是一季的灿烂。

岸，彼岸在哪？

彼岸在此岸的那头，就这样的简单。

彼岸在哪？在遥不可及的水湄；在疾马奔驰的关山；在深不可测的水底；在你我心灵的深处……

许多人用一生的祈求也无法到达。

而你——秋天的苇啊！用一片片轻轻地苇叶，就可任意凭渡；用一朵朵似霜的芦花，就可漫漫飞渡。

彼岸，只因你的到来，而从此不再寂寞，渡口的那人从此不再漫无边际地为寻找而溯游。

那泪洒满江的寒露，从此在传递着秋的厚意。

二

河，流淌在芦苇的两岸。

独坐于苇岸的我，随意地将岸边的石头抛进水中。正如路人，不经意中的一句话语、一次举动、一首歌、一首诗……一有时，便从此改了我们的一切。其实，在寒秋中，无须伤感、也无须厌倦。因为在深秋中，秋给予我们许多。

今夜，就让我在这无人无舟的渡口，独视深秋的渔火、独视黄昏后的月色、独视霜天的芦花、独视生命的每一个过程在寒风中怎样的成长。

在思绪路途，被月光惊起的一片片的水声，深深地打动着我。那是秋风中，最为美丽的歌声。

我想那浩如烟海的长江、湖泊，颠簸着那一叶孤舟，那是一片自然不羁的苇叶；那是一位十年来面壁无语、充满禅智的大师，在静谧的夜月下，手执一枝芦秆，在横渡苍茫江水、横渡漫漫人生。

此时，夜色里绽放出的生命熠熠生辉。

三

秋霞落暮，水瘦山寒。

面对满目苍茫的蒹葭和南去的飞雁，无垠的天空，一切都是那样的空旷，在万籁岑寂的河床边，唯有岸边的苇正等待风的洗礼。

在兴奋飞扬的芦花中，我触摸到风的力量；

在寂静夜月的苇叶下，我看到光最为美丽的裸姿；

在霜秋浩荡的苇岸边，我领悟到意志的坚忍和执着。

四

秋意正浓、百花残谢。

生命的鸟已在眼中渐渐地消失，而唯有充满生机的苇叶和怒放的芦花，在深秋中注视着冬的降临。

拥有一把利剑在手中，可笑傲江湖；

拥有一川霜露在眼中，可与深秋对视；

拥有一片苇叶在心中，可与人生对话。

因为，最平凡的最有生命力的是这一望无际的苇。在这深秋的苇岸上，只有你才能做到如此的洒脱、自如，你这平淡、自然，与天地唱和的苇啊！

是的，永驻心中的岸是那盎然的苇花，

生命之花就是这样的简明而复杂。

乡村风景（六章）

宋云亮

梦

梦，彩色的，并不朦胧。

你在我心中是一朵永不凋谢的红牡丹，亲吻着我的岁月，亲吻着我的记忆。

岁月，被季节涂抹得模模糊糊，许许多多都已忘却，唯独你的爱，如一轮明月在我心中升腾。

夏日，酝酿泪水的季节，你与我一同远行，从那开始你就读着我的眼睛，我的心，我的梦……

残酷的冬日，你捧给我一颗太阳，燃烧我心中的冰凌。

爱的草芽萌动了，花骨朵醒了，风筝起飞了。

梦啊，飞翔吧！

村　恋

父亲牵扯着牛儿，哼着年轻人唱的流行歌曲的小调，高一声，低一声，与攀伏在高高树枝上狂叫的蝉，交汇成小村的秋韵。

丰收在母亲的怀里已经成熟，也在父亲秋韵里精神抖擞，青蛙在唱着胜利的歌，天敌不再狂舞，收获五谷杂粮的一双双雕塑酸甜苦辣的双手，拨弄着饱满的秋韵。

蓝天在聆听，白云在聆听，连微风也在倾耳聆听。

多情的秋天，飘扬着庄稼芬芳的丝带，也捆着庄稼人的梦幻——

在海上

我们远行——

面对热烈的海浪，心与心铸成了爱的风帆。明亮的双眸蕴含着一种乘风破浪的力量。

我们相拥，抛开世间的一切浑浊；我们相吻，聆听大海的呼唤。我们的希冀就是彼岸——

海上无风，天蓝蓝，海蓝蓝，就连太阳也那么温柔。

一只受了伤的海鸥落在轮船桅杆上呻吟，在我们面前叹息。由此，想到世间的心胸狭窄的人——那些连亲人、朋友都不能宽容的人，那些为了私欲而争斗的人，那些丧尽天良的人……

悲悲悲！

世界上最宽阔的是海洋，比海洋宽阔的是天空。然而，海洋也好，天空也罢，总比不上人的心灵宽阔。

我们远行——

在大海中净化着，在大海里融化了——

真的变成了宽阔！

诗　人

一支笔挑起一个生命的旗帜，红红火火，鲜鲜艳艳。站起来，不再是丑恶。

一首诗撑开一方蓝天的永恒，地久天长，真情永远。流失的不再是青春年华。

一颗心凝成一轮明月的希冀，纯纯真真，无瑕如玉。捡回的是亮丽的梦境。

囚　鸟

是缘把你送到我的视线，从此，便有了一段难忘的故事——

你飞来了，带着忧愁和痛苦，带着感情的创伤。

我看到你憔悴的脸和失神的眼，心在颤动，手在发抖，撞击着内心平静的海浪。是什么？这么无情，这么残酷，把这么美丽的“女神”折磨成这样，难道是她自己折磨自己？

我抚摸着她身上的创伤，感触着心中的伤痕，把她放进我心中那片绿地。

一个日出，一次希望；

一个夜晚，一次梦想；

……

终于，小鸟有了笑容，有了歌声，有了心语。

我寂寞、惆怅的心跳跃着，生命里有了阳光，春天里有了绿色。

蓦地，你不情愿地被人囚禁笼子，当作一种物品供奉起来，从此锁住了生命，从此，你没了阳光，没了那片绿地；我也失去了你的微笑、歌声、心语。

我不恨你，也不恨囚你的笼子，只恨自己没有保护你的勇气。

父　亲

岁月雕刻的父亲，粗壮的双手不知斩断了多少盘绕似网的根须，开辟了一次又一次小小的新天地。脊背上的汗珠不知滚落了多少太阳和月亮。手握缰绳牵着牛儿不知犁走了多少酸甜苦辣的岁月。

一条弯弯曲曲、长满草丛的乡间小路，不知留下他多少艰辛的脚印，不知留下多少春种秋收的期盼。

他那深深的皱纹里藏着许许多多的故事，如今讲给孙子们不放心，孩子们似乎什么都听不懂。

年迈的父亲，看见儿孙的今天，胡须中挂满欢欣，然而总是满腹疑虑。

人都老了，总是对儿子不放心，对孙子不放心，对后代不放心。

太阳又升起来，父亲又走进那一生也没走出来的乡间小路，走进那多情的一片“小天地”——

父亲，永远是中国乡村的一道风景。

或许另一天

淹　月

捕　捉

有时是在它刚刚起航，有时是在途中，有时当它准备靠岸。也有的人，喜欢在风浪中或它在风浪中沉没之时。

每一只手都在摘下不同的花朵。

嵌入框架。

摆在桌案，钉在墙上。

海面越来越拥挤。

关于死亡

我听说过一些计算的方式。有的是从开始呼吸到停止呼吸，有的是被人记住到被人遗忘，有的是从爱开始到爱结束。

对于不幸的生命，我们习惯说，他活得像条狗。

对于不幸的死亡，我们习惯说，瞧，这个人，像条狗一样死了。

一片树叶在冰川上滑行。

直到有一天，我看见，它准备从大街上穿行。一条脏兮兮的土狗，在途中迎接了自己的死亡。挣扎的时候有那么两个人看到了。围观的人越来越多，指指点点，接着散去。终于，有一个人跑了过来，把逐渐冰冷的躯体抱在怀里，呼喊几声后，开始痛哭。

撕心裂肺。

泥土如何再一次成为泥土

起初，我们被用来滋养一些根须。藏身于逐渐壮大的骨骼之中。

有的被中途收割，被吃掉。

它们走的是另一条路。

我幸存下来，藏身于更加壮大的骨骼。直到另一轮收割的到来。有的葬身于火海，有的成为一种摆设后葬身于火海。

它们走的是另一条路。

我被扔在机器里，绞成浆液。铺置，晾干后，我成了一张纸，挤在别的纸中间。我们被印刷各种符号，最后成为一本书。旁边堆集着更多的书。有用的书被经常翻阅。

它们走的是另一条路。

而我藏身这一本，装帧随意，内容也提不起他人的兴致。最终，有一个人走了过来，把我揣在怀里。他找到一个地方，挖了个坑，把我埋在里面。

漫长的时间过去后，我恢复了本来的面貌。我见到了其他返回的兄弟姐妹。

所有的路，在此相通。

猪皮卷

从前，有一本书。独一无二。

上面记载着人们获得幸福的法门。然而，很少有人读到它。圣物一直在掠夺中，从一只手到另一只手。

幸福的秘密被藏在刀鞘中、铁蹄下。不幸的人变得越来越不幸。

直到最后，书被毁坏了。除了胜利者，无人知情。

于是，为了替代，他们杜撰了另一本，并复制了成千上万。

伪造之书开始广为传播。

游　戏

一只狗在那摇了摇尾巴，然后躺在椅子旁，嘴里想咬住点什么。一个小女孩跑过来，叫它，我亲爱的宝贝。

宝贝，我们可以开始游戏了。

这是布娃娃，一早起来我就给它穿戴整齐，陪着我，一等到晚上，我就抱着它入睡。这是削笔刀，我用它来削理我那些七彩铅笔，可我讨厌写字，我只想把铅笔削得又尖又长。这是玻璃珠，这里有五颗，还有两颗最漂亮的，就藏在我枕头下面，除了我，谁也别想见着它们。还有这个小皮球，虽然我早已对它感到厌倦，看吧，它那样子又脏又蠢，但它仍是我最心爱的宝贝，要知道，为了得到它，我足足掉了三分钟的泪。

狗摇了摇尾巴，围着小女孩的玩具转圈。

最后，它咬住了那只皮球。它跑开了。小女孩开始大喊，“宝贝，你会咬坏它的，宝贝，你不能咬我的宝贝，那可是我最心爱的宝贝，我的心肝宝贝……”

人在后面追赶着，一只狗在游戏。

我有病

一开始，人人都认为自己健康。

我也曾这样相信，“自己是无害的”。

每日醒来后或临睡前我会嘀咕。一定还有什么，我没有看到。

“给我一个杯子，里面要空无一物。”我小心翼翼地恳求。他们却快步走开。

有什么是错误的。我试着告诉他们。“不！不!”他们粗鲁地推开我，不可置信的神情。一拐一拐地前行，在那条往外侧倾斜的道路上，他们走得稳稳当当，步伐整齐。

没多久，我就会被他们塞进临时挖掘出来的地窖。人群会开始消散。那戴着只有一块镜片的眼镜，在接收人们所能容纳的光色。

一定还有什么，是人们所未知的。

上帝的选民

经过垃圾堆时，我又碰到那个乞丐。

他一如既往，衣着褴褛（如果那些碎布条还能称得上衣服的话）。脏兮兮卷曲的长发遮住了半张更脏的脸，使人看不出他的年龄，或许他已经没有那个奢侈品。

苦难掩盖了他的一切。

这一次，他突然拉住了我的手，“陌生人，我要告诉你一个秘密。”

“可怜的人，你还有何秘密可言，你的苦难已众所周知。”

“不！事实并非如此！我告诉你的，你不能告诉别人。其实，我是上帝的选民，也许还是唯一。”

"如果这是事实，真是不可思议！"

"千真万确，值得尊敬的先生。害怕无人相信，我才不敢跟人提起。很久很久以前，我就在这里，你的父亲见过我，你的爷爷见过我，你爷爷的爷爷……我一直在这，既不年轻，也不衰老。你爷爷的爷爷见我时是这样，你爷爷见我时也是这样，你父亲见我时仍是这样，你小时候还是这样，直到现在，我都一丝一毫未曾改变。"

我走开了，觉得不可思议。

如果不是上帝，那会是谁能让他与世长存？

那　边

透过玻璃，上面挂着赤身裸体的女人。如光刺透眼睛，或光被眼睛刺透。比回忆更迷人的是——

我们相信会有更恰当的日子。

那些日子正急不可耐，等待另一种回忆，上面挂满了赤身裸体的女人。

爬过天花板的声音越来越急促……

天　堂

刚开始，有一堵墙。因为它坚不可破的门，我们匍匐在地。看到几个女人，在竖立的雕塑中找寻——

自己的脸。以及更多的男人，他们之中有一个，脱光衣服后，转身离去了……

爱　情

我们赞美她。

如同砧板和菜刀赞美洋葱番茄。我们的手掌重叠着越来越多的鱼鳞。

越来越多的喘息在排水管拥挤。我们并没有准备好——

称呼她的母亲。

一个陌生、性格古怪的老女人为我们的母亲。

最后的谋杀

我有一把刀子。

用来交换你的黎明，你干涸的河流，湍流不息的沉默。

日益磨损的页码，苍白的面孔。

请允许我交换！

这　里

清晨醒来。微波炉里的饭比石头更硬，像牙齿咬住的仍是牙齿。那些无法啃食的骨头，紧连着——

闯入床地板衣柜桌椅的寒冷饥饿。一个人时，跟另一个会更加紧密。

而脚心比干裂的木更饿更冷。只能在途中丢舍。

重新睡去，等待被吵醒。电铃声，无法关闭的笑或惊叹。

提醒自己。

这样的日子，应该跟自己喝一杯。

雪的声音

范方启

雪是从黄昏才开始飘落的，没等我仔细地观察，多管闲事的暮色，便完全将我的目光与雪隔断开来。

此后，我所能做的就跟一个盲人一样，用耳朵替代眼睛。

雪前也是异常的寒冷的，“霜前冷雪后寒”，这老经验大概要告诉我，雪后会更冷。其实，从我经历的一场又一场的下雪，每一场的雪来临前不是一般的冷，就算没有风，寒气也似乎夹带着过于明显的攻击性，透过冬衣浸入身体。

你收起挥动的翅膀，穿梭过黑暗。

轻柔带雨的发丝，遗忘了时间，粘留在花瓣边端，割舍不去。

是流失的渴望，惊醒了沉重，又惶恐地转身奔赴自由。

于目光尽头，往事纷沓。

重显了童话的洁净与真诚。

一首婉曲跌落眸中，成了依晨的露珠，珍藏着你九世纪的孤独。

那睡去的云彩与封印的笑容，在烟花散尽一瞬，凝为霜露。

你说，幸福就停在月影下的花蕊中。

可惜，今夜的苍穹一无所有；唯一的弧度是被生活弯曲而成的脆弱。

打开沉默着的秘密，我看到你瑟瑟发抖的灵魂。

不鸣的伤痕，痛得，无声无息。

你所期待的，何时何地，又在谁的岁月里款款降落？

河谷草原（五章）

谢耀德

伊犁河

从天山雪峰飞奔而下的伊犁河，踏着雪之魂、冰之火，穿过山涧峡谷，浸透千年岁月，孕育了绵延千里的河谷草原：那拉提、唐不拉、尼勒克、巩留、巩乃斯、特克斯，缓缓而去。

千年之河穿越无数马背王朝，千里草原滋育了众多的游牧部族：塞族人、月氏人、乌孙人、回纥人、突厥人、蒙古人、哈萨克人。

时光之河历经风风雨雨，云来雾去的争战，已经消散。满山的青草，哺育万千生灵。草木枯了，岁月返青；肉体腐烂，灵魂留存。时光之残辉，万物之灰烬，像河水，送走落日，迎来黎明，滋润月华春秋。

静静流淌的河流，是世界的一种叙述方式；阅读一条河就是阅读一部史诗，一部承载厚重的历史典籍。一个人只拥有短暂的人生，一个民族的历史容易被演化。而一条河流的经历比一个民族所拥有的更加丰富，更加悠远。

静静流淌的伊犁河，像一位内心辽阔的诗人，用灵性的笔，鲜活的语言，在永恒的天空下，呈现真实的世界和那遥远的，神秘的踪迹和气息。

面对一条久远的河流，爱与恨，不能轻易说出。岁月已流进深处，成为另一条按照自己的方式流淌的河流，它灵魂一样，轻轻穿越自己，穿越千年，默默穿行于我们的世界。

巩乃斯

在巩乃斯，一个穿西装的牧人，从我身旁经过。他是一个哈萨克人，穿西装，戴毡帽，骑骏马，从我身边轻轻走过。他是乌孙人的后裔，像一个绅士，更像电影里的西部牛仔。

是的，西装。西装仅仅是我们身体外表，一个简单的装饰。

但是，西装，这个简单的饰物已经让我们的文化发生了变化。而我内心那条宽广的河流，那条深沉的固守的千年之河，依然深沉，依然固守，依然坚持。

时光不可逆转。我们回不到过去，河流回不到雪山之巅，穿西装的哈萨克牧人，回不到突厥或乌孙人的衣饰。但他内心一定有一盏灯，一盏盛装着蓝天白云绿色草原之灯。

是的，巩乃斯就是一盏灯。一盏生生不息的岁月之灯，给河谷大草原镀一层银色月光。

八卦城

和亲公主的夏宫，悠古清幽。乌孙王陵、摩崖石刻、岩画，隐藏着草原王族神秘的气息。

特克斯，古老的八卦城，这座没有红绿灯的城市，像雪山女神安放的霓虹灯，给我们的世界增加了一层神秘。

乌孙山，草原石人幽深的眼睛，像苍穹一样，看不到深处。只有秋风听到他们轻微的气息，他们的女人正在温泉香浴，河谷草原的生灵都在享受神浴。

是的，秋风正与世界沟通灵息。

而我们，在喧闹的城市很容易被一些表象迷失，单一的草原，能发现的更加真实。而现在，我正被这种真实感动，又正在被一些喧闹溶解。世界正在被溶解。

而古老的特克斯，这座没有红绿灯的城市，岁月看不到它的深处。

谁能看到世界的深处？

冬窝子的守护人

这个冬天来得太快，季节未到，雪就飘了下来。

岁月未老，守冬窝子的人，先老了。仿佛一夜之间，时间也老了，头发白了，胡子白了。他的头发胡子像雪一样白，像苍野的冬天一样，凝固了。

他守着铁皮炉，用树枝插上馕，烤火，取暖，喂马，生活。

天气实在太冷了。他把手伸近火炉，身后寒风冷冷地抽着他的脊背，仿佛一个冰冷的世界要把他拽了去，把他变成另一个世界的另一炉火。

炉火穿过夜色，烤红了他的脸。

他啃一口热馕，慢慢咀嚼。他的祖先就是这样烤火的，就是这样生活的。

仿佛这个世界，只有烤火才能度过漫长的夜晚。

是的，火。人类自从与火结缘，就从未离开过火。

火就是生活。火就是我们的血脉我们的生命。而几千年的火，始终没有把人类烤热，只是我们生活的表面地球的气温，上升了 2℃～3℃。

牧人铁力克

铁力克老人是一个敦厚的牧人，他有一张哈萨克脸庞。

“听说城市的天空像破裙子。”铁力克老人笑了。

他微笑时喜欢捋一把山羊胡子。他捋胡子时脸庞有一丝忧郁。

“这汽车的屁为啥那么臭呢？”

草原上的牛羊，吃青草喝山泉，牛粪饼烧火还有股青草味哩。

铁力克老人充满了疑惑。他幽深的眼睛里有一群羊，他内心深处还是一群羊。黑的是山羊，白的是绵羊，牧人铁力克先生在山羊和绵羊之间走了一生。

他弄不明白，城市的天空和汽车的屁有什么关系？

草原上的云朵和炊烟又有什么联系？

风把香的臭的词儿一起吹散，风把过去和现在吹成一条线；

风打开时光的栅栏，天堂的门，风举起一缕支撑蓝天白云的炊烟。

小　启

本套《2017年选系列丛书》，收录了本年度众多优秀文学作品。在编选过程中，我们及各选本主编已尽力与大多数作者取得了联系，没有联系上的作者见此小启请尽快与我们联系，我们会及时奉上薄酬并样书。

联系人：方　莹　黄文娟

电　话：027-87679322